PHILIP TEIR

So also endet die Welt

PHILIP TEIR

So also endet die Welt

Roman

Aus dem Finnlandschwedischen
von Thorsten Arms

Blessing

Originaltitel: *Så här upphör världen*
Originalverlag: Natur & Kultur, Stockholm

Das Zitat auf Seite 144 stammt aus Harry Martinson, *Aniara,* übersetzt von Herbert Sandberg, München 1961.

FSC www.fsc.org
MIX
Papier aus verantwortungsvollen Quellen
FSC® C014889

Verlagsgruppe Random House FSC® N001967

1. Auflage, 2018

Umschlaggestaltung: Umschlaggestaltung: Nele Schütz Design,
Margit Memminger unter Verwendung eines Bildes von Margit Memminger
Satz: Leingärtner, Nabburg
Druck und Einband: Pustet, Regensburg
Printed in Germany
ISBN: 978-3-89667-606-1

www.blessing-verlag.de

Der Junge und seine Mutter verkriechen sich im Auto, als das Unwetter aufzieht. August. Ein grüner Toyota draußen an der Küste, geparkt auf einem Hügel im Wald. Es regnet, das Wasser bildet Rinnsale im Schlamm neben dem Wagen, fließt hinunter in den Wald, in das Heidelbeergestrüpp.

Der Junge denkt, seine Mutter übertreibt, dass sie sich hier verstecken, weil sie das Abenteuer liebt. Sie hätten genauso gut im Haus bleiben können, bis das Gewitter vorüber ist.

»Die Reifen leiten keinen Strom«, erklärt seine Mutter. »Am sichersten ist man in einem Auto. Die Reifen sind aus Gummi. Wir bleiben hier sitzen, bis die Sonne wieder herauskommt, das wird nicht lange dauern«, sagt sie, obwohl er sieht, dass die Wolkendecke dick und grau ist, undurchdringlich.

Er fragt, ob sie Radio hören können. Seine Mutter zögert, erklärt, dass sie das Gewitter so möglicherweise zum Auto locken würden und der Blitz direkt einschlagen würde. Aber sie schaltet das Radio an.

»Hier ist es am sichersten«, wiederholt sie.

Sie glaubt, dass er Angst vor dem Gewitter hat. Aber es interessiert ihn überhaupt nicht, genauso wenig wie die Blitze oder der Regen dort draußen, das Wasser, das um das Auto herumströmt, der Schlamm.

Er denkt an etwas anderes. An das, was passierte, als sie vorhin in der Küche telefonierte, eine Veränderung in ihrer

Stimme, als sie antwortete: Sie log. Er konnte es an ihrem Tonfall erkennen, und plötzlich sah er seine Mutter auf eine ganz andere Weise. Er wusste, dass von diesem Augenblick an alles anders werden würde. Er wusste nicht, auf welche Art, aber dass es unvermeidlich war. Etwas würde ihr Leben verändern, zum schlechteren.

Er saß hinter ihr am Küchentisch, während sie Essen kochte, sah, wie sie immer wieder das Telefon aufnahm, etwas kontrollierte. Sie hatte ihm den Rücken zugewandt, ihren Rücken, während sie in der Küche stand und auf das Display starrte. Er sah plötzlich ganz deutlich, dass auch sie eine Person war, nicht nur seine Mutter. In der Art, wie sie sich bewegte, sah er die Person, die sie einmal gewesen war, ihr Leben vor ihm. Und als sie sich zu ihm umdrehte und lächelte, sah er, dass sie besorgt war, und er dachte an all die Dinge, um die sie sich Sorgen machen könnte und die nichts mit ihm zu tun hatten.

Aber jetzt ist das Radio eingeschaltet und es läuft Musik. Und sie scheint der Musik zuzuhören, und er schaut sie an und freut sich und macht es so wie sie. Draußen regnet es, aber im Auto gibt es immer noch einen Augenblick, in dem alles ist wie zuvor.

Sie beugt sich vor, um die Lautstärke aufzudrehen, damit die Musik den Regen übertönt. Und jetzt kommt wieder der Donner: das dumpfe Grollen irgendwo hinter dem Schornstein, oben auf dem Berg, weit hinten im Wald. Und ein Geräusch, als würde dort oben jemand eine Schubkarre voller Feldsteine schieben. Und der Regen: Gott pisst.

Und dann: der Blitz. Er zählt.

Er weiß nicht, wie lange sie dort sitzen, aber er zählt mindestens zehnmal.

Allmählich lässt das Gewitter nach, zieht weiter, zum Meer. Seine Mutter öffnet die Tür und geht ins Haus, aber der Junge möchte noch eine Weile für sich im Auto bleiben.

Er schaltet das Radio aus. Horcht. Jetzt ist nur noch das Meer zu hören, weiter entfernt, das ständige Rauschen. Er öffnet die Tür und geht zum Weg hinunter, beginnt breite Rinnen durch den weichen Sand zu ziehen. Er baut Kanäle für das Wasser, es rinnt zum Graben, er bricht ein Stück Rinde ab und lässt es hinunterschwimmen.

Er kniet im Schlamm, spürt den weichen Sand zwischen den Händen und an den Zehen und den Regen, der ihm die Stirn hinunterrinnt.

Da sieht er die Frau. Ihre Füße sind voller Matsch, sie ist unbekleidet. Sie geht nur starr den Weg hinunter, an ihm vorbei, als hätte sie ihn nicht gesehen.

Teil Eins

Die Familie

1

Julia würde im Herbst sechsunddreißig werden, aber es war ihr niemals ganz gelungen, der Stimme ihrer Mutter zu entkommen. Selbst wenn Julia lange nicht mehr mit Susanne gesprochen hatte, war deren Stimme da, sie lag auf einer hohen Frequenz und kam von oben – weil ihre Mutter eine groß gewachsene Frau war –, und sie schien sich immer mitten in einem Satz zu befinden, mitten in einer Diskussion.

»Ich kann doch Menschen mögen, auch wenn sie mir nicht ständig Komplimente machen.«

»Ich habe diese Frauenzeitschrift seit zwanzig Jahren abonniert, und sie ist *full of useless information,* aber ich werde sie weiter beziehen *to the bitter end.*«

»Heute habe ich ein ganz großartiges Essen gekocht.«

»Hast du zugenommen? Ich meine das nicht negativ, bei dir ist es ja immer ein bisschen rauf und runter gegangen.«

Auch jetzt, als Julia in der Straßenbahn saß und von der Arbeit nach Hause fuhr, hörte sie im Hinterkopf ihre Mutter reden, wie ein Tinnitus in verbaler Form; eine ununterbrochen laufende Meinungsmaschine. Susanne sagte, dass sie jeden Tag schreiben solle, sich Aktivitäten mit den Kindern ausdenken müsse (Susannes immer wiederkehrende

Kritik war, Julias Kinder seien so antriebslos und phlegmatisch). Sie solle an ihre Karriere und den Hauskredit denken, sich aber vor allen Dingen um Susanne kümmern, weil Julias Mutter sich als den selbstverständlichen Mittelpunkt der Familie betrachtete.

Julia stieg aus der Straßenbahn und spürte den Impuls, sich mit dem ganzen Körper zu schütteln wie ein nasser Hund, der zur Tür hereinkommt. Sie versuchte sich selbst daran zu gemahnen, dass heute der Urlaub begann und sie an andere Dinge zu denken hatte als an ihre Mutter.

Sie öffnete die Tür zu ihrer Wohnung, aber niemand war zu Hause. Kurz fragte sie sich, ob die anderen schon ohne sie losgefahren waren. Erik hatte gesagt, er würde die Kinder um elf Uhr abholen, sie hatte ihn aber den ganzen Tag nicht erreichen können. Das Auto hätte gepackt sein sollen, und wenn es nach ihr gegangen wäre, hätten sie gleich losfahren können, dann wären sie bis zum Abend da gewesen.

Julia wollte das Sommerhaus lüften und die Betten neu beziehen, bevor sie schlafen gingen, und sie fragte sich, ob sie zuerst nicht auch alles abstauben müssten, weil schon seit Langem niemand mehr am Mjölkviken gewesen war. Wahrscheinlich wäre es auch nötig, den Kühlschrank zu putzen, bevor sie ihn mit Lebensmitteln füllten.

Sie rief Oona an, die in den ersten Sommerwochen, in denen sie noch arbeitete, auf die Kinder aufpasste.

»Nein, Erik hat nicht angerufen. Soll ich sie nach Hause schicken?«, fragte Oona. Julia konnte das Klavier im Hintergrund hören, wahrscheinlich spielte Alice gerade.

Oona war eine Frau in den Sechzigern und stammte aus Estland. Sie war vor langer Zeit wegen eines Mannes nach

Finnland gezogen. Jetzt wohnte sie allein und war zu einem Teil ihres Lebens geworden, eher aus Zufall, denn Alice hatte Klavierunterricht bei ihr genommen, und Anton war manchmal mitgekommen.

»Tu das«, sagte Julia. »Wir fahren bald los.«

»Seid ihr den ganzen Sommer weg?«, fragte Oona.

»Wir kommen erst im August zurück.«

Julia fiel plötzlich ein, dass sie natürlich mit einem Geschenk zu Oona hätte gehen sollen. So etwas machte man, wenn der Sommer kam. Eine Dose Kekse, ein Blumenstrauß, ein paar Tassen von Arabia. Julia war nie diejenige gewesen, die Geld eingesammelt hatte, um den Lehrern der Kinder ein Geschenk zu machen, das hatte sie immer den anderen Eltern überlassen. Woher sollte man solche Dinge wissen und sich darüber hinaus auch noch daran erinnern?

Sie legte auf und wählte Eriks Nummer, er ging jedoch immer noch nicht ans Telefon, also setzte sie sich aufs Sofa und wartete.

Anton war der Erste, der durch die Tür kam; sein zehnjähriger Körper schien sich darauf vorzubereiten, in die Höhe zu schießen. Er werde größer als sein Vater, hatten die Ärzte gesagt, und er selbst konnte das vor seinen Freunden gar nicht oft genug wiederholen. Anton wusste nicht, dass Julia manchmal heimlich zuhörte, wenn er Freunde zu Besuch hatte, aber sie tat es: Zehnjährige Jungen versuchten einander mit Dingen zu beeindrucken, die sie über die Welt zu wissen glaubten.

»Habt ihr etwas von Papa gehört?«, fragte sie.

»Er hat angerufen«, sagte Anton. »Er kommt später.«

»Was habt ihr heute gemacht?«

Anton zuckte mit den Schultern. »Wir haben Monopoly gespielt. Aber Oona wollte keine Risiken eingehen, also habe ich beide Male gewonnen«, sagte er.

»Und was hat Alice gemacht?«

Seine Schwester war mittlerweile in den Flur gekommen und hatte ihre Jacke auf den Boden geworfen.

»Sie hat Klavier gespielt und war unheimlich zickig«, sagte Anton.

Alice kam ins Wohnzimmer, ohne ein Wort zu sagen, setzte sich einfach nur mit dem Handy in der Hand neben Julia aufs Sofa.

»Wollt ihr mir helfen, das Auto zu packen?«, fragte Julia.

»Müssen wir?«, erwiderte Anton.

Sie fuhr das Auto vor den Hauseingang. Widerwillig halfen ihr die Kinder dabei, die Taschen zu tragen, und der Kofferraum füllte sich schnell.

Als sie fertig waren, saßen Alice und Anton mit den Schuhen auf dem Sofa, als wären sie auf dem Sprung. Sie fragten, wo ihr Vater sei, und Julia antwortete, so gut sie konnte. »Er ist immer noch auf der Arbeit.«

Sie fragte, ob sie Hunger hätten.

»Ich hab keinen Hunger, ich will losfahren«, sagte Anton. »Warum kommt Papa nicht nach Hause? Ich hasse Warten.«

Anton warf sich auf dem Sofa zurück und landete auf seiner großen Schwester.

»Au!«, rief Alice. »Mama, ich hab keinen Bock, mir sein Gejammer anzuhören. Halt doch einfach mal die Klappe, Anton.«

Anton versetzte ihr einen Schlag auf die Schulter.

»Hey! Mama, hast du gesehen, was er gemacht hat?«

Julia seufzte.

»Blöde Zicke«, sagte Anton, legte sich demonstrativ die Hände aufs Gesicht und ließ sich erneut rücklings neben Alice aufs Sofa fallen.

Julia putzte die Wohnung und versuchte, den Lärm der Kinder auszublenden, um sich nicht über sie aufregen zu müssen. Sie schrubbte die Badewanne, machte die Betten und warf fast alle Lebensmittel weg, die noch im Kühlschrank waren.

Als sie durch den Flur ging, sah sie sich kurz im Spiegel und dachte zu ihrer Verwunderung, dass sie auf eine etwas strenge Art gut aussah: So sah eine alleinerziehende Mutter aus, so würde sie ab jetzt aussehen, wo sie nur noch zu dritt in der Familie waren. Sie ging ins Wohnzimmer und setzte sich zu den Kindern, um sich noch hemmungsloser ihrer Fantasie hinzugeben.

»Was schaust du dir gerade an?«, fragte sie Alice.

»Nichts Besonderes.«

Julia beugte sich zu ihr und warf einen Blick auf ihr Handy. Alice stellte eine Fotocollage zusammen. Es waren drei Selfies, und sie versah sie alle mit Grimassen, zog mit den Fingern die Unterlider herunter, bis man von den Augen nur noch das Weiße sah.

»Sind solche Bilder gerade angesagt?«, fragte Julia.

»Keine Ahnung«, sagte Alice und zuckte gelangweilt mit den Schultern.

»Wollen wir ein Selfie machen? Wir drei zusammen?«, fragte sie.

»Mama«, sagte Alice.

»Ich kann eins machen«, sagte Anton.

Erik kam um zwei Uhr nach Hause, redselig und gestresst, als wollte er überspielen, dass er zu spät gekommen war. »Der Handyakku war leer, und wir hatten eine Besprechung, die sich hinzog. Aber ich habe ja Oona angerufen und Bescheid gesagt. Ich wusste nicht, wann du heute aufhörst.«

Julia seufzte.

»Ich will mich deswegen nicht streiten, aber ich habe gepackt, die Wohnung geputzt, die Spülmaschine ausgeräumt und den Kühlschrank geleert. Ich bin total durchgeschwitzt.«

»Aber hier muss doch nicht alles geputzt sein, wenn wir nach Hause kommen«, meinte er.

Es überraschte sie immer wieder, wie real Erik war, wenn er schließlich nach Hause kam, als gäbe es zwei Eriks: einen, auf den sie in ihrer Fantasie wütend sein konnte, und einen richtigen Erik, der mit ihr redete und Ansichten hatte, zu denen sie Stellung beziehen musste.

»Wie auch immer, wir müssen jetzt fahren, wenn wir bis zum Abend da sein wollen.«

»Es ist die ganze Nacht hell, da spielt es doch keine Rolle, ob wir um sieben oder um neun ankommen«, sagte er und küsste sie auf die Stirn. Sie nahm die Berührung mit jener Erleichterung zur Kenntnis, die dem bereits Bekannten entspringt, einem Ort, an dem alles logisch und einfach wirkt, weil es immer schon so gewesen ist. Sie schob das zwiespältige Gefühl aus Angst und Spannung zur Seite, das sich in ihrem Bauch eingenistet hatte, als sie Erik nicht erreichen konnte und nicht wusste, wo die Kinder waren, und das sie nicht kontrollieren konnte, weil ihre Gedanken immer wieder dorthin wanderten, wo sie nichts zu suchen hatten. Sie dachte, dass es ein bisschen so war, als würde sie in wachem Zustand träumen, als würde ihr Gehirn jetzt die Arbeit erledigen, für die eigentlich der Schlaf da war: den Tag verarbeiten, sich auf Katastrophen vorbereiten.

Sie löschten die Lampen in der Wohnung, zogen den Stecker des Kühlschranks und sahen ein letztes Mal, nach, ob auch nichts mehr eingeschaltet war, bevor sie die Wohnung verließen. Anton schubste Alice ein bisschen, als sie die Treppen hinuntergingen.

Erik bog auf den Mannerheimvägen ab. Jedes der Kinder hatte einen Laptop auf dem Rücksitz und schaute sich einen Film an. Alice hatte Geld bekommen und im Laden Süßigkeiten und Croissants für sich und Anton gekauft, die sie jetzt sorgfältig auf den Taschen zwischen ihnen aufgereiht hatte. Im Sommer würde sie dreizehn werden und in die achte Klasse kommen, sie trug schwarze Kleidung und hörte ständig Musik. Julia fiel es manchmal schwer, sich in Alice wiederzuerkennen, vielleicht weil sie selbst in einer Kleinstadt aufgewachsen war, zwischen Mopeds und Freundinnen, die Haarspray benutzten und heimlich hinter der Schule rauchten; in einem Milieu, in dem man keine hohen Ansprüche ans Dasein stellte und meist nicht länger plante als bis zum nächsten Wochenende. Alice nahm alles viel ernster: die Schule, ihre Gefühle, ihren Kleidungsstil. Jetzt, wo es das Internet gab, war es anscheinend sehr viel schwieriger, ein Kind zu sein, dachte Julia. Ständig musste man alles dokumentieren und vorzeigen.

Die Fahrt nach Jakobstad in Österbotten dauerte normalerweise sechs Stunden inklusive Pausen – sie machten immer an derselben Stelle in Jalasjärvi Rast –, demzufolge würden sie gegen neun Uhr ankommen.

Sie hatten das Haus noch nie zuvor benutzt. In den letzten fünfzehn Jahren war es so gut wie unbewohnt gewesen, ein großes, dunkles Blockhaus oben im Wald, ein paar Hundert Meter vom Strand entfernt. Erik hatte sie schließlich davon überzeugen können, den ganzen Sommer dort zu verbringen, obwohl sie protestiert hatte. Erik argumentierte, ihre Kinder hätten noch nie einen richtigen Urlaub draußen in der Natur erlebt, weil sie bislang jeden Sommer in Helsinki geblieben waren, unterbrochen nur von einem Städteurlaub in Stockholm und kurzen Besuchen in Jakobstad.

»Sie müssen mal von ihren Bildschirmen wegkommen«, sagte er, und Julia konnte schlecht widersprechen.

Das Haus lag neben einem kleinen Teich und war gerade groß genug für ihre Familie. Im Erdgeschoss gab es ein Wohnzimmer, eine Küche und ein Schlafzimmer, und die Kinder konnten oben auf dem Dachboden schlafen. Julias Großvater hatte es in den Siebzigerjahren gekauft, als die Häuser am Mjölkviken noch billig waren und das Gebiet weiter ausgebaut wurde, mit Tennisplätzen und Bungalows mit großen Fenstern zum Meer, in einer Zeit, in der Fabrikbesitzer und österbottnische Mittelklassefamilien plötzlich ein Leben wie an der Riviera führen wollten.

Julia hatte in ihrem ersten Roman, *Mjölkviken*, der vor fünf Jahren erschienen war, über das Haus geschrieben. Es war eine sommerliche Kindheitsschilderung, die zu großen Teilen auf ihren eigenen Erlebnissen beruhte, und für einen Debütroman hatte er sehr gute Kritiken bekommen. Er wurde schnell in fünf Sprachen übersetzt und war für den Runebergpreis nominiert worden. Als Erwachsene war sie nie am Mjölkviken gewesen, nur einmal im Winter war sie mit den Kindern dorthin gefahren, um ihnen das Haus und das Meer zu zeigen.

»Ach, wie schön, endlich Urlaub«, sagte Erik jetzt. Es herrschte kaum Verkehr, und Julia holte die Sonnenbrille aus dem Handschuhfach.

»Es ist wichtig, dass man zum richtigen Zeitpunkt losfährt«, erklärte Erik. »Alle wollen um die Mittsommernacht Urlaub machen. Wir sind früh dran. Kein Verkehr. Ehe ihr euch verseht, sind wir schon da.«

Erik hatte ein paar zusätzliche Urlaubswochen angesammelt, und sie mussten erst wieder in der Stadt sein, wenn im August für die Kinder die Schule anfing. Zehn Wochen, dachte Julia jetzt. Sie würden eine lange Zeit miteinander verbringen. Erst vor einer Stunde hatte sie darüber fantasiert, allein mit den Kindern zu leben, über ein anderes Leben, und als sie sich jetzt an diese Vorstellung zurückerinnerte, kam sie ihr absurd vor. Sie schaute Erik an und streichelte seine Wange.

»Wie kalt deine Hand ist«, sagte er.

2

Erik schaltete das Autoradio ein. Er wählte einen Musiksender, hatte keine Lust, die Nachrichten zu hören. Es dürfte die Medien mittlerweile erreicht haben, und er wollte nicht, dass Julia Fragen stellte.

»Betriebsversammlung um 9.30 Uhr«, hatte am Morgen die Betreffzeile gelautet, als er seine Mails am Telefon kontrollierte. In der Mail selbst stand lediglich, dass sich die komplette Belegschaft, abgesehen von den Verkäuferinnen und Verkäufern, im großen Besprechungsraum im neunten Stock versammeln solle. »Die gesamte Informationsveranstaltung wird über unser Intranet gestreamt, damit auch diejenigen teilhaben können, die daran gehindert sind, persönlich zu erscheinen.«

Der Raum war voll, als Erik hereinkam. Es war zwei Minuten vor halb zehn, und nur ein Bruchteil der Leute fand direkt am Konferenztisch Platz. Das restliche Personal saß auf Stühlen oder lehnte an der Wand wie Schüler bei der Morgenansprache. Durch ein geöffnetes Fenster konnte Erik über das Stadtzentrum von Helsinki schauen – ein schöner und milder Sommertag mitten im Juni. Das Licht und die Bewegungen draußen auf der Straße verstärkten die Anspannung im Besprechungsraum.

Aber es hing auch ein leiser Sarkasmus in der Luft. Niemand wollte zeigen, dass er Angst vor schlechten Neuigkeiten hatte, und seit ihr Arbeitsplatz von einer schlimmen Nachricht nach der anderen heimgesucht wurde, war Humor zu einem eingeübten Verteidigungsmechanismus geworden.

Sich wegen der Firma Sorgen zu machen oder betroffen zu sein, war keine Alternative, denn damit würde man dem Arbeitgeber Vertrauen entgegenbringen, sich auf seine Seite stellen. Erik wusste, niemand in diesem Raum glaubte mehr daran, dass das Management noch irgendeine Ahnung hatte, was es tun sollte. Viele von ihnen hatten eine Vorstellung, wie das Warenhaus besser geführt werden könnte. Aber diese Vorstellungen wurden diskutiert, wenn die Vorgesetzten nicht dabei waren, bei einem Bier in einem der Restaurants auf der anderen Seite des Mannerheimvägen.

Alle wussten, dass die Personalkosten zu hoch waren. Dass das Internet den Einzelhandel immer mehr dominierte, dass die Menschen ins Warenhaus kamen, um Kleidung anzuprobieren und Produkte zu testen, die sie später auf irgendeiner Onlineseite nach Hause bestellten.

»Weiß jemand, worum es hier geht?«, fragte Mia, die etwas später als die anderen eingetroffen war. Sie arbeitete am Informationsschalter im ersten Stock, und oft war es ihre Stimme, die man hörte, wenn im Warenhaus Kunden ausgerufen wurden. Alle wussten, wer Mia war: eine Mutter von vier Kindern, mit sehr viel Energie und der Tendenz, zu Personalversammlungen immer zu spät zu kommen.

Erik sah, dass Mia besorgt war, aber niemand wollte ihr antworten, sie zuckten nur mit den Schultern.

»Ich habe keine Zeit für so was. Im Augenblick ist der Kundendienst unbesetzt«, sagte sie. »Wenn wir uns wirklich Sorgen um die Zukunft machen, sollten wir zusehen, dass wir an einem Freitag nicht unterbesetzt sind.«

»Besser wird es bestimmt nicht«, meinte ein älterer Mann. Er sah düster und melancholisch aus, fast grau im Gesicht, als wäre es von einer Staubschicht überzogen. Erik kannte ihn aus der Lebensmittelabteilung, und er konnte sich gut vorstellen, dass der Mann seine bevorstehende Pensionierung bis ins Detail geplant hatte und jetzt plötzlich mögliche Zusatzleistungen vor seinen Augen verschwinden sah.

Die Tür ging auf, und ihre Chefin kam herein. Ihre Absätze schlugen fünfmal militärisch auf dem Boden auf, bevor sie sich ans Kopfende des Tisches stellte.

»Danke, dass Sie heute so kurzfristig zu dieser Betriebsversammlung kommen konnten«, sagte sie.

Riina Pitkänen arbeitete erst seit einem Jahr für das Warenhaus, und niemand schien sie privat zu kennen, es gab jedoch Gerüchte über ihre Freizeitgestaltung (*Eyes-Wide-Shut*-Orgien, hatte Eriks Vorgesetzter Jouni vorgeschlagen, »mit Reitgerten«). Erik beteiligte sich nicht an solchen Spekulationen, weil ihm diese Art von Machojargon fremd war.

Doch eine der ersten Veränderungen, die Pitkänen vornahm, war die Schließung der gesamten Angelabteilung im fünften Stock, damit sie mehr Platz für die Reitausrüstung hatten.

Jetzt sprach sie mit einer Stimme, die bei Erik den Eindruck erweckte, dass sie ihre Nervosität zu überspielen versuchte: Wenn sie nur monoton genug sprach, würde ihre Stimme nicht brechen.

Es wurde gemunkelt, Riina Pitkänen sei eingestellt worden, um das Warenhaus zu sanieren und durch die bevorstehende Umstrukturierung zu führen. Zuvor hatte sie im Vorstand diverser finnischer Fonds gearbeitet und war in den letzten Jahren unter anderem daran beteiligt gewesen, einige wenig populäre Fusionen von Lokalzeitungen durchzuführen.

Aus irgendeinem Grund musste Erik plötzlich an eine Vertretungslehrerin denken, die er in der Grundschule gehabt hatte. Die Schüler hatten sie so konsequent sabotiert, dass sie nach drei Wochen aufhörte.

»Ich weiß, dass nicht alle hier sein können. Das Verkaufspersonal draußen im Warenhaus wird dieselben Informationen schriftlich erhalten«, sagte Pitkänen jetzt. »Ich habe Sie heute alle zusammengerufen, weil ich eine gute und eine schlechte Nachricht für Sie habe. Wenn wir mit der nicht so guten beginnen … tja, es ist ja kein Geheimnis, Sie haben es sicherlich auch in den Zeitungen gelesen, dass die wirtschaftlichen Herausforderungen für uns größer sind als seit vielen Jahren. Wir hatten Glück und konnten bis 2008 eine relativ stabile Bilanz vorweisen, aber dann drehte sich der Wind.«

Sie schaute auf ihren Computer hinunter, auf dem sie wahrscheinlich ihr Manuskript hatte.

»Wir sind natürlich alles andere als allein mit diesen Sorgen, unsere gesamte Branche ist betroffen. Dank unserer Eigentümerstruktur, die über ausreichende Kapitalreserven verfügt, konnten wir uns ganz gut über Wasser halten und werden es auch in Zukunft tun. Im Augenblick erwirtschaften wir allerdings ein negatives Ergebnis, das nicht einmal unsere Eigentümer akzeptieren können und das zudem kräftig steigt. Es ist also unvermeidlich, dass etwas getan werden muss, und wir haben uns viele Lösungen angeschaut. Es steht bereits fest, dass wir schon jetzt im Sommer eine Umstrukturierung vornehmen werden. Die genauen Details werden Ihnen zu gegebener Zeit mitgeteilt. Diese Umstrukturierung wird in den nächsten fünf Wochen vorgenommen, und das Schöne daran ist, dass Sie eingeladen sind, an diesem Prozess selbst mitzuwirken. Wir werden verschiedene Zukunftsgruppen einrichten, die ihren Input dazu geben werden, wie dieses Warenhaus aussehen soll. Jeder, der mag, kann sich einer dieser Gruppen anschließen. Und ich möchte dazu gleich anmerken: Die Mitwirkung in einer dieser Gruppen ist keine Garantie dafür, dass man in diesem Unternehmen eine Zukunft hat. Anders herum gilt aber auch: Wer nicht an der Zukunftsplanung mitwirkt, verliert nicht automatisch seinen Arbeitsplatz.«

Sie beendete ihre Ansprache, indem sie sich direkt an die Webkamera wandte, die vor ihr auf dem Tisch stand.

»An die Medien wurde eine Pressemitteilung verschickt. Sollten Sie von Journalisten kontaktiert werden, möchte ich, dass Sie auf die darin aufgeführten Informationen zurückgreifen.«

»Und was sind die guten Nachrichten?«, fragte der Mann aus der Lebensmittelabteilung.

»Die guten Nachrichten? Die habe ich Ihnen doch gerade mitgeteilt. Sie sind alle eingeladen, am Prozess unserer Umstrukturierung teilzunehmen. Sämtliche Möglichkeiten zur Mitwirkung stehen Ihnen offen.«

Erik hielt das für einigermaßen ironisch: als hätte man sie dazu eingeladen, ihre eigene Beerdigung zu planen.

»Wie viele werden ihre Arbeit verlieren?«, fragte Mia.

»Wir rechnen mit ungefähr hundert Vollzeitstellen«, antwortete Pitkänen.

»Na, herzlichen Dank. Das ist ein Fünftel der Belegschaft«, sagte Kaj Forslund, ein großer, glatzköpfiger Mann, der im Lager arbeitete und schon seit Langem Betriebsratsvorsitzender war, eine Aufgabe, der er mit großem Ernst nachging. Alle verließen sich auf ihn, weil er allem Anschein nach wusste, was er zu tun hatte, doch vor allen Dingen gehörte er einer Generation an, die sich noch für gewerkschaftliche Arbeit begeisterte. Viele der jüngeren Angestellten kamen und gingen, ohne sich überhaupt dafür zu interessieren, welche Rechte sie als Arbeitnehmer hatten.

»Ja, aber einen großen Teil dieses Stellenabbaus werden wir hoffentlich mit verschiedenen Abfindungsregelungen bewerkstelligen können. Es wird die Möglichkeit geben, in den Vorruhestand oder in Teilzeit zu gehen. Ich weiß, dass es in diesem Unternehmen viele Mitarbeiter gibt, die sich solche Lösungen vorstellen können. Wir sind daher zuversichtlich, dass wir nicht einhundert Kündigungen aussprechen müssen.«

»Wie viele dann?«, fragte Mia.

»Das ist unmöglich vorherzusagen.«

»Was passiert mit denjenigen, die nur einen befristeten Vertrag haben, mit den Sommerjobs und den Vertretungskräften?«, fragte Forslund.

»Wir werden keine Neueinstellungen mehr vornehmen, und wir haben uns angeschaut, wie wir Arbeitsplätze im Verkauf reduzieren können«, antwortete Pitkänen.

Jetzt saß Erik im Auto und ließ den Tag in Gedanken noch einmal Revue passieren. Nach dem Treffen hatten alle geschwiegen, als hätte man ihnen eine Todesnachricht überbracht. Erst Anfang Juli, also in drei Wochen, würden sie erfahren, wie die Umstrukturierung aussehen sollte. Dann würde er nicht mehr in der Stadt sein.

Er hatte mit seinem direkten Vorgesetzten darüber gesprochen. Erik hatte bemerkt, dass sich Jouni nicht besonders wohl in seiner Rolle fühlte, dass er das Leben wahrscheinlich für ungerecht hielt, weil es ihn ins mittlere Management einer kriselnden Branche platziert hatte. Es war für Erik immer offensichtlich gewesen, dass Jouni seine Zukunft im Ausland oder in einem eigenen Beratungsunternehmen sah.

»Schade, dass du gerade jetzt in den Urlaub fährst, es wäre gut gewesen, wenn du geblieben wärst und in einer der Zukunftsgruppen mitgearbeitet hättest«, sagte Jouni.

»Ich habe diesen Sommer seit vielen Jahren geplant. Und ich habe fünf Wochen Überstunden, die ich ausgleichen kann«, erwiderte Erik.

»Aber die Situation hat sich verändert, das muss dir doch klar sein.«

Erik hatte keinen Grund, sich Sorgen um seinen Arbeitsplatz zu machen, tat es aber trotzdem. In der letzten Zeit hatte er ein paar schlechte Entscheidungen getroffen und Projekte angestoßen, denen das Management offensichtlich keine große Bedeutung beimaß.

»Ich weiß nicht, was ich dazu sagen soll. Wir fahren heute los«, sagte Erik.

»Ich weiß es auch nicht. Aber, wie gesagt, im Juli sind

wir schlauer. Ich hoffe, ihr habt eine schöne Zeit in Österbotten«, erwiderte Jouni.

Erik fand es sinnlos, mitten in der Urlaubszeit Stellenkürzungen zu verkünden. Vielen Leuten wurde damit der Sommer vermiest, aber ihm war klar – er hatte es in der Zeitung gelesen –, dass derlei gerade in vielen finnischen Unternehmen stattfand. Es herrschte das allgemeine Gefühl, man müsse die Zähne zusammenbeißen, sich durch schwere Zeiten hindurchkämpfen und solle sich nicht beklagen.

Er hätte Julia eine SMS schicken können, dass sie ohne ihn losfahren sollten, aber als er auf der Toilette im zweiten Stock saß, auf der er sich nach der Mittagspause versteckt hatte, um Stellenanzeigen auf seinem Telefon zu lesen, beschloss er, mit der Straßenbahn nach Hause zu fahren. Er wollte Julia nicht enttäuschen, und überhaupt: War sie in letzter Zeit nicht ein bisschen distanziert gewesen? In den letzten Monaten hatten sie kaum miteinander gesprochen, und Erik befürchtete, er könnte ihr gleichgültig geworden sein. Julia war immer rastlos, immer auf dem Weg irgendwohin. Sie brauchten ein bisschen Zeit zusammen.

»Wie war es heute auf der Arbeit?«, erkundigte sich Julia, nachdem sie kurz hinter Tampere getankt hatten. Das schöne Wetter hatte sich gehalten, und Erik schaltete herunter, um einen Lastwagen zu überholen.

»Wie immer. Alle sind in Urlaubsstimmung. Jede Menge neue Leute, die ihre Sommerjobs antreten. Schön, wenn man das alles für eine Weile nicht mehr mitmachen muss.«

Sollte er diesen Sommer arbeitslos werden und bis zum Herbst keinen neuen Job finden, könnten sie es sich kaum noch leisten, weiterhin in der Innenstadt zu wohnen. Ihre Mietkosten waren jetzt schon viel zu hoch. Er beschloss, Julia nichts zu erzählen, solange die Situation noch ungeklärt war.

3

Während der letzten Kilometer auf dem schmalen Waldweg kamen ihnen keine Autos mehr entgegen. Das Einzige, was sie sahen, war ein Junge in Alices Alter, der mit einem langen Stock am Wegesrand stand und ihren Wagen anstarrte, während sie vorbeifuhren.

»Habt ihr gesehen? Hier gibt's auch andere Kinder. Das ist doch schön«, bemerkte Erik. Er warf einen Blick in den Rückspiegel. Was für ein Glück, dass er den Jungen nicht angefahren hatte, der wie aus dem Nichts aufgetaucht war, ging ihm durch den Kopf.

»Vielleicht findet ihr diesen Sommer ja Freunde«, sagte er.

Alice hatte Kopfhörer auf und hörte nichts.

Durch den lichten Kiefernwald sah man das Meer. Ganz ruhig und grau lag es da, in fast derselben Farbe wie der Himmel. Es schien sie willkommen zu heißen, indem es sagte: Ich werde mich euretwegen nicht verstellen. Aber es war hell draußen, heller als in Helsinki, dieses stille und weitläufige Mittsommerlicht, das beinahe den ganzen Tag anhält und einem erst auffällt, wenn es im August verschwindet, ebenso plötzlich, wie es gekommen ist.

»Es sieht kalt aus«, sagte Anton.

»In ein paar Wochen wird es wärmer«, sagte Julia.

Anton war als Erster im Haus. Als er über die Schwelle trat, nahm er sofort einen rohen, stechenden Geruch wahr, konnte aber nicht lange über den Grund dafür nachdenken, weil er vollauf damit beschäftigt war, sich alles anzuschauen, die Türen zu allen Räumen und Abstellkammern zu öffnen und mit den Füßen die dichten Holzdielen zu erfühlen. Im Schlafzimmer hatten die Wände ein paar alte Feuchtigkeitsflecken, und der Fußboden war voller Staub und trockener Kiefernnadeln. Er machte eine der Abstellkammern auf und fand einen alten vergilbten Bademantel mit einem Riss im Ärmel, ging weiter ins Wohnzimmer und betrachtete eine Uhr aus Messing mit einem finnischen Sprichwort darauf, das er nicht verstand. Auf dem großen Kamin standen ein Thermometer aus Holz und ein alter, schwerer Aschenbecher aus Metall, der den Umriss von Finnland hatte.

Zwei Monate waren eine unüberschaubare Zeit für Anton, und er konnte sich kaum vorstellen, was danach sein würde; schnell flackerten die Sommerferien auf seiner Netzhaut vorbei. Wenn sie vorbei waren, würde er in die fünfte Klasse kommen.

Jetzt erschien er auf der Terrasse und hielt ein kleines Holzhaus hoch, das er im Wohnzimmer gefunden hatte. Es hatte ein Dach, das man abnehmen konnte.

»Da kann man Zigaretten reinlegen«, sagte Julia. »Und wenn man auf den Schornstein drückt, kommt eine Zigarette aus der Dachrinne. So.«

Sie drückte auf den Schornstein.

»Können wir Zigaretten kaufen?«, fragte Anton.

»Aber Papa und ich rauchen doch nicht.«

»Aber Oma. Und sie kommt doch mit Opa zu Alices Geburtstag.«

»Sie raucht?«

»Ja, ich hab's gesehen.«

»Vielleicht hat sie irgendwann mal geraucht«, sagte Julia und schaute zu Erik hinüber. »Du könntest es ja mit etwas anderem probieren. Mit Süßigkeiten zum Beispiel?«

»Gute Idee«, sagte Anton, ging zum Auto und holte seine Tüte mit den Süßigkeiten.

Julia betrat das Haus. Im Schlafzimmer im Erdgeschoss stand ein Doppelbett und an einer Wand noch ein kleines Einzelbett. Die beiden Kinder sollten allerdings auf dem Dachboden schlafen. Die Decken dort oben waren niedrig, und es war stickig, weil es keine Lüftungsklappen gab.

Sie ging in die Küche und öffnete den leeren Kühlschrank, er stammte aus den Siebzigerjahren, war schmutzig und ein bisschen angerostet. Die Wände in der Küche waren mit derselben hellbraunen Textiltapete bezogen wie die Schränke. Ein frischer Anstrich oder eine Renovierung hätte der Küche gutgetan, weil sich in der Tapete offensichtlich sehr leicht Gerüche festsetzten. Im Inneren des Hauses war Kiefernholz das beherrschende Material; die Stühle im Wohnzimmer waren aus lackierter Kiefer, und die Wände, die aus runden, gehobelten Stämmen bestanden, waren ebenfalls lackiert. Das war damals sicherlich der Gipfel der Modernität gewesen. Julias Großmutter besaß einen schlechten Geschmack und eine Vorliebe für ein wenig kitschige Einrichtungsgegenstände sowie kleine Tafeln mit humoristischen Sinnsprüchen. Beim Kochen war sie ein ebenso hoffnungsloser Fall, hatte dies jedoch mit anderen Eigenschaften wieder wettgemacht. Julia würde nie vergessen, wie ihre Großmutter abends auf der Terrasse saß und mit ihr Karten spielte, während alle anderen schon gelangweilt zu Bett gegangen waren.

Erik ging über das Grundstück und inspizierte alles. Die Besprechung am Vormittag schien in weite Ferne gerückt, wie ein wirrer Traum, den er längst abgeschüttelt hatte. Als sie in Jalasjärvi Pause gemacht hatten, hatte er kurz auf sein Handy geschaut und gesehen, dass er weitere Nachrichten von der Firmenleitung bekommen hatte, nahm sich jedoch vor, sie erst am Montag zu lesen. Er wollte allein sein, ohne Fernsehen, wollte wieder Vater sein – das hatte er in den vergangenen Jahren kaum geschafft. Und jetzt plante er, all die Dinge zu tun, die Väter taten: zelten, ein Baumhaus bauen, grillen, vielleicht mit dem Boot aufs Meer hinausfahren …

Wenn das Arbeitsleben eine betäubende Wirkung auf das Seelenleben hatte, konnte man letzteres mit der Familie wieder in Schwung bringen, nicht zuletzt hier in der Natur. Er sog die frische Luft ein, schaute sich das klar umrissene Grundstück an, den Ort, an dem sie die nächsten zwei Monate verbringen würden.

Julias Eltern wohnten ungefähr zehn Kilometer vom Mjölkviken entfernt. Erik wusste, dass es nicht lange dauern würde, bis Julias Mutter mit ihren ausladenden Gesten und guten Ratschlägen hier auf der Terrasse stände. Susanne besaß die bemerkenswerte Fähigkeit, genau zu wissen, was für alle anderen Menschen am besten war (»außer für sich selbst«, wie Julia mehr als einmal bemerkte), und Erik versuchte eine gewisse Distanz zu ihr zu halten. Seine eigenen Eltern wohnten ganz im Süden, in Ekenäs, und er hatte schon eine ganze Weile nicht mehr mit ihnen gesprochen.

Eriks Bruder war gerade als Backpacker auf einer längeren Selbstfindungsreise in Vietnam unterwegs. Anders war zwei Jahre jünger als Erik, es hätten jedoch genauso gut zehn Jahre sein können: ein Mensch, der sich weigerte, erwachsen zu werden, der immer wieder versuchte, sich selbst neu zu erfinden, indem er rastlos von einer Sache zur anderen sprang.

Erik setzte sich an den kleinen Terrassentisch, der auf dem nackten Fels neben dem Teich stand. Julia hatte erzählt, man habe den ganzen Teich vor ein paar Jahren ausbaggern lassen. Danach war das Wasser beinahe klar, aber jetzt war er wieder zugewuchert mit Unkraut und Seerosen und grünem Moos. Niemand wusste genau, wie tief er war, weil er einen weichen Lehmboden hatte. Erik schätzte, dass der Teich mindestens fünfzig Meter lang und zehn Meter breit war. In ihrem Debütroman hatte Julia über einen Elch geschrieben, der durch den Teich angeschwommen kam, an Land stieg und fast auf ein kleines Kind trat, das vor dem Haus auf den Felsen saß und spielte.

Der Tisch, an dem er saß, war aus einer alten, krummen Kiefer gezimmert, ebenso wie die Stühle mit ihren zu seltsamen Formen verdrehten Beinen. Das ganze Haus war voll von solchen eigenartigen Artefakten, die zusammen mit dem Haus verkauft worden waren.

Jetzt spürte er den Meerwind, auch hier oben im Wald, und er konnte das Rauschen hören, ein sanftes und angenehmes Raunen, das ihm das Gefühl gab, sich am Ende der Welt zu befinden. Sobald es wärmer wurde, würde es nach Kiefernnadeln und Salzwasser riechen, und Erik sah die Kinder schon vor sich, ihre braunen, flaumigen Rücken, auf denen kleine Sandkörner klebten.

»Papa, hier gibt's fast gar kein Netz. Man kann nicht mal ein Bild hochladen.«

Alice stand mit ihrem Handy auf den Felsen unterhalb des Hauses.

»Unten am Strand ist es vielleicht besser«, sagte er.

Sie warf einen skeptischen Blick in die Richtung, wo der Strand lag.

»Aber vielleicht brauchst du das Handy ja gar nicht, solange wir hier sind. Wir können jede Menge andere Sachen machen.«

»Zum Beispiel?«, fragte sie.

»Ich weiß nicht, lasst euch einfach was einfallen. Als ich Kind war, hatten wir ständig Langeweile. Für Kinder ist es gut, wenn sie Langeweile haben.«

»Willst du damit etwa sagen, wir sind hier, damit wir uns langweilen?«

»Ich sage nur, dass es gut für die Kreativität ist, wenn man sich selbst etwas ausdenken muss. Schau dir deinen Bruder an, der hat sofort eine Beschäftigung gefunden.«

Anton saß oben auf der Terrasse und drückte auf den Schornstein des kleinen Holzhauses, das er gefunden hatte.

Alice sah ihren Vater skeptisch an.

»Entschuldige, dass ich nicht so zurückgeblieben bin wie mein Bruder. Nicht mal Spotify funktioniert hier.«

»In der Küche steht ein Radio«, sagte Erik.

»Oooh«, machte Alice und ging ins Haus.

Erik schaute selbst auf sein Handy und las einen Teaser der *Helsingin Sanomat.* Ein Terroranschlag in Istanbul. Fünfunddreißig Tote. Er überlegte, den Link anzutippen und den Artikel zu lesen, als er sah, dass Julia auf die Treppe heraustrat.

Sollte er ihr etwas sagen? Sie würde es später wahrscheinlich lesen, gleichzeitig gab es in einer Paarbeziehung aber vielleicht so etwas wie eine Nachrichtenschwelle. Manche Neuigkeiten waren zu groß, um sie seiner Frau zu verschweigen.

»Es hat wieder einen Terroranschlag gegeben. In Istanbul«, rief er über den Hof.

»Aha«, sagte sie. »Etwas Ernstes?«

»Ich hab's nicht gelesen, aber in der Überschrift steht etwas von fünfunddreißig Toten.«

»Schrecklich«, sagte Julia und setzte sich neben Anton auf die Terrasse. »Wer war es?«

»Ich weiß nicht. Bestimmt der IS.«

Neugierig schaute Anton vom Tisch auf. Er hatte in letzter Zeit viele Fragen zum IS gestellt und wollte sich über die Lage in der Welt unterhalten – ob es ein Risiko für Terroranschläge in Helsinki gab und ob Putin irgendwelche Pläne hatte, in Finnland einzumarschieren.

»Papa? Weißt du was?«, sagte er.

Erik ging auf die Terrasse zu. »Was denn?«

»Ich habe einen Film gesehen, in dem hat jemand eine Liste mit den schlimmsten Sachen gemacht, die man in Videospielen machen kann. In *Call of Duty 3* gibt es eine Stelle, wo man Terrorist ist und auf einem Flughafen Leute erschießen muss.«

»Das klingt ja furchtbar«, sagte Julia. »Wo hat du diesen Film gesehen?«

»Nur auf Youtube. Aber er war nicht schlimm«, erwiderte Anton.

Erik warf Julia einen Blick zu. Sie hatten sich schon öfter über Antons Leidenschaft für Youtube-Filme unterhalten und waren übereingekommen, dass sie die moralische Panik vermeiden sollten, die ihre eigenen Eltern ergriffen hatte, als in den Achtzigerjahren Videorekorder auf den Markt kamen.

Erik versuchte den Link zu öffnen, aber Alice hatte recht, hier gab es wirklich kein Netz. Er ging kreuz und quer über das Grundstück, hinauf zum Wald hinter dem Haus, bis schließlich ein paar schmale Balken auf seinem Handy erschienen. Es dauerte ewig, bis die Seite geladen war, aber irgendwann sah er ein Bild. Eine zerbombte Bushaltestelle: nackte Stahlkonstruktionen, ausgebrannte Geschäfte, zerborstene Scheiben, verbogene Verkehrsschilder.

Er las den Artikel und kehrte zum Haus zurück. »Die Zahl der Todesopfer steigt weiter«, sagte er, während er die Treppe hinaufging.

Aber Julia war schon hineingegangen. Anton saß immer noch auf der Terrasse und konzentrierte sich auf seine neue Entdeckung. Es war ihm gelungen, ein paar Süßigkeiten in das Haus zu stecken, und als er auf den Schornstein drückte, fiel ein Stück Lakritz in die Dachrinne.

4

Als sie am nächsten Morgen zum Strand hinuntergingen, hörten sie das Geräusch eines Tennisballs, der gegen einen Schläger prallte. Es gab mehrere Tennisplätze in der Siedlung, eine Erinnerung an die Zeit, als Mjölkviken neu und modern war: Familien bauten sich stilvolle Sommerhäuser und schafften sich motorisierte Schlauchboote an. Erik stellte sich vor, dass er sich einen Tennisplatz mieten und den Sport richtig lernen könnte. Vielleicht war ja auch Julia interessiert, es auszuprobieren, sie war flink und geschmeidig.

»Das Geräusch kommt von dort drüben«, sagte Alice interessiert und zeigte auf ein rotes Haus, das zwischen dichten Kiefern weiter unten am Weg stand. Erik konnte ein Stück vom Netz erkennen, aber keinen Spieler sehen. Sie gingen einen Pfad entlang, der zu einer kleinen Bucht mit sanften, roten Granitfelsen und einem größeren Sandstrand hinunterführte.

Julia hatte ihnen erklärt, wie sich der Ort in den letzten zwanzig Jahren verändert hatte, nachdem die Erben immer größeren Wert auf die Grundstücksgrenzen gelegt hatten.

»Als ich Kind war, konnten wir frei überall herumlaufen, niemand kümmerte es, an wessen Strand man gerade war. Aber heute wollen die Nachbarn anscheinend nichts mehr miteinander zu tun zu haben. Früher war hier alles voller Kinder. Ich glaube, dass es den Menschen heute einfach zu umständlich ist, am Meer zu wohnen. Es ist zu ruhig, und die Annehmlichkeiten der Stadt sind zu weit entfernt«, meinte sie.

Anton schaute seine Mutter an und stellte sich vor, wie es wohl war, als es hier andere Kinder gab, und dachte gleichzeitig, wie schön es war, dass sie jetzt die einzige Familie hier waren. Es war immer so anstrengend, neue Leute kennenzulernen.

»Vielleicht muss man einfach mit den Nachbarn reden? Vielleicht sind sie gar nicht so schlimm?«, fragte Erik.

Julia schaute ihn an. »Du kannst es ja versuchen. Ich glaube, die meisten sind Rentner, jüngere Familien kommen nicht mehr hierher«, sagte sie. Als sie am Strand angekommen waren, setzte sie sich und schenkte sich einen Kaffee aus der Thermoskanne ein.

Das Wasser war kalt, und Anton wollte nicht schwimmen, obwohl sein Vater versuchte, ihn hineinzulocken.

»In ein paar Wochen wird es wärmer«, sagte Erik. »Es ist ja noch nicht einmal Mittsommer. Aber die Luft ist schon warm, habt ihr das gemerkt? Wenn man eine Stelle im Windschatten findet.« Er versuchte im Gesicht zu spüren, woher der Wind kam. Aber es war schwierig, einen Sitzplatz zu finden, die Felsen waren zu flach, um einen vor dem Wind zu schützen. Er setzte sich und lehnte sich an einen niedrigen Felsen, der viel kälter war, als er erwartet hatte. Der Winter schien immer noch in der Erde zu stecken, als hätte er seinen Griff noch nicht endgültig gelöst.

Julia schien der Wind nicht weiter zu stören. Sie saß in der bleichen Sonne und schloss die Augen.

»Hier ist es schön«, verkündete Erik mit Nachdruck, damit die anderen es hörten. Wenn er sich ein bisschen zusammenkrümmte, konnte er den Wind nicht spüren.

Julia warf ihm nur einen kurzen Blick zu und sonnte sich weiter.

Die Kinder lagen eine Weile auf ihren Handtüchern, während sie dem Tennisball zuhörten, der gegen den Schläger prallte.

»Die Klippen werfen das Geräusch zurück, deswegen klingt es so, als käme es vom Meer«, sagte Erik.

»Ganz schön blöd, so ganz für sich allein zu spielen«, meinte Alice.

Julia schaute auf. »Früher hat dort ein altes Ehepaar gewohnt. Es muss ihr Sohn sein, der da spielt, vielleicht kommt er manchmal noch her.«

»Mir ist kalt«, erklärte Anton.

»Kannst du mal aufhören zu nörgeln?«, sagte Alice, und Anton versetzte ihr einen leichten Tritt.

»Hier, nimm ein Handtuch«, sagte Erik. »Und setz dich zu mir. Hier hinter den Felsen ist der Wind nicht so stark.«

Julia schenkte sich eine dritte Tasse Kaffee ein. Sie hatte vorgehabt, in diesem Sommer mit ihrem zweiten Buch zu beginnen, und jetzt saß sie in der Sonne, dachte darüber nach und ließ sich vom Rest der Familie nicht stören.

Deshalb war sie damit einverstanden gewesen, den Urlaub hier zu verbringen. Zwei Monate Abgeschiedenheit vom Rest der Welt war vielleicht genau das, was sie brauchte, um endlich in Gang zu kommen. Sie wollte einen Roman über Frauen in Jakobstad in der Mitte des zwanzigsten Jahrhunderts schreiben, über die alte Tabakfabrik, die damals einer der größten Arbeitgeber in der Stadt gewesen war und bei der ihre Großmutter gearbeitet hatte. Sie hatte sich bereits eine Hauptperson ausgedacht, eine junge Frau, die Anfang der Vierzigerjahre in der Fabrik zu arbeiten begann und kurz danach von einem der Chefs schwanger wurde. In Julias Fantasie war der Roman so gut wie fertig. Sie hatte ehemalige Arbeiterinnen der Fabrik interviewt – wofür sie ein Stipendium bekommen hatte – und Tausende von Fotografien aus dieser Zeit gesichtet. Auch die Sammlung des Stadtmuseums zu der alten Fabrik hatte sie sich angeschaut: alte Entwürfe für Zigarettenschachteln, Etiketten, Stempelkarten, Werbeplakate.

Sie würde in der Küche schreiben. Am Morgen hatte sie ihre Aufzeichnungen durchgesehen und überlegt, dass sie einen roten Faden brauchte, an dem sie alles aufhängen konnte. Etwas Kleines, aber Suggestives. Sie dachte an die Nachkriegszeit, an all die zerrissenen Familien, an die alkoholisierten Männer, die von der Front nach Hause kamen, an die jungen Frauen, die sich um ihre Brüder und Väter kümmern mussten.

Sie hatte ein kurzes Stück Text geschafft, an dem sie nach dem Mittagessen weiterarbeiten würde, und sie war ziemlich zufrieden damit, aber so war es immer: Der Anfang war nicht das Schwierigste.

Als sie sich jetzt umschaute, wurde ihr bewusst, wie sehr sie dieser Ort geprägt hatte: die Farben, die Felsen, der Geruch nach Kiefernwald und feuchtem Sumpfboden. Das alles kannte sie noch aus ihrer Kindheit. Sie saßen genau gegenüber von den Felsen, auf denen sie und Marika sich an der anderen Seite der Bucht gesonnt hatten. Sie hatten ihre Handtücher auf den heißen Stein gelegt, sich ausgestreckt und einfach nur erzählt. In einem Sommer waren die Felsen voller Marienkäfer gewesen, und das hatte sie lange beschäftigt. Zugleich war eine seltsame Stimmung mit diesen Erinnerungen verbunden, die ihr eine Gänsehaut machte – es war immer etwas sonderbar gewesen, die Stadt zu verlassen und hierherzufahren, die Erwachsenen verhielten sich, als würden die Familiengrenzen aufgelöst. Sie hatte das Buch über Mjölkviken geschrieben und die Kindheit hinter sich gelassen.

»Ich glaube, ich geh wieder zurück«, sagte sie und wischte den Sand von sich ab. »Ich will versuchen, vor dem Mittagessen noch ein bisschen zu schreiben.«

»Geh ruhig, die Kinder und ich bleiben noch eine Weile hier, oder?«, sagte Erik. »Wollen wir eine Sandburg bauen?«

»Ja!«, rief Anton und warf sein Handtuch neben Erik auf den Boden.

Die Kinder begannen direkt am Wasser eine Sandburg zu bauen, während Julia ihre Sachen zusammenpackte. Erik schaute sie mit einem Blick an, der sie dazu ermutigen sollte, zum Haus zurückzugehen. Seine Fürsorge setzte sie unter Stress: als stünde sie in seiner Schuld, weil er so verständnisvoll war, als müsste sie das erste Kapitel des Romans noch vor dem Mittagessen fertigschreiben.

Sie nahm die Thermoskanne und ihre Decke und ging zum Haus hinauf. Sie sah ein Stück vom Tennisplatz und ging schnell daran vorbei. Sie war noch nicht richtig bereit, sich mit der örtlichen Bevölkerung auseinanderzusetzen.

Als die Sandburg fertig war, ging Alice über den Strand bis auf die äußerste Felsspitze und schaute hinaus. Sie wünschte sich, dass die Wellen höher wären, dass ein richtiger Sturm aufkommen würde, dann könnte sie spannendere Fotos mit dem Handy machen. Vielleicht würde es später im Sommer ja noch stürmischer werden. Sie dachte an ihre Klassenkameraden und freute sich, dass sie jetzt verreist war. Mehrere Mitschüler würden den Sommer im Ausland verbringen: Autoreisen durch Italien oder Besuche in New York. Ihre Mutter war Schriftstellerin, und Alice wusste, dass sie nicht so viel Geld hatten wie die Eltern ihrer Mitschüler.

Erik und Anton ließen inzwischen Steine übers Wasser hüpfen, und sie drehte eine Runde durch die Klippen. Die Heide streichelte ihre Beine, während sie von einem Stein zum anderen kletterte. Sie sah, dass sie hier draußen ein Netz hatte, also machte sie eine Aufnahme vom Meer und lud sie auf Instagram hoch: »#vacation #summer #boring #sea #helpme«.

Sie lief zurück zur Bucht und sprang von einem Felsen in das kalte Wasser an einer Stelle, an der Anton und Erik sie nicht sehen konnten.

Die Bucht war seicht, das klare Wasser reichte ihr nur bis knapp über die Knie, und der Sand unter ihren Füßen war behaglich und kalt, als ginge sie auf einer sehr weichen Matte. Sie entfernte sich immer weiter von Anton und ihrem Vater.

Alice hatte im Frühling ihre erste Menstruation bekommen. Es kam ihr so vor, als wäre sie an diesem Tag alt geworden, als hätte sich plötzlich alles verändert, und sie konnte die Welt nicht mehr mit den Augen eines Kindes betrachten. Ihre Mutter und ihr Vater schienen anders zu sein. In der Schule schienen alle anders zu sein, irgendwie lächerlicher, aber vor allem schien sie selbst anders zu sein. Nicht unbedingt schlechter, aber ob es besser war, konnte sie auch nicht sagen. Sie konnte sich kaum daran erinnern, wie sie sich vorher gefühlt hatte.

Die Sommerferien waren eine willkommene Pause vom Alltag: Sie hasste es zwar, einen Badeanzug zu tragen, aber solange nur die Familie sie sah, war es okay, sie achteten nicht darauf, wie schief und krumm ihr Körper war, scherten sich nicht um die wulstigen Armbeugen oder die pummeligen Füße.

Ihre Mutter hatte gesagt, man solle nicht so auf seinen Körper fixiert sein, dass diese ganzen Erwartungen von außen an einen herangetragen würden, »soziale Konstruktionen«, aber sie fragte sich, ob es wirklich so einfach war. Wenn sie sich im Spiegel betrachtete, hatte sie nicht das Gefühl, dies mit den Augen anderer zu tun, sie selbst war unzufrieden; sie war zu klein, und das Profil ihrer Nase sah komisch aus, als hätte sie jemand ins Gesicht hineingedrückt. Es hieß öfter, sie hätte die Nase ihres Vaters, aber sie passte nicht zu ihr.

Auf der anderen Seite der Bucht, am Strand, stand ein Haus. Es war grau und modern, kaum älter als zehn Jahre, und sah unbewohnt aus. Alice watete zu dem Haus hinüber, als sie im Wasser etwas aufblitzen sah. Sie tastete mit den Zehenspitzen danach, versuchte es mit dem Fuß aufzuheben, und als sie dagegentrat, löste es sich aus dem Sand: ein Ring. Sie hob ihn auf und schaute ihn sich an. Er war ganz glatt und nicht besonders groß. Ein Ring, den eine Frau getragen hatte. Es stand ein Datum darauf, das man durch die Wassertropfen sehen konnte:, *19.4.1994*.

Sie schaute über die Schulter. Ihr Vater und Anton warfen immer noch ihre albernen Steine übers Wasser. Sie wollte ihnen von dem Ring erzählen, gleichzeitig wollte sie es aber auch für sich behalten. Sie dachte, dass sie vielleicht alles kaputt machen würden, wenn sie ihnen davon erzählte, oder falsch darauf reagierten. Am schlimmsten wäre es, wenn sie es einfach nur mit einem Achselzucken zur Kenntnis nehmen würden. Sie dachte, sie könnte vielleicht ein Foto von dem Ring machen, aber das kam ihr falsch vor: Das hier war ganz allein ihre Sache.

Sie blieb eine Weile im kalten Wasser stehen und dachte darüber nach. Am Ende entschied sie, niemandem davon zu erzählen.

Als sie zum Strand zurückkam, war Anton bereits zum Haus gegangen.

»Hier ist es doch schön, oder?«, fragte ihr Vater.

»Doch, schon«, sagte Alice.

Mittlerweile war die Sonne herausgekommen, und man konnte sich auf die Decke legen und trocknen lassen. Damit verbrachte Alice den Rest des Vormittags, in einer Art weicher Schläfrigkeit; der milchweiße Himmel war ebenso still wie ihre Gedanken, nur das sanfte Glucksen des Wassers erklang irgendwo im Hintergrund und wurde gelegentlich vom Tennis spielenden Nachbarn unterbrochen. Alice glitt immer wieder in den Schlaf und wieder hinaus. In der Hand hielt sie den Ring, den sie sich später genauer anschauen wollte.

5

Anton kam vor den anderen zum Haus zurück, durchgefroren und mit blauen Lippen.

»Mama, glaubst du, hier gibt es Schlangen?«, fragte er, als Julia ihm den Sand von den Beinen bürstete und ihm seine Kleider reichte.

»Bestimmt. Aber ich habe nur einmal eine gesehen.«

»Wann war das?«

»Als ich klein war und dein Urgroßvater noch lebte. Hinter der Sauna. Das ist schon lange her.«

»War es eine Kreuzotter?«

»Ich denke schon.«

»Was habt ihr mit ihr gemacht?«

»Ich glaube, dein Großvater hat sie mit einem Spaten in zwei Teile gehackt.«

Julia erinnerte sich sehr gut an das Ereignis. Es gab eine Party, die Erwachsenen waren betrunken, sie war sieben oder acht Jahre alt, und einer der Gäste hatte die Schlange hinter dem Haus entdeckt, als er dort pinkeln wollte. Sie waren alle dorthin gegangen, um sie sich anzuschauen, eine ziemlich große Kreuzotter, die ganz still auf einem Stück nackten Fels hinter der Sauna lag. Julia war entsetzt, als ihr Vater plötzlich einen Spaten holte und die Schlange zerhackte, während die anderen ihn anfeuerten und einer sogar Bier auf das Tier schüttete. Sie hatte nicht damit gerechnet, dass ihr Vater sie umbringen würde, und die plötzliche Gewalt ließ sie frösteln.

»Aber das war auch das einzige Mal, dass ich hier eine Schlange gesehen habe, so viele davon gibt es hier also nicht. Trotzdem kann es nicht schaden, vorsichtig zu sein«, sagte sie.

Anton schien über die Antwort nachzudenken und schaute sich auf dem Grundstück um, als stellte er sich vor, überall dort wären Schlangen.

»Mama?«

»Ja?«

»Erinnerst du dich an Valter, der mit mir im Kindergarten war? Der wurde von einer Schlange gebissen und war danach fast gelähmt.«

»Ich weiß. Seine Mutter hat es mir erzählt.«

Der Junge war auf einer Schäreninsel vor Turku von einer Kreuzotter gebissen worden und musste mit dem Rettungshubschrauber ins Krankenhaus gebracht werden. Er saß noch bis in den Herbst im Rollstuhl, und im Kindergarten wurde darüber informiert, wie man sich vor Schlangenbissen schützen könne.

»Wenn man ganz sicher sein will, muss man draußen Gummistiefel tragen. Vielleicht solltest du welche anziehen, wenn du im Wald unterwegs bist«, sagte Julia.

»Ich glaube, dann mach ich das so.«

Eine Weile später kamen Erik und Alice vom Strand.

»Dieser Mann, der dort Tennis spielt, ich glaube, ich werde ihn fragen, ob wir in ein paar Tagen mal miteinander spielen können«, sagte Erik. »Ich glaube, Tennis wäre eine passende Sportart für mich. Vielleicht möchtest du ja auch mal mit mir spielen?«

»Ich glaube, er heißt Leif. Seine Mutter war mit meiner Großmutter befreundet«, erwiderte Julia.

Erik ging in die Küche und schenkte zwei Gläser Wein ein. Er setzte sich und sah schweigend aus dem Küchenfenster. »Du wirst in diesem Sommer bestimmt jede Menge schreiben?«, sagte er, und es klang eher wie eine Behauptung und nicht wie eine Frage.

Julia war dreiundzwanzig, als sie und Erik heirateten. Sie sagte immer, dass Susanne um Eriks Hand angehalten habe. Dass ihre Mutter die Hochzeit vorgeschlagen habe, weil sie ein Kind erwarteten.

»Natürlich müsst ihr heiraten«, hatte Susanne am Heiligabend mit der Autorität der Erwachsenen gesagt, als wären Julia und Erik immer noch zu jung, um eigenständige Entscheidungen zu treffen.

Das waren sie vielleicht auch. Als Julia ein paar Monate später in der Gamla Kyrkan in Helsinki stand und einem Pfarrer lauschte, der Erik hartnäckig Henrik nannte, wusste sie immer noch nicht so richtig, was gerade geschah.

Das Hochzeitskleid war aus champagnerweißer Seide, sie hatte es für fünf Euro im Secondhandladen der UFF auf der Stora Robertsgatan gefunden, am selben Tag, als sie mit Erik beim Arzt war und die ersten Ultraschallbilder gesehen hatte. Das Kleid fiel hübsch über den Bauch, von dem sie glaubte, dass man ihn schon sehen konnte; sie war glücklich und verliebt, aber auch ein wenig verstört, dass alles so schnell gegangen war.

Später im Restaurant tranken alle zu viel. Susanne leerte

eine Flasche Weißwein, die der Kellner an ihrem Ende des Tisches platziert hatte, rundete sie mit einem Cognac ab und redete laut. Julia konnte hören, dass sie über ihr Kleid sprach, dass es von demselben Modeschöpfer stamme wie viele der Abendkleider, die auf dem Unabhängigkeitsball des Präsidenten im Schloss getragen wurden; dass sie den Designer persönlich kenne und es zu einem guten Preis bekommen habe.

»Er sagte, er habe an mich gedacht, als er es entwarf«, sagte sie, während sie sich den letzten Rest aus dem kleinen Glas einverleibte. »Normalerweise hätte es ein Vermögen gekostet, aber ich glaube, er braucht ein paar *High-profile*-Kunden …«

Eriks Mutter nickte nur höflich und schaute alle aufmerksam an, ohne viel zu sagen. Susanne redete weiter, legte hin und wieder aber eine kleine Pause ein und ließ ihre Blicke mit leicht angeekelter Miene über die Menschen am Tisch gleiten, als hätte sie gerade erkannt, dass ihre Tochter in eine »Bratwurstfamilie« eingeheiratet hatte, ein Begriff, den Susanne benutzte, wenn sie über Menschen sprach, die sie als gewöhnlich betrachtete.

Eriks Familie war in der Tat eine Bratwurstfamilie. Seine Eltern waren am Tag zuvor mit dem Zug aus Ekenäs gekommen und hatten im Hotelrestaurant zu Abend gegessen. Eine halbe Ewigkeit hatten sie die Speisekarte studiert und dann das einfachste Gericht bestellt, Steak mit Pommes Frites.

Eriks Vater hatte Ende der Sechzigerjahre nach der achten Klasse die Schule verlassen und in Hangö einen Job bei einer Firma angenommen, die Autoreifen wechselte. Er hatte fünfzehn Jahre in der Autobranche gearbeitet, Eriks Mutter geheiratet – die im selben Viertel aufgewachsen war – und sich nach einer Weile mit einer Tankstelle in Ekenäs selbstständig gemacht. Während des Hochzeitsessens trank er beinahe genauso viel wie Susanne, sprach aber die meiste Zeit von einer Wohnung, die die Familie in den Achtzigerjahren in Spanien besessen hatte, ein Versuch, sich zumindest teilweise in dem sozialen Spiel zu behaupten, das am Tisch ausgetragen wurde. Erik und sein Bruder Anders waren stolz auf ihre proletarische Herkunft, und Julia hatte sie in gewissem Ausmaß sogar darum beneidet – dass sie sich hochgearbeitet hatten, während sie einfach nur getan hatte, was alle von ihr erwarteten. Sie strengte sich an und zeigte Leistung und wählte die natürliche Laufbahn, für die sich jedes Kind der Achtzigerjahre mit Selbstrespekt und gut situierten Akademikereltern entschied: eine äußerst prekäre Karriere in der Kulturbranche.

Zum ersten Mal begegneten sich Julia und Erik im Alten Studentenhaus auf einem Fest, das von der Fachschaft des Literaturwissenschaftlichen Instituts veranstaltet wurde. Erik studierte Informatik und hatte ein Zimmer in einem Wohnheim in Otnäs. Julia erbarmte sich seiner, als er den letzten Bus nach Hause verpasst hatte. Nach diesem Abend sahen sie sich fünf Wochen lang fast jeden Tag, ohne dass dabei etwas passierte – sie sprachen sogar darüber, dass sie sich so gut verstanden, weil ihre Beziehung nicht auf Sex beruhte. Zu der Zeit hatte Julia einen Freund, doch es war nichts Ernstes, sodass sie Erik hin und wieder bei sich übernachten lassen konnte. Sie hatte ohnehin auf eine Gelegenheit gewartet, die Beziehung zu beenden. Tomas war Bibliothekar im Literaturwissenschaftlichen Institut und fast zehn Jahre älter als sie, allerdings benahm er sich nicht so. Im Bett war er ungeschickt, und er roch aus dem Mund. Im Grunde hatte sie nur deswegen noch nicht Schluss gemacht, weil er zu den Menschen zu gehören schien, die in ihrem Leben schon zu oft zurückgewiesen worden waren.

Erik und Julia gingen ins Theater und ins Kino, hatten dabei jedoch nur einander im Kopf, sodass sie sich hinterher nicht mehr an die Handlung erinnern konnten.

Eines Abends saßen sie auf einer Parkbank in Havshagen, wo sie nach einem ihrer langen Spaziergänge gelandet waren, und sprachen rein hypothetisch darüber, wie es sein könnte, wenn sie zusammen wären. Die Luft knisterte vor Spannung, und sie zitterten in der Kälte, während sie einen Mann beobachteten, der unten auf dem Eis fischte.

Die Geschichte, die sich Julia und Erik erzählten, handelte davon, dass sie nur Freunde waren, doch wenn sie ihn ansah, spürte Julia, wie es vor Begehren in ihr kribbelte. Erik war einundzwanzig und hatte vor, nach dem Studium in die Handybranche zu gehen: Er war voller Selbstvertrauen und Zuversicht.

»Kannst du dir vorstellen, dass wir ein Paar wären? Wie das funktionieren würde?«, fragte sie und schaute ihn an.

»Es wäre schrecklich«, erwiderte er und lächelte. Wegen der Kälte kam Dampf aus seinem Mund, und er war hübsch, schien sich dessen aber gar nicht bewusst zu sein – was seinen Charme noch verstärkte.

»Grässlich«, sagte sie und lachte.

»Du würdest es nicht mit mir aushalten. Du würdest denken, dass ich langweilig bin und langweilige Freunde habe«, sagte er.

»Du würdest den ganzen Tag studieren, und ich säße zu Hause und würde an meinem Meisterwerk schreiben.«

Julia war fest entschlossen, Schriftstellerin zu werden. Sie war etwas verlegen, als sie es Erik erzählte, weil sie nicht anmaßend klingen wollte, aber er hatte genauso reagiert, wie er sollte: Er hatte ihr Mut gemacht, hatte gesagt, dass sie sich jeden Tag mindestens zwei Stunden für das Schreiben freihalten solle. Er hatte es pragmatisch betrachtet, wie ein Projekt, in das man investieren musste, ungefähr so, als wollte man Arzt werden. Sie bewunderte diese praktische Einstellung, die sie von ihrer Familie nicht gewohnt war, wo man einfach nur erwartete, dass sie auf irgendeine magische Weise ein Buch hervorzauberte.

»Und dann würde ich nach Hause kommen, und du hättest schlechte Laune, weil du nichts geschrieben hast«, sagte er.

»Und am Ende wäre ich so frustriert von meiner Schreibblockade, dass ich anfangen würde, Selbstgespräche zu führen, und dann würde ich eine Axt finden und dich durch die Wohnung jagen wie Jack Nicholson in *The Shining*«, sagte Julia.

»Großartiger Film«, meinte Erik.

»Nicht wahr, ich habe das Buch schon mit vierzehn gelesen. Ich muss immer daran denken, wenn ich beim Schreiben nicht weiterkomme. All work and no play makes Jack a dull boy.«

»Aber eine Sache wäre gut: Ich würde lecker kochen. Du würdest richtig gut essen«, sagte Erik.

Julia lachte.

»Das wäre prima. Ich hasse kochen.«

»Dann könnte es vielleicht doch funktionieren.«

»Vielleicht.«

Als er jetzt in der Küche saß und sie fragte, ob sie hungrig sei und er den Grill anwerfen solle, schienen diese Personen Existenzen in einem alten Fotoalbum zu sein, und sie war gerührt und verlegen zugleich, wenn sie daran dachte, wie jung sie damals waren.

Julia bewunderte Erik und wusste, dass er ein guter Vater war, konnte sich an seiner Seite jedoch sehr einsam fühlen. Oft betrachtete sie andere Paare und dachte, dass sie nicht in einer solchen Einsamkeit zu leben schienen, dass sie irgendwie zusammengehörten, so selbstverständlich war die Liebe zwischen ihnen, und sie bekam ein schlechtes Gewissen, weil sie sich mit Erik nicht so fühlte, und das machte sie noch einsamer, weil sie niemanden hatte, mit dem sie reden konnte. Sie dachte, dass dies der schlimmste vorstellbare Verrat war: sich fortzusehnen. Und sie war sich nicht einmal sicher, dass es so war, vielleicht ging es bei ihrer Einsamkeit um etwas ganz anderes, etwas vage Existenzielles; der unheilbare Überdruss der Moderne. Sie dachte oft an *Madame Bovary*, das Buch, das sie im ersten Semester an der Universität gelesen hatten. Vielleicht war sie kein Stück besser als Emma Bovary, hatte dieselbe naive Sehnsucht, verfiel dem Reiz eines eingebildeten Abenteuers, das die Monotonie des Alltags unterbrach? Doch Madame Bovary war kaum erwachsen, Julia hingegen bereits sechsunddreißig. War sie nicht zu alt, um sich fortzusehnen, müsste sie aus dieser Phase ihres Lebens nicht längst herausgewachsen sein?

»Weißt du, wann deine Eltern kommen?«, fragte Erik.

»Bestimmt schon in ein paar Tagen«, sagte sie.

»Werden sie hier übernachten?«

»Wohl kaum. Ich glaube, sie haben schon seit Ewigkeiten nicht mehr hier geschlafen. Außerdem hätten sie ja auch keinen Platz.«

»Auf dem Dachboden vielleicht.«

»Mama ist es dort oben zu stickig, sie beschwert sich immer darüber. Sie werden bestimmt nach Hause fahren.«

»Oder sie schlafen hier, und sie läuft die ganze Zeit in Unterwäsche herum, wie damals in Spanien«, sagte Erik.

»Das hatte ich ganz vergessen«, sagte Julia und dachte an den Urlaub in Spanien vor zwei Jahren: Jeden Abend war Susanne in Unterwäsche auf dem Sofa eingeschlafen, müde und betäubt von dem vielen Wein, den sie aus der Bag-in-Box getrunken hatte, die sie vom örtlichen Supermarkt mitgebracht hatte.

Als würde man Urlaub mit einer Naturgewalt machen, mit einem Unwetter, das eigenen Gesetzen folgte. Susanne gehörte zu den Menschen, die die Kinder morgens fragten, was sie unternehmen wollten, um den Tag dann trotzdem ganz nach ihren eigenen Vorstellungen zu gestalten. Für Susanne war die *Geschichte*, mit ihren Enkelkindern Urlaub gemacht zu haben, wichtiger, als tatsächlich Zeit mit ihnen zu verbringen.

»Wie auch immer, es wird schön, sie zu sehen«, sagte Erik.

»Findest du«, meinte Julia.

»Für die Kinder auf jeden Fall. Und deine Mutter meint es ja gut. Sie kann manchmal ein bisschen anstrengend sein, aber im Grunde ist sie nett.«

»Vermutlich. Besonders lange werden sie trotzdem nicht bleiben«, sagte Julia.

Gegen Abend kam Wind auf. Erik bereitete das Essen auf dem Grill zu, und sie aßen im Haus, weil es auf der Terrasse zu kalt war. Als Julia nach dem Essen ihren Teller spülte, nahm sie einen seltsamen Geruch wahr. Sie drückte ihr Nase gegen die Textiltapete an der Wand, aber sie roch nur nach altem Sackleinen.

»Merkst du das?«, fragte sie.

»Was denn?«, fragte Erik.

»Dass es so komisch riecht«, sagte Julia.

»Ach, das ist doch in allen alten Häusern so«, meinte er.

»Vielleicht ein Wasserschaden?«, fragte sie.

»Kaum. Wo sollte der denn sein?«

»Ich weiß nicht, aber ich finde, es riecht ein wenig feucht. Vielleicht bilde ich mir das aber auch nur ein.«

»Wenn es wärmer wird, können wir mehr lüften«, sagte Erik. »Dann kannst du draußen sitzen und schreiben statt in der Küche. Aber ich werde mal nachschauen. Vielleicht können dein Vater und ich etwas tun, wenn sie kommen.«

Nach dem Essen gingen die Kinder ins Wohnzimmer und versuchten, den alten Fernseher in Gang zu bringen. Julia und Erik blieben am Küchentisch sitzen, und Julia dachte, dass sie jeden Tag schreiben sollte, und sie überlegte, ob sie es einfach tun sollte, sich den Rest des Sommers zurückziehen und alles Erik überlassen.

Erik schaute aufs Display seines Handys.

»Was ist?«, fragte sie.

»Nichts«, sagte er und steckte das Telefon in die Tasche. »Ich wollte nur sehen, ob wir ein Netz haben.«

Erik ging mit dem Handy zum Strand, um in Ruhe seine Mails lesen zu können.

Die Bucht war vollkommen leer, nur die schweren, unruhigen Wolken ließen die Landschaft schrumpfen, und der kräftige Wind sorgte weiter draußen für größere Wellen. Nach einer Weile begann er zu frieren.

Er starrte auf sein Handy. Kurz überlegte er, ob er es ins Meer werfen, sich unerreichbar machen sollte. Stattdessen rief er die Nummer an, die den ganzen Tag versucht hatte, ihn zu erreichen, und die er nur allzu gut kannte.

»Hallo! Geht's euch gut?«, fragte Jouni. Er war offensichtlich auf der Arbeit, denn im Hintergrund waren die Geräusche des Warenhauses zu hören.

»Ja, alles super. Richtig schön hier«, antwortete er.

Sie unterhielten sich zwei Minuten und vier Sekunden, wie er nach dem Gespräch sah, als er auf das Display starrte und überlegte, was er tun sollte. Sie hatten ihm eine Abfindung versprochen, ein halbes Jahresgehalt, was keineswegs schlecht war. Das Letzte, was Jouni sagte, war: »Tut mir leid, Erik. Tut mir wirklich leid.«

Als Erik zur Tür hereinkam, hatten die Kinder gerade ihre Bettdecken nach unten geschleppt, um im Schlafzimmer der Eltern zu schlafen. Anton verkündete, dass er Angst vor Schlangen habe, und Alice weigerte sich, allein zu schlafen, weil sie das gruselig fand.

»Dann müsst ihr euch eben das kleine Bett teilen«, erklärte Julia.

Draußen war es immer noch hell, ein gedämpftes und graues Licht, und Julia hängte eine Decke vors Fenster, um das Zimmer abzudunkeln. Anton fragte, ob es im Wald Kaulquappen gebe.

»Bestimmt«, sagte Julia. »Jedenfalls gab es hier welche, als ich klein war. Und jetzt gute Nacht.«

Nachdem sie die Lampen ausgeschaltet hatten und die Kinder eingeschlafen waren, lag Erik noch lange wach.

»Schläfst du?«, fragte er schließlich.

»Nein, noch nicht«, antwortete Julia.

»Wollen wir miteinander schlafen?«

»Jetzt? Hier?«

»Auf dem Dachboden, dachte ich. Dann wecken wir die Kinder nicht.«

Die Stufen aus lackiertem Kiefernholz knarrten, als sie nach oben gingen. Es gab zwei große Räume am Ende der Treppe, beide waren dunkel, weil die Fenster klein und die Decken niedrig waren. In einem Zimmer stand ein Doppelbett, und sie legten sich hinein. Erik hatte die ganze Zeit das Gefühl, dass Julia stärker reagierte als sonst, dass ihr Körper hier empfindlicher für Berührungen war, und er fragte sich, ob es am Ort lag, an diesem dunklen, stickigen Raum und dem Wald vor dem Fenster, am Tiefdruckgebiet, als wäre sie ein Barometer. Für Erik war es genauso; bei jeder Berührung, zu jeder Sekunde war er vollkommen gegenwärtig, und gleichzeitig kam es ihm vor wie ein Film, als könnte er sich selbst zusehen. Sie setzte sich auf ihn, und er schaute nach oben; Julias dunkles Haar, ihre weichen Brüste und die Balken unter der Decke, und er dachte, dass es wahrscheinlich lange her war, dass jemand in diesem Raum Sex hatte, vielleicht war es nie zuvor passiert. Und während er spürte, wie sich der Höhepunkt näherte, dachte er an seine Arbeit, an das Gespräch mit Jouni, an Riina Pitkänen, wie sie vor ihnen im Besprechungsraum stand: Plötzlich sah er sie, nackt, mit einer Reitgerte in der Hand, hohe Stilettos, ein gebeugter Rücken über einem Konferenztisch.

Danach gingen sie die Treppe hinunter, er war seltsam glücklich und warm, und sie gingen im gedämpften Sommerlicht durch das stille Haus, tranken Wasser in der Küche, und er dachte, dass das Leben doch wunderbar war, obwohl er seinen Job verloren hatte und sich vielleicht anders fühlen sollte.

»Das war intensiv«, sagte Julia.

»Das war es«, sagte Erik.

Im Schlafzimmer lagen sie noch eine Weile wach, ohne zu sprechen. Als Julia schließlich eingeschlafen war, kam es Erik so vor, als würde er das Geräusch eines Tennisballs hören, der draußen gegen eine Wand schlug. Zu dieser Uhrzeit würde doch niemand spielen? Und könnte man es tatsächlich bis hier oben hören?

6

Warte auf mich«, sagte Anton. Er hatte immer das Gefühl, dass Alice so viel mehr wusste als er, dass sie einen Vorsprung hatte. Sie war nur drei Jahre älter, und das beunruhigte Anton. Würde er in drei Jahren so viel lernen können? Es war ein Rätsel, wie Menschen überhaupt irgendetwas lernen konnten. Er hatte bemerkt, dass es nicht reichte, seine Eltern zu fragen, sie waren zu sehr mit ihren eigenen Dingen beschäftigt, stattdessen lernte er das meiste auf Youtube, klickte sich von einem Video zum nächsten, über alles von Computerspielen über Basketballschuhe bis hin zu amerikanischer Politik.

Von seinem Vater hörte Anton nie eine klare Antwort, lediglich ein unbestimmtes Murmeln. Jede Frage löste sich in das Gefühl auf, dass es viele unterschiedliche Blickwinkel gab, aus denen man eine Sache betrachten konnte. Anton verstand nicht, wie das möglich war. Entweder *gab* es hier nun Schlangen oder nicht, das müsste sich doch feststellen lassen.

Jetzt ging Alice ihm auf dem Weg voran. Es war Sonntag, und sie waren gleich nach dem Frühstück aufgebrochen, um nach Kaulquappen zu suchen. Es waren sechzehn Grad, warm genug, um ein T-Shirt zu tragen. Anton hatte noch nie eine Kaulquappe gesehen, und er wusste nicht so recht, was ihn erwartete. Konnte man sie in die Hand nehmen? Seine Mutter hatte gesagt, sie seien so schnell, dass man sie nur schwer einfangen könne. Sein Vater hatte am Morgen unten am Strand gegoogelt und gesagt, dass jetzt die richtige Zeit sei, um sie zu fangen, und dass die Eier bereits im April gelegt worden seien.

»Obwohl, ich weiß nicht … hier steht auch, dass sie schon im April oder Mai schlüpfen. Dann müsst ihr wohl losziehen und selbst rausfinden, wie es sich verhält«, fügte er hinzu, und Anton seufzte.

Sie waren auf einen schmalen Pfad abgebogen. Anton ging mit einem Eimer in der Hand hinter Alice her und schaute vor sich auf den Boden.

»Wir hätten eine Tasse mitnehmen sollen«, sagte Alice. »Um sie zu fangen. Der Eimer ist zu groß. Wir müssen vorher noch mal nach Hause, wenn wir welche finden.«

»Glaubst du, dass es hier Schlangen gibt?«, fragte er.

Er hatte seine Gummistiefel angezogen. Sie waren schwarz und warm, weil er barfuß darin steckte. Er schaute in die Heidelbeersträucher am Wegrand und stellte sich vor, wie eine Schlange aus ihnen hervorschoss und zubiss. Er hatte sich noch nicht entschieden, ob er die Natur mochte, sie schien ihm in vielerlei Hinsicht gefährlich und anstrengend zu sein, und ihm fehlten die Läden und die Sicherheit in Helsinki. Weil sein Vater im Warenhaus im Zentrum arbeitete, hatte er immer Zugang zu dieser Welt gehabt, er durfte das Lager mit den ganzen Waren sehen, die ein Kunde niemals zu Gesicht bekam, und einmal durfte er Saft im Personalraum trinken. Er liebte es, seinen Vater auf der Arbeit zu besuchen. Die Frauen, die dort arbeiteten, dufteten so gut, und es gab so viele von ihnen, dass sich immer eine fand, die sich um ihn kümmerte. Er mochte die Stimmung unten in der Elektroabteilung, wo alles so aussah, als wäre es gerade erst aus den Kartons gepackt worden, das Gefühl, dass alles ganz neu und glänzend war. Es schien ein großartiger Ort zum Arbeiten zu sein, denn sein Vater musste nichts anderes tun, als hin und wieder eine Internetverbindung wiederherzustellen. Meistens reichte es, das Netz aus- und wieder anzuschalten.

»Da«, sagte Alice plötzlich.

Sie zeigte auf eine große Pfütze, die sich auf einer Lichtung in einer Felsspalte gebildet hatte. Daneben stand ein alter Anhänger, grau und moosbewachsen, der mit einer grünen Plane überzogen war.

Sie gingen zur Pfütze und sahen hinein. Das trübe Wasser war voller Laub. Alice bückte sich, langte hinein und tastete im Wasser herum.

»Es ist warm«, sagte sie. »Hol einen Stock, dann fangen wir an zu suchen.«

Anton schaute sich um. Überall sah er Heidelbeersträucher und Preiselbeergestrüpp. Die Stämme des lichten Kiefernwalds gingen von Grau in Hellbraun über, dort, wo die Rinde von Tieren abgenagt worden war. Er hob einen Ast vom Boden auf, brach zwei trockene Zweige ab und gab sie Alice.

Sie beugten sich über das Wasser, das nach altem Laub roch. Der Grund der Pfütze war schwarz, und Anton konnte sein Spiegelbild im Wasser betrachten, das helle Haar sah dunkler aus als sonst, und er ähnelte seiner Mutter. Als Alice mit dem Zweig im Wasser rührte, wirbelten die Blätter auf und zerfielen.

»Ich sehe gar nichts. Das ist total langweilig hier«, sagte sie enttäuscht. In regelmäßigen Abständen wedelte sie sich Mücken von der Stirn. Mit einem Fuß stocherte sie im Wasser herum.

»Ich weiß gar nicht, warum sie uns überhaupt in den Wald geschickt haben. Hier gibt es nur jede Menge Mücken.«

»Vielleicht verstecken sie sich unter dem Laub«, sagte Anton und empfand eine Art Zärtlichkeit, als er sich davonschwimmende Kaulquappen vorstellte. Manchmal bekam er dieses Gefühl und wusste nicht, warum. Oft stiegen ihm dabei die Tränen in die Augen, und dann versuchte er, an etwas anderes zu denken. Er dachte häufig an seinen Klassenkameraden Amin, der in der Sportstunde immer eine Wrestlingmaske trug. Amin war ein ähnlich ernster Typ wie Anton, und sie trafen sich oft, hatten sich aber noch nicht richtig als beste Freunde etabliert. Er dachte auch an Oona, wie weich sie war, wenn sie ihn umarmte, und wie nett sie war, wenn sie Monopoly spielten, dass sie sozusagen streng, aber trotzdem nett war.

Er machte mit seinen Gummistiefeln einen Schritt ins Wasser und stocherte mit seinem Stock herum. Zuerst sah er gar nichts, aber dann nahm er eine schnelle Bewegung wahr.

»Da!«

Als er sich näher heranbeugte, sah er kleine, schwarze Kaulquappen, es waren viele, und sie schwammen fort, wenn er mit seinem Stock in ihre Nähe kam.

»Wir brauchen etwas Kleineres, um sie damit zu fangen. Kannst du zurückgehen und eine Tasse holen?«, sagte Alice.

»Nein, das mach ich nicht«, sagte Anton und sah von der Pfütze auf. Auf gar keinen Fall wollte er alleine gehen.

»Was ist denn daran so schlimm?«, fragte sie. »Du läufst einfach zurück. Ich möchte Naturaufnahmen machen, und sie sind besser zu sehen, wenn man eine Tasse hat.«

Er war schon nervös gewesen, als er am Tag zuvor alleine vom Strand nach Hause gehen sollte, und das war ein kürzerer Weg. Die ganze Zeit hatte er daran gedacht, dass er bald seine Mutter sehen würde, was ihm ein bisschen geholfen hatte.

»Nein, du musst gehen. Ich hab sie schließlich gefunden«, sagte er.

Anton spürte einen leichten Zorn in sich aufsteigen, was ihm oft passierte, ein Gefühl von Ungerechtigkeit, das aus dem Bauch kam und ihn dazu brachte, ihr einen Stoß versetzen zu wollen.

»Traust du dich nicht?«, fragte sie. »Wenn wir den ganzen Sommer hier bleiben, musst du lernen, dich hier auch alleine zu bewegen. Du kannst ja nicht die ganze Zeit hinter mir her laufen.«

Schließlich ging er. Er hatte die ganze Zeit das Gefühl, dass er beobachtet wurde, dass ihm jemand folgte. Auf halber Strecke blieb er plötzlich stehen, weil er glaubte, dass im Wald jemand auf einen Zweig getreten war, aber als er aufmerksam lauschte ohne sich zu bewegen, hörte er nichts außer dem Rauschen des Meeres.

Er beeilte sich jetzt, rannte fast mit dem Gefühl, dass sein Körper seine Angst verriet, dass er entlarvt wäre, wenn ihn jetzt jemand sähe.

Als er sich dem Haus näherte, begegnete er seinen Eltern, die auf dem Weg zur Bucht waren. Julia hielt zwei Tennisschläger in der Hand.

»Mama, ich habe Kaulquappen gefunden«, sagte Anton.

»Darf ich sie sehen?«, fragte sie.

»Sie sind hinten im Wald.«

»Wo ist Alice?«

»Sie wartet auf mich. Ich muss einen Becher holen.«

»Wenn du ihn geholt hast, kannst du später zum Tennisplatz kommen. Wir wollen dort spielen.«

»Kannst du nicht mitkommen?«, fragte Anton.

»Nein, du kannst ihn auch alleine holen. Im Küchenschrank stehen Plastikbecher. Wenn du in die Küche reinkommst, links.«

»Aber da ist es unheimlich. Ich will da nicht allein hin.«

»Was ist denn daran unheimlich? Als ich Kind war, habe ich viele Wochen hier gewohnt. Das ist doch bloß eine ganz normale Küche.«

Anton dachte an Alice im Wald, dass er gezwungen war, diesen Becher zu holen, denselben Weg zurückzugehen, den er gekommen war, und sie auf der Lichtung wiederfinden musste.

Nachdem er all seinen Mut zusammengenommen hatte, ging er den Weg zum Haus hinauf. Er öffnete die Tür und trat vorsichtig ein, als wollte er mögliche Eindringlinge erst erschrecken, bevor er in die Küche ging. Er fand die Becher sofort und schaute sich nicht weiter um, konzentrierte sich auf seine Aufgabe und rannte aus dem Haus.

Als er zum Weg hinunterging, dachte er wieder an Amin, wie schwer es war festzustellen, ob man einen besten Freund hatte oder nicht, weil man niemals darüber sprach, man glitt nur gemeinsam durch die Nachmittage, ohne dass man etwas entschied. Eigentlich war er am besten mit Iiris befreundet, die auf der anderen Seite der Straße wohnte und in seine Klasse ging, aber in der Schule machten sie nichts zusammen. Stattdessen sahen sie sich abends oder wenn ihre Eltern einander zum Essen einluden, und er hatte sich nie jemandem so nahe gefühlt wie Iiris. Erst vor ein paar Tagen hatten sie in seinem Zimmer gesessen, in feierlicher Stimmung, weil er den ganzen Sommer verreist sein würde. Sie hatten darüber gesprochen, wie praktisch es wäre, wenn er einen eigenen Hubschrauber hätte, dass man hin und zurück fliegen und auf den Dächern von Tölö landen könnte, wenn man sich sehen wollte. Er hatte darüber nachgedacht, ob er vielleicht in Iiris verliebt war, aber irgendetwas sagte ihm, dass dieses Gefühl anders war.

Einmal hatte er in seinem Zimmer geweint, weil er an Iiris' Stimme hören konnte, dass sie keine Lust hatte, mit ihm zu spielen. Er hatte eine ganze Weile geweint, und danach hatte er mehr darüber nachgedacht, dass er geweint hatte, als über Iiris, weil dieses Gefühl, enttäuscht zu sein, neu für ihn war, er hatte noch nie zuvor wegen so etwas geweint. An jenem Abend war seine Mutter in sein Zimmer gekommen, als hätte sie es geahnt, und sie saßen unter seinen Postern, und er dachte, dass es einer seiner schönsten Tage war, weil er so viel gefühlt hatte.

Als er zu der Lichtung zurückkehrte, war Alice weg. Er suchte nach ihr, umrundete ein paarmal die Pfütze, an der sie gestanden hatten, aber nach einer Weile begann er sich unbehaglich zu fühlen und wollte so schnell wie möglich da weg. Zielstrebig ging er zurück, schnell vorbei an den unbewohnten Häusern, die am Weg standen, bis zur Bucht, an der seine Eltern waren.

Als er zum Tennisplatz kam, saß Alice dort im Gras.

»Warum bist du abgehauen? Jetzt bin ich ganz umsonst zu der Pfütze gelaufen«, sagte er.

Alice hatte die Kopfhörer auf und schaute ihn nur an.

Anton war außer Atem, nachdem er so weit gelaufen war, aber er konnte nicht länger über die Angelegenheit nachdenken, weil er ein leises Grollen von der anderen Seite der Bucht hörte, wie dumpfe Trompetenstöße in einem Abstand von zehn Sekunden. Alice reagierte nicht darauf. Anton blickte über die Kiefern in die Richtung, aus der das Geräusch kam.

Auch die Eltern hörten auf zu spielen, als sie das Grollen hörten.

»Seltsam«, sagte Erik.

»Vielleicht war es das Signalhorn auf irgendeinem Boot?«, sagte Julia.

»Es klang, als wäre es näher«, meinte Anton.

Nach einer Weile verschwand das Geräusch. Das Einzige, was sie jetzt noch hörten, war ein Schwarm Möwen irgendwo am Strand, kreischend und lachend, als hätten sie eine leichte Beute gemacht.

Die Eltern blieben noch den ganzen Vormittag auf dem Tennisplatz. Zwischendurch spielte Anton eine Weile mit seiner Mutter, verlor jedoch bald die Lust und ließ danach einen Ball auf seinem Schläger hüpfen. Er schaffte es, ihn fast fünfzig Mal abprallen zu lassen, ohne ihn zu verlieren.

Die Erwachsenen waren gut im Tennis. Julia traf einen Ball nach dem anderen und lief wie ein schnelles Tier über den rissigen Asphalt.

Anton saß im Gras und schaute ihr zu. Ihre leichten

Schritte, die Art, wie sie das Haar wegschob, wenn es in die Stirn fiel. Das gehörte offensichtlich auch zu den Dingen, die man irgendwo lernte, denn er hatte nicht gewusst, dass seine Mutter Tennis spielen konnte. Sein Vater war ungeschickter und hatte einen zornigen Gesichtsausdruck, wenn er spielte, obwohl er sich anstrengte, fröhlich auszusehen. Es war ein bisschen so wie bei Anton, wenn er bei den Großeltern war und sie ein Gericht mit allem möglichen komischen Gemüse zu essen bekamen. Dann strengte er sich auch so an. Wie sein Vater jetzt, vielleicht, weil er am Verlieren war.

»Mist«, rief er vom Platz. »Ich brauche bessere Schuhe.«

Als die Eltern fertig waren, setzten sie sich ins Gras und tranken Wasser aus ihren Flaschen. Sie wollten gerade zu ihrem Haus zurückkehren, als vom Strand ein Mann zum Tennisplatz heraufkam. Er hatte kurz geschnittenes Haar, einen flachen Bauch und ein sonnengebräuntes Lächeln.

»Hallo«, sagte er. »Sprecht ihr Englisch?«

Julia nickte.

»Klar.«

»Sehr gut. Also, wir wohnen unten am Strand«, sagte der Mann und zeigte zur Bucht hinunter. »Wir sind jetzt seit mehreren Wochen hier. Ihr müsst den Lärm entschuldigen, wir bereiten uns gerade vor. Ich wollte eigentlich nur vorbeischauen und euch zu unserem Mittsommerfest einladen. Es gibt Essen und Wein, ein Feuer, vielleicht auch ein bisschen Politik, wenn ihr das ertragen könnt.«

»Klingt interessant«, sagte Erik.

»Ja, ist es in der Regel auch. Ich heiße übrigens Chris«, erklärte er und gab ihnen die Hand, sogar Alice und Anton. Er hatte einen festen Händedruck. Er lächelte wieder und fragte, ob das nicht ein herrliches Wetter sei, obwohl es eigentlich gar nicht besonders herrlich war.

»Wie auch immer«, sagte er. »Ihr seid am Freitag herzlich willkommen.«

»Vielen Dank. Wir werden es uns überlegen«, sagte Erik.

Der Mann schaute Julia an, die nickte und sich eine verschwitzte Haarsträhne hinters Ohr schob.

Teil Zwei

Die anderen

1

Julia trug eine Plastiktüte mit zwei Flaschen Wein, und ihre Absätze versanken im weichen Sand, als sie über den Strand ging. Es war fünf Uhr, es war Mittsommer, und es war inzwischen etwas wärmer geworden: eine unbeständige Wärme, die immer wieder von einer kalten Meeresbrise beeinträchtigt wurde. Tagsüber waren sie zum Einkaufen in die Stadt gefahren.

»Wir bleiben nicht lange«, sagte sie. »Ich will morgen schreiben.«

»Du musst nicht die ganze Zeit arbeiten. Lass uns doch abwarten, wie der Abend sich entwickelt«, entgegnete Erik.

Er hatte sich fein gemacht. Sakko und Hemd, Jeans, schwarze Socken, schwarze Schuhe. Julia hatte es nicht kommentiert, sie vermutete aber, dass dies keine Menschen waren, für die man sich in Schale werfen musste. Der Mann, den sie getroffen hatten, war zwar älter als Julia und Erik, hatte jedoch die lässige Ausstrahlung, der man bei durchtrainierten Männern in einem gewissen Alter oft begegnete.

Sie wünschte sich, sie hätte Sandalen angezogen. »Wir müssen ja nicht zusammen nach Hause gehen«, sagte sie. Sie dachte, es könnte vielleicht schön sein, früher nach

Hause zu gehen, auf der Terrasse oder in der Küche zu sitzen und ein Glas Wein für sich allein zu trinken.

»Was meinst du, wie lange kommen die Kinder allein zurecht?«, fragte Erik.

»Sie haben doch ihre Handys. Sie können anrufen, wenn irgendetwas ist. Oder können kommen und uns holen.«

»Es könnten ja auch andere Kinder da sein«, sagte er, während er auf seinem Handy herumtippte.

Julia war aufgefallen, dass Erik in den letzten Tagen immer häufiger auf das Telefon geschielt hatte, als könnte er sich nicht richtig von der Arbeit losreißen. Sie hatte ihm gesagt, es wäre völlig okay, wenn er Mails beantwortete, dass er ruhig ein paar Stunden am Tag arbeiten könne, wenn er es für richtig hielt, aber da war er defensiv geworden und hatte gemurmelt, er sei im Urlaub und habe nur Facebook gecheckt. Vielleicht hätte sie misstrauisch sein sollen, sich fragen sollen, ob er eine andere Frau hatte, aber so war Erik nicht. Er war zu zerstreut, manchmal geradezu kindisch.

Julia wurde melancholisch bei dem Gedanken, dass sie gleich unter Leute kommen würde, genauso konnte es ihr auch bei einem Verlagsfest in der Stadt gehen, weil es immer einer gewissen Anstrengung bedurfte, sich in eine soziale Gruppe einzufügen. Gleichzeitig war sie ein wenig neugierig auf den Mann, der zu ihnen gekommen war und sich vorgestellt hatte, auf die Menschen, die sich anscheinend ausgerechnet im alten Haus der Segerkvists einquartiert hatten, wo damals ihre Freundin Marika gewohnt hatte. Vielleicht hatte Erik ja recht, als er sagte, dass eine kleine Abwechslung nicht schlecht wäre, nachdem sie eine Woche lang geschrieben hatte.

»Glaubst du, sie haben auch die anderen Nachbarn eingeladen?«, fragte Erik.

»Welche anderen Nachbarn?«

»Irgendwelche muss es doch geben. Es können ja nicht alle Häuser leer stehen. Da gibt es doch diesen Mann, der Tennis gespielt hat.«

»Wer weiß«, meinte Julia.

»Er hat doch gesagt, dass es etwas zu essen gibt, oder? Ich hab richtig Hunger«, sagte Erik.

Das Haus war eines der schönsten am Strand, und Julia war als Kind häufig dort gewesen. Marikas Vater hatte eine Kinderarztpraxis in der Stadt, und Marika war ein Jahr älter als sie und sprach wie eine Erwachsene, als würde sie ihre Eltern imitieren. Sie hatte lange, lockige Haare, daran konnte Julia sich am besten erinnern; wie diese Haare aussahen, nachdem sie gebadet hatten oder wenn sie im Haus auf dem Fußboden lagen und Memory spielten, immer zu Marikas Bedingungen, weil sie die Werte und Ansichten ihrer Eltern übernommen hatte, nach denen die Welt zu ordnen war. In Julias Debütroman hatte Marika einen anderen Namen bekommen, aber viele Szenen stammten direkt aus Julias Erinnerungen, in denen es oft darum ging, wie sie Marika überall hin begleitete und tat, was sie wollte. Julia analysierte nicht, was sie schrieb, aber als das Buch erschienen war, meinten viele Kritiker, es handele von einer Art Coabhängigkeit, die typisch für Mädchen sei. Julia hatte niemals gewagt, Nein zu sagen, sie war rund um die Uhr mit Marika zusammen, obwohl sie es gar nicht immer wollte. Oft hatte sie das Gefühl, dass sie lieber allein gewesen wäre, doch dann hätte sie Marika erklären müssen, dass sie etwas anderes vorhätte, und daraus wären Lügen entstanden, die zu neuen Lügen geführt hätten, und davon hätte Julia ein so schlechtes Gewissen bekommen, dass sie es einfacher fand, mit Marika zu spielen. Meistens hatten sie trotzdem ihren Spaß, obwohl Marika seltsame Wut- oder Eifersuchtsanfälle bekommen konnte, und dann war Julia diejenige, die sie aushalten musste. Eine Kritikerin hatte das Buch als eine Allegorie auf die zahlreichen Beziehungen von Frauen zu schlechten Männern beschrieben.

Es war ein flacher Bungalow, in brauner Farbe gestrichen, mit großen Fenstern zum Strand. Elegante Sechzigerjahrearchitektur, nichts Kostspieliges, aber Julia hatte solche Häuser immer gemocht.

Die neuen Bewohner hatten an einer lichten Stelle vor dem Wald eine Jurte aufgebaut. Neben dem sommerlichen Funktionalismus des Bungalows wirkte sie monströs und gleichzeitig infantil, wie ein überdimensioniertes Indianerzelt.

Ein etwa dreißigjähriger Mann mit Rastazöpfen ging auf dem Grundstück herum und sprach in ein Handy mit eingeschalteter Lautsprecherfunktion. Eine jüngere, dunkelhaarige Frau stand im Sand und trocknete sich mit einem Handtuch ab.

Julia und Erik wurden von einem älteren Paar empfangen, das gerade nackt aus der Sauna kam und sie begrüßte. Julia versuchte, nicht zu Erik hinüberzuschauen, weil sie wusste, dass sie bei seinem Anblick lachen müsste.

»Schön, euch kennenzulernen«, sagte die Frau.

»Julia«, sagte Julia und streckte die Hand aus.

»Ylva«, sagte die Frau. »Das hier ist Roger.« Sie gab dem Mann einen Klaps auf den Po.

Sie schüttelten einander die Hände. Ylva hatte langes, offenes, graues Haar, das in Strähnen über ihren Brüsten lag. Sie war sonnengebräunt und rundlich und schien zwischen fünfundsechzig und siebzig zu sein.

»Habt ihr das Haus gemietet?«, fragte Julia.

»Nein, das gehört natürlich Marika und Chris. Sie wohnen hier. Roger und ich sind nur ihre Gäste. Wir kommen aus Borgå.«

Julia spürte, wie sich die Haare auf ihren Armen aufrichteten: Marika.

Ylva musterte Erik und warf einen Blick auf seine Jeans und die Schuhe. »Kommt ihr aus der Stadt? Oder wohnt ihr auch hier? Seid ihr Teil der Bewegung?«, fragte sie.

»Wir wohnen oben im Wald im Sommerhaus meiner Eltern«, sagte Julia. »Als Kind war ich oft hier.«

Marika war älter, aber immer noch dieselbe: lange, lockige Haare, Augen, die einen mit amüsierter Neugierde prüfend anblickten, als denke sie darüber nach, welche Funktion man in ihrem Leben ausfüllen könnte.

Sie standen in der Jurte, in der es warm und dunkel war. Orientalische Teppiche lagen auf dem Boden, Bänke standen an den Wänden.

Marika trug einen kleinen Ring in der Nase und hatte immer noch so viele Sommersprossen wie als Kind. Begeistert umarmte sie Julia mit aufgesetzter Inbrunst, und Julia dachte: Vielleicht ist sie religiös geworden. Sie fragte sich, ob Marika ihren Roman gelesen hatte. Sie versuchte, sich an bestimmte Sätze zu erinnern, aber es gelang ihr nicht mehr.

»Du erkennst mich doch wieder?«, fragte Marika.

»Ja, natürlich«, antwortete Julia.

Sie wandten sich alle dem Mann zu, Chris. Er war barfuß und hatte ein offenes und einladendes Gesicht. Er begrüßte Julia mit einem festen Händedruck, genau wie ein paar Tage zuvor.

Marika stellte sich neben Chris und lehnte sich an seine Schulter. »Dich hier zu sehen, Julia«, sagte sie. »Als Chris erzählte, dass er ein Paar in eurem Alter eingeladen hat, dachte ich schon, dass du es sein könntest.«

Julia hatte schon lange nicht mehr an Marika gedacht, und ihr war nie in den Sinn gekommen, dass sie sich hier begegnen könnten. Soweit Julia wusste, hatte Marikas Familie seit Ende der Neunzigerjahre ihre Sommer nicht mehr hier in Mjölkviken verbracht.

»Julia und ich haben als Kinder hier zusammen gespielt«, fuhr Marika fort. »Sie war schon immer viel cleverer als ich.«

Julia dachte, dass Marika log, um ihr zu schmeicheln, ihre Bemerkung hatte jedoch den gegenteiligen Effekt: Sie klang herablassend.

»Außerdem hattest du immer hübschere Puppen als ich«, sagte Marika.

Erik umarmte Marika und schien ermutigt von dem Empfang. »Es ist so herrlich, im Sommer hier draußen in der Natur zu sein. Ich habe die Stadt so satt. Zwei Monate hier sind jetzt genau das Richtige. Ich weiß gar nicht, warum wir nicht schon früher hier waren«, erklärte er.

»Genau«, sagte Marika. »Und jetzt sind wir uns begegnet. Das kann wirklich ein schöner Sommer werden.«

Ein paar Sekunden standen sie schweigend da und schauten sich im Zelt um.

»Gemütlich«, sagte Julia, bemüht aufrichtig.

Marika nickte. »Wir haben so ein Zelt in Schottland gesehen und wollten auf der Stelle selbst eines haben. Es gibt ein paar Stellen in Finnland, wo man Jurten mieten kann, aber wir wollten eine eigene, also hat Chris diese hier gebaut.«

»Sie besteht fast vollständig aus recyceltem Material«, bemerkte Chris.

»Woher kommst du?«, fragte Erik.

»Schottland«, sagte Chris.

»Und wie findest du Finnland?«

»Wonderful. Erinnert ein bisschen an Schottland. Die Mentalität. Und hier draußen in Mjölkviken ... es ist alles so unberührt, so friedvoll, perfekt für die Bewegung.«

Erik stellte die Frage, auf die Julia ebenfalls eine Antwort haben wollte. »Und was ist das für eine Bewegung?«

»Erzähle ich euch«, sagte Chris. »Aber setzt euch zuerst mal bitte und esst.«

Es stellte sich heraus, dass Marika und Chris eingefleischte Umweltaktivisten waren. Oder besser gesagt: gewesen waren. Denn jetzt hatten sie eine lose zusammengesetzte Gruppe in Schottland gegründet, deren Zweck – das Ganze blieb für Julia ein bisschen unklar – darin bestand, sich auf ein Leben nach der Klimakatastrophe vorzubereiten. Und sie hatten beschlossen, dass Mjölkviken der perfekte Ort war, um die Apokalypse zu erwarten.

Dies alles erfuhren sie, während sie am Strand zu Abend aßen. Marika hatte auf einer Decke große Schüsseln mit Salat serviert.

»... also in der letzten Zeit, seit etwa fünf Jahren, haben wir erlebt, dass es eine große, aufgestaute Frustration in der

Umweltbewegung gibt …«, erzählte Chris mit strenger Konzentration, während er seinen Blick über die Anwesenden schweifen ließ. »Es gibt Tausende andere da draußen, vor allem Umweltaktivisten, die zu derselben Schlussfolgerung gekommen sind wie ich: dass sich die alte Art des Protests nicht mehr lohnt. Wir werden die Politik nicht verändern, indem wir vor Klimakonferenzen demonstrieren oder Unterschriften sammeln. Fuck that. Das ist frustrierend und führt zu nichts. Also probieren wir dieses Modell aus. Es gibt noch mehr, die so sind wie wir, andere neogrüne Bewegungen überall auf der Welt. Wir sind die schottisch-nordische Version.«

»Aber was genau macht ihr?«, fragte Erik.

»Ihr werdet es sehen. Es geht darum, sich auf die Katastrophe vorzubereiten, denn sie kommt früher oder später. Nicht mit einem Knall, sondern mit Gewimmer, wie T. S. Eliot schrieb. Im Grunde ist sie schon da, in Asien sieht man es ganz deutlich«, sagte Chris.

Marika schaute ihn an, und er nickte, als gebe er ihr die Erlaubnis fortzufahren. »Es ist schon zu spät, um politisch noch etwas zu erreichen«, sagte sie. »Es nützt nichts mehr, Biotee zu kaufen, es wird nichts mehr verändern. Also müssen wir anfangen, darüber nachzudenken, wie unsere Gesellschaften nach der Katastrophe aussehen sollen. Wir bieten Seminare an, veranstalten Workshops, Konferenzen, schreiben und denken. Aber vor allem geht es um die Trauerarbeit. Dass man einsieht, dass das Ende schon da ist.«

Insgesamt waren es neun Personen. Marika und Chris, Erik und Julia, Ylva und Roger, der junge Mann mit den Rastazöpfen – er hieß Ville – sowie ein Mädchen, Helena, die etwa zwanzig war und aus Griechenland kam. Sie war mager und dunkelhaarig, trug ein T-Shirt mit einem feministischen Symbol und hing an Chris' Lippen. Sie sprach fast akzentfrei Englisch.

Julia versuchte sich all die Namen einzuprägen, was aber schwierig war, manchmal brachte sie sie durcheinander. Doch vielleicht war das gar nicht so wichtig, dachte sie.

Marika und Chris hatten einen dreizehnjährigen Sohn, Leo, der sowohl in Finnland als auch in Schottland zur Schule ging. Er saß still dabei und legte Patiencen, während die Erwachsenen sich unterhielten.

Als Julia ihn fragte, ob er sich in Mjölkviken wohlfühle, sah er sie mit denselben mandelförmigen Augen an, die Marika hatte, ganz offensichtlich hatte er aber auch die ernsthafte Hingabe geerbt, die seinen Vater kennzeichnete.

»Wo wohnt ihr denn eigentlich?«, fragte Erik.

»Im Winterhalbjahr in Schottland, und im Frühjahr und Sommer in Nykarleby«, sagte Chris. »Aber wir überlegen, ob wir nicht ganz hierherziehen.«

»Hierher?«, fragte Julia.

»Ja, das wäre der perfekte Ort, um ein neues Chapter zu eröffnen«, sagte Chris.

Laut Chris gebe es Tausende ehemaliger Umweltaktivisten, die sich zahlreichen sogenannten »Chapters« auf der ganzen Welt angeschlossen hätten. Er sprach von »Aniara«, so nannte sich anscheinend seine eigene Gruppe, nach Harry Martinsons Versepos (»Ich liebe die nordische Moderne, sie ist so rein und voller frischer Luft«, erklärte er und hielt eine abgegriffene Ausgabe des Buchs hoch, »ich trage es immer bei mir.«).

»In Martinsons *Aniara* wurde die Erde zerstört, und ein Raumschiff mit Tausenden Emigranten ist auf dem Weg zum Mars und zur Venus. Vor allem aber ist es ein wehmütiges Gedicht über ein verlorenes Paradies. Für mich ist es das perfekte Gedicht für unsere Zeit«, erklärte Chris weiter.

»Und wie ist es mit euch? Seid ihr auch Teil der Bewegung?«, fragte Erik die anderen, die Chris' Ausführungen still zugehört hatten.

Roger antwortete als Erster. Er hatte sich inzwischen angezogen und trug eine Cordhose und ein gestreiftes Hemd von Marimekko, das ihm viel zu klein war und kaum über seinen Bauch reichte.

»Ich war zwanzig Jahre bei Greenpeace aktiv, dann las ich Chris' Blog und nahm Kontakt zu ihm auf. Ich hatte die Bewegung vorher schon ein bisschen verfolgt, auch ähnliche Gruppen an anderen Orten, aber ich wusste nicht, dass es auch Anhänger in Finnland gibt.«

»Ich bin mit Roger gekommen«, sagte Ylva. »Das ist wirklich spannend hier.«

»Interessant«, sagte Julia und dachte, dass es wirklich interessant war, weil Marika so ein typisches Oberklassenkind war. Sie spielte Klavier und schwebte irgendwie über allen anderen, und jetzt war sie in dieser Gesellschaft gelandet.

»Gibt es ein Datum?«, erkundigte sich Erik.

»Was meinst du?«, fragte Chris.

»Für den Weltuntergang?«

Marika lachte und schaute zu Chris.

»Das hier ist etwas ganz anderes. Es stimmt zwar, dass es zu spät ist, die Entwicklung aufzuhalten, uns bleiben vielleicht nicht einmal zehn Jahre, bis wir die richtig großen Migrationsströme erleben werden. Fünfzehn Millionen Menschen auf der Flucht allein aus Bangladesch. Aus Nordafrika, dem Nahen Osten, wir haben noch nicht einmal den Anfang gesehen. Aber die Erde wird es auch danach ja noch geben. Die hat schon frühere Klimaveränderungen überlebt. Die Frage ist nur, ob wir dann noch da sind.«

Chris beugte sich vor. »Seht es mal so: Ich bin fünfzig Jahre alt, und in diesem Alter ist man zweifellos schon ein bisschen desillusioniert. Das gilt nicht nur für Umweltfragen. Die Politik der westlichen Länder ist in der letzten Zeit ja nicht gerade erbaulich. Ich habe keine Lust, weiter in irgendwelchen Demonstrationszügen durch Paris zu marschieren und auf die symbolische Kraft des Protests zu hoffen. Ich bereite mich lieber auf die Zukunft vor. Die meisten Menschen werden total unvorbereitet sein.«

Julia war erstaunt, dass er schon fünfzig war. Sie hätte ihn zehn Jahre jünger geschätzt. Marika war nur ein Jahr älter als Julia. Sie kniete neben Chris, lehnte sich an seine Schulter und aß Taboulé von ihrem Teller, während er sprach. Mit dieser Art von Küche hatte Julia in Mjölkviken nicht gerechnet. Sie selbst hatten die ganzen Wochen Salzkartoffeln und Fleisch vom Grill gegessen.

Eine Weile sagte niemand etwas.

»Also das ist ja unheimlich spannend«, bemerkte Erik schließlich. »Ich meine, das macht nachdenklich, oder? Ich verstehe nicht so richtig, was genau ihr hier macht, aber es ist gut, dass überhaupt jemand etwas unternimmt. Ich hatte eigentlich auch vor, der Natur in diesem Sommer etwas näher zu kommen.«

Er wandte sich an Julia. »Oder?«

Sie schaute ihn an, ohne ein Wort zu sagen.

»Ja«, erwiderte Chris, »uns geht es allerdings darum, dass man *nichts* unternehmen sollte. Man sollte akzeptieren, dass es keine Hoffnung gibt, dass uns nichts mehr retten kann. Und euch auch nicht.«

»Okay«, sagte Erik. »Dann sagen wir das so. Aber gutes Essen macht ihr auf jeden Fall, auch wenn ihr für die Menschheit keine Hoffnung mehr habt. Eigentlich sollte ich nichts mehr essen. Schließlich wollte ich diesen Sommer auch ein bisschen abnehmen und trainieren.«

Julia sah ihn an. Sie fand, dass er sich vor Chris, der durchtrainiert war, ziemlich aufspielte. Erik hatte nie davon gesprochen, abnehmen zu wollen.

»Abnehmen ist das am wenigsten Lebensbejahende, was man tun kann«, erklärte Ylva und legte eine Hand auf Eriks Schulter.

Der Abend setzte sich mit mehr Wein und mehr Essen fort. Roger und Ylva schlugen Erik und Julia vor, unten in der Bucht nackt baden zu gehen.

»Ich weiß nicht, ob ihr schon einmal darüber nachgedacht habt, ein bisschen zu experimentieren, aber wir führen eine sehr offene Beziehung«, sagte Ylva mit einer so freimütigen und vertrauenswürdigen Stimme, als erkundigte sie sich, ob sie eine Nachspeise wollten.

Julia, die fand, dass das Meer kalt aussah, lehnte höflich ab, empfand aber gleichzeitig eine seltsame Eifersucht angesichts dieser unverblümten Avancen. Bei einigen Menschen dieser Generation schien die freie Liebe als Idee und Praxis noch zu leben, und sie war froh, dass die Kinder daheim geblieben waren.

»Ich nehme an, wenn die Welt untergeht, ist es gleichgültig, mit wem man Sex hat«, sagte Julia. »Oder?«

»Sex ist niemals gleichgültig, wenn man ihn im Hier und Jetzt genießt«, entgegnete Ylva.

Julia betrachtete den Jungen, Leo, der die ganze Zeit bei ihnen saß. Er war still und beobachtete sie, als wartete er darauf, dass etwas passierte. Roger lachte amüsiert.

»Wenn euch die Lust überkommt, sind wir für alle Vorschläge offen.«

Helena, das junge griechische Mädchen, hatte bisher noch gar nichts gesagt, sondern lediglich höchst konzentriert Zigaretten gedreht und sie zwischen Daumen und Zeigefinger geraucht, als würde sie mit einem Strohhalm an einem Milchshake saugen.

»Ich finde es wunderbar, wie die Generationsunterschiede hier bei Marika und Chris aufgelöst werden«, sagte sie jetzt. »Was ist euer Ding? Woran glaubt ihr?«

»Unser Ding?«, fragte Julia.

»Ihr habt noch gar nichts darüber gesagt. Gehört ihr zu denen, die glauben, dass die normale parlamentarische Demokratie auf magische Weise dazu führt, dass die Polkappen nicht mehr schmelzen?«

»Darüber habe ich noch nicht nachgedacht. Aber ich nehme an, grün zu wählen schadet nicht«, sagte Julia. »Das ist doch wahrscheinlich besser als nichts?«

Helena lachte. »Ah, so welche seid ihr. Ein bisschen Müll trennen, und wir haben alle Probleme gelöst. Ab und zu einen Artikel lesen und auf Facebook teilen. Menschen im Irak, die schon vom IS verfolgt werden, sterben an Hitzschlag, während ihr es schön findet, dass der Sommer in Finnland ein bisschen wärmer geworden ist.

You're in for a big surprise«, sagte sie mit amerikanischem Akzent.

Julia schaute sie an und war plötzlich bekümmert. Diese Art von Schuldzuweisung hatte sie auch schon in anderen Situationen erlebt, in Beziehungen. Indem man erklärt, der andere sei im Unrecht, kann man seine eigene Überzeugung stärken.

»Aber wenn ihr sagt, dass man mittlerweile nichts mehr machen kann, warum kann man dann nicht so weiterleben wie zuvor? Dann spielt es doch keine Rolle, ob man in totaler Ahnungslosigkeit lebt?«

»In dem Fall nehme ich lieber die rote Pille. Ich will sehen, wie tief der Kaninchenbau ist«, sagte Helena.

»Wie bitte?«, fragte Julia.

»Matrix. Oder?«, sagte Erik.

Helena nickte zufrieden. Julia warf Erik einen fragenden Blick zu.

»Als Keanu Reeves sich entscheiden muss, ob er die blaue oder die rote Pille nimmt. Nimmt er die blaue, wacht er am nächsten Tag in seinem Bett auf und alles ist wie vorher. Wenn er die rote Pille nimmt, darf er die Wahrheit sehen. Haben wir im Kino gesehen, bevor wir die Kinder bekommen haben.«

Helena lachte und zog weiter an ihrer Zigarette.

Inzwischen hatten die Männer die Sauna angeheizt. Julia blieb mit Marika auf der Decke sitzen, während die anderen sich zerstreuten. Es waren mehr als zwanzig Jahre vergangen, seit sie sich das letzte Mal gesehen hatten, aber Julia merkte sofort, dass sie immer noch dieselbe Wirkung auf sie hatte wie als Kind, dass Marika ihr emotional überlegen war. Sie war mit den Jahren schöner geworden, aber im Großen und Ganzen immer noch dieselbe.

»Wo hast du Chris kennengelernt?«, fragte Julia. Sie schenkte sich noch ein Glas Wein ein. Marika schob sich das Haar in den Nacken.

»Wir sind uns in Oslo bei einem Seminar über Dezivilisierung begegnet.«

»De-was?«

»Ja, keine Ahnung, wie das auf Schwedisch heißt, aber auf Englisch spricht man von *de-civilization*, das ist ein etwas loser Begriff. Wie auch immer, ich war dort, weil ich neugierig war. Ich hatte mir ein paar Monate freigenommen, um die Batterien wieder aufzuladen, und dann traf ich dort Chris, und es war eine Art intellektueller Anziehung, du verstehst das vielleicht? Als wäre man sich früher schon einmal begegnet.«

Julia nickte und trank einen Schluck Wein. »Was machst du beruflich?«, fragte sie.

»Eigentlich bin ich Botanikerin. Im Laufe der Jahre habe ich auch immer wieder in dem Beruf gearbeitet, aber jetzt engagiere ich mich vor allem in der Bewegung.«

»Ich nehme an, man wird auch Botaniker gut brauchen können, wenn das Klima zum Teufel gegangen ist«, sagte Julia und lachte.

»Ja, kommt allerdings drauf an, wie schlimm es wird. Und was machst du?«

»Ich schreibe. Oder, besser gesagt, versuche zu schreiben. Einen Roman.«

»Du bist Schriftstellerin? Wie kam das denn?«

Julia dachte: Vielleicht war sie Schriftstellerin geworden, weil es Menschen wie Marika gab, Menschen, die sie in ihrer Jugend beeinflusst hatten, die Spuren hinterlassen hatten, Erfahrungen, zu denen Julia zurückkehren wollte, auf die gleiche Weise, wie sie bei ihrem ersten Buch nach Mjölkviken zurückgekehrt war.

»Tja, also ich arbeite auch an der Universität, gebe dort ein paar Seminare. Und ich habe bereits einen Roman geschrieben.«

»Oh, den sollte ich lesen. Ich lese ja so wenig, aber Chris hat einen Blog. Ich finde Bloggen gut, weil es interaktiv ist. Man kommt mit anderen Menschen in Kontakt und kann Ideen austauschen, was mit einem normalen Buch ja nicht möglich ist«, sagte Marika.

»Mein erster Roman ist für den Runeberg-Preis nominiert worden.«

»Wow«, meinte Marika und nickte nachdenklich. »Gibt es ihn auch auf Englisch? Ich lese mittlerweile am liebsten auf Englisch.«

»Er ist tatsächlich übersetzt.«

»Den muss ich mir irgendwann mal anschauen. Ich hab einen Kindle. Vielleicht kann ich ihn jetzt, im Sommer, schon herunterladen.«

Julia bereute, überhaupt etwas gesagt zu haben. Sie wollte nicht, dass Marika irgendetwas von ihr las, selbst wenn es Fiktion war, selbst wenn es von etwas handelte, das schon viele Jahre her war. Es wirkte inzwischen so nackt, so lächerlich.

»Und was macht dein Mann beruflich?«, fragte Marika.

»Erik? Tja, der arbeitet in der IT-Branche. Er hatte lange eine eigene Firma, aber dann wurde er von einem großen Unternehmen in Helsinki eingestellt.«

Julia ertappte sich dabei, dass sie ziemlich dick auftrug, irgendetwas an Marika schien diese Seite von ihr zum Vorschein zu bringen. Sie wollte nicht sagen, dass Erik als IT-Chef bei einem Warenhaus arbeitete. In Marikas Welt war das bestimmt absolut unsexy. Ihr Mann hatte den ganzen Abend über »Nullwachstum« und solche Dinge gesprochen, das hier waren Menschen, die das Privileg hatten, den Konsum verurteilen zu können. Trotzdem hätte sie sich niemals vorstellen können, dass Marika jetzt eine Aktivistin oder etwas in der Art war. Als sie klein waren, hatte sie vielmehr immer angenommen, dass Marika in die großbürgerlichen Fußstapfen ihrer Eltern treten und Ärztin werden würde.

»Und was machen deine Eltern jetzt?«, fragte Julia.

»Papa wohnt in Turku, er hat ein zweites Mal geheiratet. Mama ist vor fünf Jahren an Gebärmutterkrebs gestorben. Papa sehe ich nicht so oft. Weißt du, in den letzten Jahren musste ich oft über meine Kindheit nachdenken. Chris sagt, dass es eine destruktive Kindheit war, dass meine Eltern emotional unreif waren. Mittlerweile hat Papa eine neue Frau kennengelernt, und ich spüre die Verantwortung nicht mehr so auf meinen Schultern lasten. Ich habe gemerkt, dass ich glücklicher bin, seit wir keinen Kontakt mehr haben«, sagte sie.

Julia war überrascht, sie hatte Marika immer beneidet, weil sie in einer solchen Symbiose mit ihren Eltern zu leben schien. Es war eine perfekte kleine Familie, hübsch und irgendwie sanft, bei ihnen zu Hause roch es immer gut.

»Die Sauna ist bestimmt schon warm«, sagte Marika jetzt. »Es ist ein bisschen so, als wären wir wieder Kinder.«

In der Sauna legte sich Marika auf die oberste Pritsche und streckte sich auf einem Handtuch aus.

»Wie findest du Chris?«

Sie hatten sich in dem kleinen Raum ausgezogen, in dem die Handtücher hingen, und Julia hatte einen Blick auf Marikas Körper werfen können. Er war athletisch und schlank.

»Was meinst du?«, fragte Julia.

»Tja, ich weiß nicht. Ich wollte nur wissen, welchen Eindruck du von ihm hast.«

»Er kommt mir nett vor.«

»Nicht wahr? Er ist unheimlich ehrgeizig. Er gibt immer hundert Prozent, vollkommen fokussiert. Ich bin so froh, dass wir uns getroffen haben, er ist ein Mann, den ich wirklich bewundern kann.«

Julia dachte, dass von Frauen vielleicht erwartet wurde, sich in der Sauna so zu unterhalten, über ihre Männer.

»Wie bist du Erik begegnet?«, fragte Marika.

»Wir kennen uns schon seit tausend Jahren«, antwortete Julia. Es klang eigentlich immer witzig, wenn sie das sagte, aber in dieser Situation irgendwie nicht. »Er ist ein super Vater«, fügte sie hinzu.

»Ich hätte nie gedacht, dass ich mit so einem Alphamännchen wie Chris zusammenkommen könnte«, sagte Marika. »Vorher hatte ich drei Jahre lang mit einer Frau zusammengelebt. Während der Studienzeit. Ich bin total in dieser Identität aufgegangen, ich dachte, ich wäre lesbisch. Als ich Chris begegnete, schien ich plötzlich etwas zu finden, nach dem ich mich immer gesehnt hatte. Als wäre ich auf dem Holzweg und jemand hätte mich an die Hand genommen, wenn du verstehst, was ich meine.«

Julia fand das Bild schief, es klang so, als ginge Marika immer noch in die Irre. Aber vielleicht drückte man sich in Blogs ja so aus.

»Und so bleibt bei dem Ganzen der feministische Ansatz?«, fragte Julia.

»Was meinst du?«

»Ich meine, wenn man sich überlegt, in eine vorindustrielle Gesellschaft zurückzukehren, besteht doch das Risiko, dass man auch in der Gleichberechtigung einen Schritt zurück macht. Stellt ihr euch vor, dass die Frauen kochen und die Männer jagen sollen?«

»So habe ich noch gar nicht darüber nachgedacht«, sagte Marika. »Aber ich glaube, dass man auch gleichberechtigt sein kann, wenn man nicht anthropozentrisch lebt. Ich denke, dass Chris auch dazu ein paar Ideen hat. Er hat viel darüber nachgedacht, wie man die Gesellschaft besser organisieren kann.«

»Da bin ich mir sicher«, erwiderte Julia und hörte sofort, wie sarkastisch sie klang.

Marika schien jedoch keine Notiz davon zu nehmen.

»Und worüber schreibst du gerade?«, fragte sie.

»Ach, nichts Besonderes ... beziehungsweise, es ist ein historischer Roman, der in Jakobstad spielt.«

Noch während sie es sagte, kam ihr plötzlich eine Erleuchtung, sie sah ihre Romanfiguren vor sich, wie es ihr manchmal in ganz unerwarteten Situationen passierte – und wusste genau, was sie am nächsten Tag schreiben würde, wie es sich mit ihren Gefühlen gegenüber Marika verhielt, wie kleine Städte von Klassenhierarchien geprägt wurden. Für sie war dieses Projekt wichtig, es hatte mit ihrer Familie zu tun, mit ihrer Herkunft, mit der Zeit vor ihren Eltern. Aber es war schwierig, viel schwieriger, als sie erwartet hatte, über eine Vergangenheit zu schreiben, die sie nur von Fotos kannte. Was wusste sie schon darüber, wie ihre Großmutter über ihre Arbeit gedacht hatte, über das Leben an sich?

»Klingt spannend. Und nach einer Herausforderung«, sagte Marika.

»Allerdings. Man weiß nicht, was man denkt, bevor man es wirklich geschrieben hat. Aber vielleicht war ich schon immer so. Ich muss einen Gedanken aufschreiben, um zu wissen, was ich davon halte.«

»Chris sagt, das Problem der menschlichen Zivilisation besteht darin, dass wir gelernt haben, die Dinge mit den Mitteln des Verstands in ihre Einzelteile zu zerlegen, in immer kompliziertere Systeme zu bringen, während wir eigentlich sehr viel mehr auf unsere inneren Instinkte hören sollten. Die Menschen in einer Jäger-Sammler-Kultur waren in vielerlei Hinsicht glücklicher als wir.«

Julia fragte sich, ob das stimmen konnte. Sie sagte aber nichts, sondern schaute nur auf den Saunaofen, auf das Wasser, das auf den Steinen verdampfte, wenn sie einen Aufguss gemacht hatte, und spürte, wie der Dampf ihren Rücken verbrannte.

»Wollen wir ins Wasser gehen?«, fragte Marika.

2

Alice saß Anton gegenüber und trank Bier. Nachdem die Eltern gegangen waren, hatte sie eine der Dosen ihres Vaters aufgemacht und es in zwei Kaffeebecher aus dem Küchenschrank geschenkt.

Das leuchtend gelbe Bier schäumte in den Bechern. Anton hatte ein bisschen davon probiert, aber es war bitter und lauwarm, untrinkbar. Stattdessen aß er eine Tüte Chips, die sie früher am Tag im Laden gekauft hatten.

»Was sollen wir machen?«, fragte er. Er hoffte, dass Alice gute Laune hatte. Ihm war klar, dass er es nicht verdient hatte, weil er sie so oft ärgerte, sie kniff oder haute, aber aus irgendeinem Grund schien sie ihm immer zu verzeihen.

Oft spürte er schon vorher, dass er gleich die Kontrolle verlieren würde. Und das war schön, deshalb ließ er es meistens zu; die erlösende Freude, mit der man beobachtete, was geschah, wenn man die ganze Wut an die Oberfläche brodeln ließ, wenn man einen solchen Ereignisverlauf in Gang setzte. Anschließend schämte er sich aber und fragte sich manchmal, ob mit ihm etwas nicht stimmte, weil er seine Laune nicht kontrollieren konnte. Er wusste nicht, ob es in seiner Klasse noch jemanden gab, der sich so verhielt.

Im Moment wollte er, dass Alice sich nicht ärgerte, also hielt er den Mund und versuchte ihren Blicken zu folgen. Hingebungsvoll und konzentriert trank sie von dem Bier, ohne seine Frage zu beantworten.

»Wollen wir Karten spielen?«, fragte er vorsichtig.

Jetzt schaute sie ihn an, der schwarze Pony hing ihr ins Gesicht, sodass ihre Augen wie Steine in einem Brunnen hindurchschimmerten. »Können wir wieder in den Wald gehen?«, fragte sie.

»Okay«, sagte er. »Möchtest du den Rest?«

Sie nahm seinen Becher und trank ihn fast in einem Zug aus. »Komm«, sagte sie und stand auf.

Sie gingen zu der Lichtung hinunter, in der die Kaulquappen waren. Anton hatte die Chipstüte mitgenommen, ging neben ihr und aß. Als sie die Pfütze erreicht hatten, hockte sie sich hin und schob das Laub zur Seite.

»Du kriegst zehn Euro, wenn du eine Kaulquappe schluckst«, sagte sie.

»Nie im Leben«, sagte Anton.

Er legte die Tüte auf den Boden. Hier in der Lichtung war es warm, die lichten Kiefern sahen roter aus als beim letzten Mal. Der Fels war angenehm, auch wenn er in den kleinen Spalten noch ein bisschen nass war. Steckte man die Hand hinein, war das Wasser dort, wo es den ganzen Tag in der Sonne gelegen hatte, ziemlich warm.

Anton schöpfte mit der Hand etwas Wasser heraus und sah eine Kaulquappe, die schnell in eine der Felsritzen fliehen wollte, wo sie stecken blieb und mit dem kleinen Schwanz zappelte. Er fing sie mit einer einzigen Bewegung.

»Guck mal!«

»Gut!«, sagte Alice. »Bist du sicher, dass du sie nicht probieren möchtest?«

»Bäh«, machte Anton und stellte sich vor, wie schleimig es sich in der Kehle anfühlen würde.

Sie fingen fünf Kaulquappen in einer halben Stunde und machten ein paar Fotos mit Alices Handy, während sie zappelnd auf dem Fels lagen.

Als sie die Fotos gemacht hatten, konnten sie Lachen hören, das vom Strand heraufhallte.

»Sollen wir sie ausspionieren?«, fragte Alice.

Anton nickte, weil er bereits Sehnsucht nach seiner Mutter hatte.

»Sie dürfen uns aber nicht entdecken«, sage Alice. »Sie dürfen nicht merken, dass ich Bier getrunken habe.«

Vom Fest waren leise, gedämpfte Geräusche zu hören, die sich über das Meeresrauschen hinweg in den Wald hineinschlängelten.

»Komm, wir gehen«, sagte Alice. »Hier lang.«

Der Alkohol hatte die Umrisse der Welt auf angenehme Weise verwischt, deshalb brauchte es eine Weile, bis Alice den toten Elch entdeckte.

Der Kopf steckte zwischen zwei Baumstämmen und neigte sich ein wenig zur Seite. Die Augenhöhlen waren leer und schwarz, als wären die Augen im Schädel versunken. Alice sah, dass Teile des Skeletts an der Stirn und unten an der Schnauze bloß lagen.

Anton blieb neben ihr stehen und griff nach ihrer Hand.

»Warte«, sagte sie.

Sie ging näher heran. Der Rest des großen Körpers lag zusammengesunken hinter dem Baum, hohl und rot.

»Er muss mit dem Kopf zwischen den Stämmen stecken geblieben sein« sagte sie. »Und dann ist er gestorben.«

»Er stinkt.«

Erst jetzt fiel Alice auf, dass der Körper einen süßen, schweren Geruch ausströmte. Das dunkle, noch vorhandene Fell sah trocken und glänzend aus. An vielen Stellen des Körpers war es schon weggefressen. Der Vorderkörper des Elchs schien festgekeilt zu sein, als hätte er sich in den Baum geworfen und wäre dann hängen geblieben.

Alice musste einen Brechreiz unterdrücken. Gleichzeitig war das Tier faszinierend, beinahe überwältigend, weil es so eklig und so ungeheuerlich war.

»Macht er dir Angst?«, fragte sie Anton. Er schüttelte entschieden den Kopf.

Alice konnte ihren eigenen Atem hören, als sie ihr Handy nahm und eine Aufnahme machte. Auf Instagram wählte sie den Filter Lark und schrieb »#corpse #scary #woods #moose #shithappens«.

Auf dem letzten Wegstück schlug Antons Herz immer schneller. Er hatte keine Angst, das war das falsche Wort, aber er wollte unbedingt davon erzählen.

Sie folgten den Geräuschen vom Meer bis hinunter zum Weg. Sie kamen an einem Parkplatz vorbei, verlassen und übersät mit Kiefernnadeln und Haufen aus altem Laub. An vielen Stellen war der Asphalt aufgerissen, und aus den Spalten wuchs das Unkraut.

Als sie das Grundstück erreichten, sahen sie alle Erwachsenen auf einer Decke sitzen. Sie unterhielten sich laut und lachten, mehrere unbekannte Erwachsene, und Anton bereute sofort, dass sie hergekommen waren. Er wusste nicht, wie er in ihr Fest eindringen sollte.

Seine Mutter sah aus wie eine fremde Person, wenn sie mit den anderen sprach, so aufmerksam, und jetzt war er gezwungen, sie aus diesem Zusammenhang herauszureißen, ungefähr so, als würde man einen Schlafenden wecken.

Alice war schneller. »Papa, wir haben etwas im Wald gefunden«, sagte sie.

Jetzt wurden sie auch von ihren Eltern entdeckt, die zunächst verdutzt aufschauten, doch dann lächelte ihr Vater, ein sanftes und entspanntes Lächeln, als würde ihm plötzlich einfallen, wer sie waren.

»Wir haben einen Elch gefunden!«, sagte Anton, ging zu seiner Mutter und setzte sich neben sie.

Alle anderen verstummten, und Anton bereute, dass er etwas gesagt hatte. Jetzt erwarteten alle, dass er erzählte.

Hier gab es auch einen Jungen. Er saß in einer Ecke und beäugte Anton neugierig. Er sah ungefähr so alt aus wie Alice. Plötzlich kam sich Anton ziemlich lächerlich vor, nachdem er so eifrig gerufen und zu seiner Mutter gelaufen war.

»Ein Elch? Ist er weggelaufen?«, fragte Julia.

»Nein, er hängt in einem Baum, tot«, antwortete Alice.

»Oh, wo denn?«, fragte eine der Frauen.

»Hier im Wald, gar nicht so weit vom Haus entfernt. Der hängt bestimmt schon lange da, so wie er riecht«, berichtete Alice und schaute den Jungen an, der auf der Decke saß.

»Sollen wir ihn uns anschauen?«, fragte ihr Vater.

»Der ist morgen bestimmt auch noch da. Wenn er tot ist, ist wohl ohnehin nicht mehr viel zu machen?«, meinte Julia.

Anton sah sie an und wunderte sich, wie unbeeindruckt sie wirkte, dass sie lieber hier bei den vielen fremden Menschen bleiben wollte.

»Ich kann ja morgen mitkommen. Dann schauen wir mal, was wir machen können«, sagte einer der Männer auf Englisch. Anton erkannte ihn wieder. Es war der Mann, der ein paar Tage zuvor am Tennisplatz aufgetaucht war.

Alice betrachtete den Jungen jetzt interessierter. Als er zu ihr aufschaute, senkte sie den Blick. Er hatte blonde Haare, trug ein blaues T-Shirt und ein Paar Converse, genau wie Alice. Er sah ein bisschen eingebildet aus, fand Anton, wie die Leute, die auf dem Schulhof arrogante Sprüche klopften. Anton war diese Art Kommentare gewohnt. Einmal hatte er ein T-Shirt mit einem Disney-Motiv getragen und ein Junge aus der Fünften hatte gesagt, das sei ein Mädchenhemd. Anton stopfte das T-Shirt wie einen Ball ganz tief in den Kleiderschrank, aber seine Mutter entdeckte es eines Tages, steckte es in die Waschmaschine und legte es zusammengefaltet wieder zwischen die anderen T-Shirts. Da warf er es in die große Mülltonne auf dem Hof.

»Vielleicht könnt ihr Kinder ja etwas zusammen unternehmen?«, meinte seine Mutter.

Das war genau das, wovor Anton Angst gehabt hatte. Dass man ihn zwingen würde, mit Alice und diesem fremden Jungen etwas zu machen.

Alice schaute auf ihr Handy. »Das hier ist Alice. Geh zu Leo und gib ihm die Hand«, sagte ihre Mutter zu Alice.

Alice steckte ihr Handy in die Tasche und ging zu dem Jungen, um ihm die Hand zu geben.

»Hallo«, sagte er.

»Stell dich mit deinem Namen vor, wenn du Leute begrüßt«, sagte der englischsprachige Mann. Das muss sein Vater sein, dachte Anton.

»Leo«, sagte der Junge und schüttelte Alices Hand.

Sie bekamen ein Eis, und Anton blieb bei seiner Mutter auf der Decke sitzen und aß.

»Wann gehen wir nach Hause?«, fragte er sie. Der Elch im Wald schlug ihm auf den Magen, er fror ein bisschen, und er wusste, dass Alice dem neuen Jungen vorschlagen würde, sie könnten ihn sich zusammen anschauen. Das wollte er nicht.

»Wir sind doch noch gar nicht so lange hier gewesen. Ich glaube, nachher gehen wir noch mal in die Sauna. Vielleicht wollt ihr ja im Meer baden?«, fragte seine Mutter.

»Aber das Wasser ist doch kalt.«

»Nicht nach der Sauna«, sagte sein Vater.

»Ich finde es zu kalt«, sagte Anton. Er sah sich die Erwachsenen um sich herum an und fand sie seltsam. Seltsamer als die Menschen, mit denen sich seine Eltern sonst trafen.

Als sie ihre Nachspeise aufgegessen hatten, fragte Alice Leo – genau wie Anton vorausgesehen hatte –, ob sie sich den Elch im Wald anschauen sollten. Anton zögerte, er wollte nicht hier bei den fremden Erwachsenen bleiben, den Elch wollte er allerdings auch nicht noch einmal sehen, den Verwesungsgeruch riechen oder sich all die Maden vorstellen, die in ihm herumkrabbelten, Er wollte diesen Ort nicht ohne seine Eltern aufsuchen.

Doch als Alice und Leo aufbrachen, meinte sein Vater, Anton solle sie begleiten.

»Stell dir vor, was für ein Luxus, ihr dürft hier draußen

frei herumlaufen, niemand passt auf euch auf. Ist das nicht spannend? In der frischen Natur? Geh jetzt los und spiel, Anton. Ich verspreche, dass ihr heute so lange aufbleiben dürft, wie ihr wollt. Hier gibt es keine Regeln«, sagte er.

Sein Vater schaute sich um und schien mit seinen Worten zufrieden zu sein, als hätte er sie genau so sehr wegen der anderen gesagt.

»*Nicht* so lange ihr wollt. Und ihr müsst vorsichtig sein, wenn ihr ans Wasser geht. Ich möchte nicht, dass ihr auf irgendwelche gefährlichen Klippen steigt«, ergänzte Julia.

»Okay. Keine Klippen. Und geht nicht weiter weg, als wir euch rufen können. Es wird bestimmt nicht so spät heute Abend«, sagte sein Vater.

Dieses Mal sah Anton den Elch als Erster. Jetzt, wo er ihn selbst entdeckt hatte, war er nicht mehr ganz so unheimlich.

»Guckt mal«, sagte er plötzlich mit einem leichten Anklang von Leos Akzent, als wollte er ihn unbewusst imitieren. Er fragte sich, ob Alice es gemerkt hatte.

»Fuck«, meinte Leo und ging zu dem Tier. Es sah anders aus, jetzt, wo Anton es zum zweiten Mal sah. Bei genauerem Hinsehen war es noch ekliger, als er in Erinnerung hatte. Da war auch etwas mit der Einrahmung: Der Wald stand still und schweigend um sie herum. Anton dachte, wie seltsam dieser Wald doch war: dass alle diese Tiere hier lebten, obwohl man sie nie zu Gesicht bekam.

Leo stupste den Körper mit einem Finger an. »Glaubt ihr, man kann den Kopf mitnehmen, wenn sie ihn da raus haben? Das wäre doch cool. Ich hab in Schottland mal einen besucht, der hatte eine tote Katze als Lampe von der Decke hängen.«

»Ich kann ja fragen, ob Papa ihn aufheben möchte«, sagte Alice.

»Aber warum hängt er so komisch da?«, fragte Leo. »Der Körper befindet sich ja mindestens einen Meter über dem Boden, hat ihn jemand dorthin gehoben?«

Anton überfiel ein höchst unangenehmes Gefühl bei der Vorstellung, dass jemand den Elch erst getötet und dann in diesen Baum gehängt hatte.

»Vielleicht ist er nach etwas gesprungen und hängen geblieben«, schlug Alice vor.

Es folgte eine halbe Minute Schweigen, keiner sagte etwas. Anton wollte eigentlich fragen, was sie tun könnten, Kartenspielen vielleicht, aber er traute sich nicht.

»Möchtest du ein Bier?«, fragte Alice schließlich.

»Ein Bier?«, fragte Leo.

»Papa hat mehrere Kisten. Wir können zum Haus gehen und uns eins teilen. Oder du bekommst ein ganzes, wenn du Lust hast.«

»Das klingt nice.«

Anton brach einen langen Zweig von einem Baum ab, ging zum Teich hinunter und stocherte mit dem Zweig im Wasser, um zu sehen, wie tief er war. Alice und Leo hatten sich jeweils ein Bier geholt und saßen auf dem Hof. Der Zweig war zu kurz und erreichte den Grund nicht, obwohl er sich so weit hinunterbeugte, dass er von dem Stein, auf dem er stand, fast ins Wasser fiel.

Als er keine Lust mehr hatte, ging er zurück zum Haus. Alice und Leo hatten begonnen, Äste an der offenen Feuerstelle zusammenzutragen.

»Wir machen ein Feuer, hilfst du mit?«, fragte Alice.

Anton begann, mit ihnen zusammen nach Stöcken und Ästen zu suchen. Schnell bekamen sie einen großen Haufen zusammen. Der Wald hinter dem Haus war verwildert und voller toter Fichten, deren Äste man leicht abbrechen konnte. Leo zündete das Feuer an, und dann saßen er und Alice mit ihrem Bier in der Hand davor und schauten in die Flammen, während Anton auf der anderen Seite saß. Es knackte im Feuer und roch nach verbrannten Zweigen.

»Ich liebe diesen Ort«, sagte Alice plötzlich. »Gerade zumindest, es ist so schön hier. Und ich liebe dieses Bier.«

»Wie lange bleibt ihr? Den ganzen Sommer?«, fragte Leo mit seinem weichen Akzent, bei dem Anton das Gefühl hatte, dass er Leo irgendwie schon kannte, als wären sie schon viele Sommer zusammen hier gewesen.

»Bis die Schule wieder anfängt«, sagte sie.

»Meine Eltern meinen, ich soll nicht mehr zur Schule gehen, sondern zu Hause unterrichtet werden. Eigentlich wollen sie, dass ich auf eine Waldorfschule gehe, aber hier in der Nähe gibt es keine.«

Anton hatte ein paar alte Kindergartenfreunde, die auf die Waldorfschule gingen. Gerüchten nach hatten sie keine Schulbücher, sondern mussten sie selber herstellen, und im Musikunterricht spielten sie Kantele und fertigten Kunstwerke aus Dingen an, die sie im Wald gefunden hatten.

»Ich möchte noch eins, du auch?«, fragte Leo und schaute auf seine Bierdose.

Das flackernde Feuer brachte Bewegung in sein Gesicht, obwohl die Augen regungslos waren. Anton musste bei ihrem Anblick an einen Fuchs oder an eine Katze denken.

»Ich glaube, ihr solltet lieber kein Bier mehr von Papa trinken«, sagte Anton. »Sonst merkt er es noch.«

»Mann, Anton, sei nicht so kindisch«, sagte Alice.

»Glaubst du, dass er sie zählt?«, fragte Leo.

»Aber wenn plötzlich die halbe Kiste fort ist«, protestierte Anton.

Alice verdrehte die Augen. Sie war anders, nicht mehr still und nachdenklich, wie sonst anderen Menschen gegenüber. Nicht schüchtern und vorsichtig. Sie schob sich das Haar hinters Ohr und machte so den Nacken frei, sodass Leo ihn sehen konnte. Die beiden saßen vor dem Feuer und starrten hinein, als dächten sie darüber nach, welches der nächste Schritt sein könnte. Die Stimmung bereitete Anton Unbehagen. Er wünschte sich, Leo würde nicht neben ihnen wohnen, denn jetzt war das Gleichgewicht zerstört.

»Hast du viele Freunde in Helsinki?«, fragte Leo jetzt.

Anton hätte ihm erzählen können, was er wissen wollte: dass Alice noch keinen Freund hatte, dass sie sich noch nie für so etwas interessiert hatte, dass sie meistens in ihrem Zimmer saß und ihr Handy checkte und langweilige Musik hörte. Aber das sollte Leo besser selbst herausfinden.

»Freunde? Eigentlich nicht. Ich meine, nichts Spezielles«, sagte Alice.

»Kannst du nicht mal reingehen und gucken, ob es irgendwelchen Schnaps gibt?«, fragte Leo Anton. »Whisky oder Gin oder so?«

»Ja, bitte«, sagte Alice. Sie schaute ihn an machte eine Kopfbewegung zum Haus hin. Anton ging gerne, das Feuer brannte im Gesicht, und er hatte dieses Herumgeflirte satt.

Im Haus gab es jedoch nicht viel zu tun, also begann er wieder, an seine Mutter zu denken. Er schaute auf die Uhr und sah, dass es gerade erst halb zehn war. Sie würden noch lange weg sein, vielleicht sogar bis zwölf. Er schämte sich ein bisschen, wenn er so war wie jetzt. Er spürte einen Kloß im Hals und versuchte ihn runterzuschlucken, aber er steckte fest. Sekundenlang stand er in der Küche und versuchte den Kloß zum Verschwinden zu bringen. Beinahe bekam er Panik, konnte den Mund nicht öffnen, aber am Schluss atmete er durch die Nase ein, ging zur Spüle, ließ Wasser in ein Glas und trank.

Er öffnete den Schrank, in dem seine Eltern ihre alkoholischen Getränke aufbewahrten. Dort standen nur zwei Flaschen, eine mit farblosem Inhalt und eine mit einer gelben Flüssigkeit und der Aufschrift BACARDI GOLD. Er nahm die Flasche und zwei Gläser und schenkte ein. Der Schnaps hatte eine hübsche bernsteingelbe Farbe, und er schnupperte ein bisschen daran. Er roch furchtbar, aber Anton probierte trotzdem davon, versuchte nicht zu viel darüber nachzudenken, während er schluckte. Es brannte im Hals, intensiv und kräftig, und er spürte die Wärme auch im Magen, als die Flüssigkeit hinunterrann. Er musste beinahe husten, Tränen traten ihm in die Augen. Es kam Anton vollkommen wahnsinnig vor, dass Erwachsene so etwas freiwillig tranken, aber vielleicht hatte sein Vater ja recht, wenn er sagte, dass es bestimmte Dinge gab, die nur Erwachsene verstehen konnten.

Leo bekam leuchtende Augen, als er mit den Gläsern in der Hand auf den Hof kam.

»Mein Gott, das sind ja ordentliche Portionen«, sagte er.

»Damit werden wir uns komplett wegschießen. Mein Vater macht sich öfter mal solche Drinks, aber er ist es ja auch gewohnt.«

»Trinkt dein Vater viel?«, fragte Alice.

»Er trinkt und raucht Gras. Er sagt, dass es nichts gibt, was er in seinem Leben noch nicht ausprobiert hat, außer Heroin. Mama sagt, dass es ein Schock für ihn war, ein Kind zu bekommen und ein Erwachsener mit Verantwortung zu werden. Er musste ruhiger werden.«

»Unsere Eltern sind einmal richtig besoffen gewesen«, sagte Alice.

»Wann?«, fragte Anton interessiert.

»Da warst du noch klein. Es war am ersten Mai, mit den Nachbarn. Papa fing an zu grölen und zu singen. Da waren sie bestimmt betrunken.«

Anton dachte darüber nach. Er hatte noch nie erlebt, dass sie sich anders benommen hatten, vielleicht hatten sie einmal nach Wein gerochen, mehr aber nicht. Es kam ihm komisch vor, wie Leo über seinen Vater sprach, da tat sich ein Abgrund auf, über den Anton vielleicht gar nicht so viel erfahren wollte. Leo schien das überhaupt nicht seltsam zu finden.

»Puh, das ist aber stark«, meinte Alice.

»Ich finde es lecker!«, sagte Leo.

Anton saß auf der anderen Seite des Feuers und schaute sie an. Nach einer Weile kam eine seltsame Stille auf. Alice sank langsam auf Leo zu, und am Ende fiel sie förmlich auf ihn.

»Entschuldige!«, sagte sie. »Ich bin bestimmt schon ein bisschen voll.«

Sie stand auf und begann mit den Armen zu rudern. »Oooh, ich bin voll! Voll, voll, voll!«

Leo schaute sie an und lachte.

»Gehen wir schwimmen?«, fragte sie fröhlich.

3

Das Wasser war kalt, aber das kümmerte Alice nicht, denn es passierte so viel in ihrem Körper. Sie bewegte sich geschmeidig und langsam, wie in einem Film, als befände sie sich in einer Hülle, die sie vor allem schützte. Sie hatte sich im Gästeraum der Sauna umgezogen und ein großes Handtuch umgewickelt. Als sie ein Stück hinausgewatet war, reichte ihr das Wasser bis zum Bauch, und sie wartete auf den richtigen Augenblick, um loszulassen, sich ins Wasser gleiten und einfach treiben zu lassen. Plötzlich war dieser Gedanke richtig verlockend, ganz anders als noch vor einer Woche. Jetzt liebte sie es, in Mjölkviken zu sein.

Leo stand hinter ihr. Er war süß, aber das war nicht die Hauptsache, vielleicht lag es daran, wie er sie anschaute, *so* hatte sie bis jetzt noch niemand angeschaut, noch nie jemand mit ihr gesprochen. Sie starrte zum Horizont hinaus, um seinem Blick auszuweichen, er war zu intensiv und zu interessiert, als würde ihm der normale Abstand zu anderen Menschen fehlen. Sie kannten sich erst seit wenigen Stunden, aber trotzdem sprach er mit ihr, als würden sie sich schon ewig kennen. Worum ging es hier?

Plötzlich dachte sie an den Goldring, den sie am ersten Tag gefunden hatte. Den würde sie ihm zeigen, wenn sie wieder oben waren.

Er hatte ihr gesagt, dass sie aufbleiben und sich den Sonnenuntergang anschauen sollten, dass er einen besonderen Ort an den Klippen kannte. Er hatte sie nicht gefragt, ob sie wollte, er schien davon auszugehen.

»Es ist eiskalt«, sagte er, aber sie drehte sich nicht um, hörte nur diese Stimme hinter sich, wie weiches Sandpapier.

Sie warf sich ins Wasser, wollte zeigen, dass auch sie die Initiative ergreifen und spontan sein konnte. Es war so leicht, so einfach, und das Wasser war so klar. Sie tauchte mit dem ganzen Kopf unter und schwamm ein paar Züge, öffnete die Augen unter Wasser und sah den weichen Sandboden, nur verschwommen zwar, aber trotzdem, konnte ihn fast mit den Händen berühren.

Er kam auch ins Wasser, schwamm neben ihr.

»Ist dein Haar wirklich so schwarz?«, fragte er.

Plötzlich musste sie an ihr Aussehen denken, ihre kleinen Brüste, die pummeligen Armbeugen. Sie berührte ihr Haar, das wie ein nasses Tuch auf ihrem Gesicht lag.

»Es ist gefärbt«, sagte sie.

Er nickte.

Was dachte er? Sie war davon überzeugt, dass er in diesem Augenblick entschied, dass sie zu kindisch und zu unreif war, vielleicht kannte er Mädchen, die es schon gemacht hatten.

»Glaubst du, dass man sich selbst ertränken kann?«

Er stand jetzt neben ihr, das Wasser reichte ihm bis zur Taille. »Vielleicht, wenn man sich in einen Fluss wirft. Irgendein Schriftsteller hat das getan«, sagte sie.

»Eine aus meiner Klasse hat sich im Frühling auf die

Eisenbahnschienen gelegt, sie wollte sich umbringen. Aber ihre Mutter ist gekommen und hat sie weggezogen. Dann hat sie es noch mal gemacht, eine Woche später, und ist gestorben.«

Alice fragte sich, ob er die Wahrheit sagte, vielleicht gehörte er zu den Menschen, die solche Sachen erfanden. Aber als sie ihn anschaute, sahen seine Augen traurig aus, und er starrte auf einen Punkt weit draußen am Horizont.

»Warum hat sie das gemacht?«

»Meine Mutter sagt, dass es ein Hilferuf war. Also, sie wollte sich eigentlich gar nicht umbringen, sondern darauf aufmerksam machen, dass es ihr schlecht geht. Sie hat es schon immer gesagt. Dass sie sich das Leben nehmen würde, aber ich habe nicht geglaubt, dass sie es tun würde.«

»Kanntest du sie?«

»Nicht besonders gut. Ich war mit ihrer Freundin zusammen. Aber wir sind nicht mehr zusammen.«

Alice hatte noch nie einen Freund und glaubte auch nicht, dass sie einen bekommen würde, aber vielleicht war es für ihn leichter, weil er schon einmal eine Freundin hatte. Sie spürte eine Sehnsucht in ihrem Bauch. Sie berührte sein Ohr, wischte einen Wassertropfen weg.

»War das gut?«

»Was?«

»Zusammen zu sein?«

»Ja, das war ganz okay«, sagte er und zuckte mit den Schultern.

Sie badeten nicht lange. Hinterher saßen sie in ihre Handtücher gewickelt am Strand und schauten zum Horizont. Anton stand etwas abseits und ließ Steine übers Wasser hüpfen. Er war nicht geschwommen, sondern hatte sie vom Strand aus beobachtet und war rastlos über die Klippen gegangen, wie ein Hund, der sich Sorgen macht, dass sein Frauchen ertrinken könnte.

»Alice, können wir zurück zum Haus gehen?«, fragte er.

»Gleich!«, sagte Alice.

»Ihr habt doch eine Sauna?«, fragte Leo.

»Ja, aber es dauert ziemlich lange, sie anzuheizen«, erwiderte sie.

»Aha«, sagte Leo, und Alice war irgendwie enttäuscht. Vielleicht hatte er nicht gemeint, dass sie zusammen in die Sauna gehen sollten, dennoch bestand die Möglichkeit, dass er genau das gemeint hatte. Sie fragte sich, woher ihre plötzliche Unbekümmertheit kam, normalerweise hätte sie eine Todesangst davor gehabt, mit einem Jungen in die Sauna zu gehen, der nicht Anton war.

Sie fühlte sich immer noch ein bisschen schwindelig vom Alkohol. Es war ein warmes Gefühl, auf jeden Fall ein besseres Gefühl, als sie erwartet hatte. Sie dachte: Daran könnte ich mich gewöhnen. Diese Freude, dieses Gefühl, dass alle Probleme verschwanden, der Rausch im Bauch und im Kopf und das Aufgehen im Hier und Jetzt.

Vom anderen Ende des Strands hörten sie Gekicher und ein leises Plätschern. Es waren zwei Erwachsene, die ins Wasser gesprungen waren.

»Ist das deine Mutter?«, fragte Alice.

»Wo?«, fragte Leo.

»Unsere Mütter. Sie schwimmen.«

Alice nahm an, dass sie aus der Sauna gekommen und direkt zum Wasser heruntergelaufen waren. Das dunkle

Haar ihrer Mutter trieb auf der Wasseroberfläche, sie schwamm konzentriert, so wie sie alles andere auch machte, konzentriert, ernsthaft und ordentlich, wie jemand, der Erfahrung im Schwimmen hatte.

Die andere Frau schwamm hinter ihr, und dann hielten beide inne, ließen sich eine Weile im Wasser treiben und schauten sich an. Alice wandte den Blick ab, es war zu privat. Warum waren Erwachsene so, warum sahen sie so fremd aus, wenn man sie aus der Entfernung sah, warum verloren sie ihre Würde? Leos Mutter hob ihre Hand und legte sie an Julias Kopf, ganz schnell, vielleicht verscheuchte sie eine Mücke, dachte Alice. Aber ihre Mutter tat das Gleiche, für einen kurzen Moment, dann tauchten beide wieder unter und schwammen zum Strand, gingen an Land und nahmen ihre Handtücher.

Leo stand auf und trocknete sich ab, als würde ihn das Ganze nur langweilen. Er schaute zum Himmel und kam näher zu ihr, seltsamerweise braun gebrannt, obwohl es bisher ein schlechter Sommer gewesen war. Sein Körper war schlank und die Arme sehnig, er schien sich viel zu bewegen. Alice stellte sich vor, wie er im Wald herumlief, auf Bäume kletterte, Fußball spielte, er schien ein wilderes und freieres Kind zu sein als irgendeines von denen, die sie aus Helsinki kannte. Vielleicht war er es auch, vielleicht hatte er deswegen die Fähigkeit, so natürlich und ungehemmt zu sprechen.

Wenn er redete, musste er sich nicht zuerst sammeln, er schaute sie nur mit diesem Blick an, der genauso klar war wie das Wasser, in dem sie geschwommen waren. Grünblaue Augen.

»Alice, hast du schon einmal Pedro gespielt?«

»Nein … was ist das?«

»Ein Kartenspiel, das hier oben in Österbotten sehr beliebt ist. Es kommt aus Argentinien, glaube ich. Ich kann es euch beibringen. Wollen wir nach oben zum Haus gehen?«

»Okay«, sagte sie und dachte, dass sie ihn liebte. Aber konnte man das schon nach so wenigen Stunden?

4

Irgendwann im Laufe des Abends beschloss Erik, alles loszulassen. Seine Sorgen um den Job, den Gedanken, dass man zu Chris' Diskussionen über das Klima etwas Geistreiches beitragen sollte, die Idee, dass alles schon in Ordnung kommen würde. Er zog sich das Jackett und die Socken aus und legte sich auf die Decke, auf der sie gegessen hatten. Der Idealismus dieser Menschen erinnerte ihn daran, wie es einmal gewesen war, wie *er* einmal gewesen war, dass er eine eigene Vision gehabt hatte, vielleicht nicht dieselbe, die diese Menschen jetzt hatten, aber dass er an etwas *geglaubt* hatte. Er war einmal zweiundzwanzig Jahre alt gewesen und hatte geglaubt, dass seine Zukunft darin bestand, erfolgreiche Handyspiele für den Weltmarkt zu programmieren. Daraus war nichts geworden.

Es war ungewiss, ob Erik in den nächsten sechs Monaten eine neue Stelle finden würde. Die ganze Woche hatte er vor dem Haus auf den Felsen gesessen und war durch die Stellenanzeigen gesurft, aber keine von ihnen wirkte interessant oder vielversprechend: IT-Support am Gymnasium in Lovisa? Erzieher in Espoo? Direktor für digitale Medien beim *Hufvudstadsbladet*? Für jede dieser Stellen war er entweder über- oder unterqualifiziert.

Die anderen waren zwischendurch immer wieder in der Sauna gewesen, und jetzt lag er hier und spürte den Sand zwischen den Zehen, während er zuhörte, wie sie sich über den Klimawandel unterhielten.

Erik wurde bewusst, wie wenig er sich zu diesem Thema auf dem Laufenden gehalten hatte. Alice machte der Familie manchmal ein schlechtes Gewissen, weil sie ihren Müll nicht sorgfältig genug trennten, aber er selbst hatte nie besonders viel über die Umwelt nachgedacht.

Erik sah sich am liebsten als Fortschrittsoptimisten, in letzter Zeit schienen alle anderen allerdings zu Pessimisten geworden zu sein. Klimakrise, Finanzkrise, Flüchtlingskrise, Eurokrise, Zeitungskrise, die Krise in der Ukraine, die EU-Krise, die Krise der Sozialdemokratie … es gab keinen einzigen gesellschaftlichen Bereich mehr, der sich nicht in der Krise befand. Und in Finnland konnte man Krise besonders gut, als könnte man nicht ruhig schlafen, wenn man sich nicht auf direktem Weg in den Untergang befand.

»Es besteht keine Chance, das Zwei-Grad-Ziel noch zu erreichen, und selbst wenn wir ein weltweit verbindliches Protokoll hätten, sieht die Realität so aus, dass wir von bis zu sechs Grad reden müssen. Und dann heißt es Sayonara für uns alle«, sagte Helena. Sie sprach konzentriert und ernst, und gleichzeitig schien sie vor allem zu Chris zu sprechen, versuchte ihn mit ihrer Rhetorik zu beeindrucken.

Sie hatten noch eine Nachspeise gegessen, mürbe Kekse mit Tee, von dem Chris behauptete, dass er die Sinne erweitere, und alle außer Julia hatten sich etwas einschenken lassen. Erik fand den Tee ein bisschen bitter, hatte aber trotzdem den ganzen Becher ausgetrunken.

Ylva und Roger waren ins Haus gegangen, anscheinend um Sex zu haben (»gut für die Verdauung«), sie hatten jedoch versprochen, später wieder herauszukommen. Marika und Julia waren unten am Strand und badeten.

»James Hansen hat ja vor Kurzem geschrieben, dass sich die Erwärmung schon ab 1,5 Grad exponentiell beschleunigen wird, das heißt, dass es überhaupt keine Rolle spielt, ob es gelingt, sie bei zwei Grad zu halten«, fuhr Helena fort, und alle stimmten zu, fast ein wenig zerstreut, als wären sie das Thema schon einige Male durchgegangen. Chris saß mit stoischer Miene auf der Decke, wie ein Prophet, der eine vorübergehende Pause in seiner Verkündigung eingelegt hatte.

Wie sehr sich diese Menschen von seinen Kollegen im Warenhaus unterschieden, ging Erik durch den Sinn. Als er an der Technischen Hochschule studierte, war er von Idealisten umgeben, in den ersten Jahren war die gesamte Stimmung davon geprägt gewesen. Sein alter Kommilitone Martin war ein kommunistisch angehauchter Programmierer, der über Marx dozierte und gleichzeitig schon plante, wie er seine erste Million verdienen konnte, bevor er fünfundzwanzig war. Heute war Martin einer der reichsten Unter-Vierzigjährigen Finnlands und hatte ein ähnliches Charisma wie Chris. Martins Erfolge wurmten Erik, vor allem, weil er sich in der gleichen Situation befinden würde, hätte er sich nicht gegen das unsichere Dasein als Start-up-Gründer entschieden. Aber es war Teil einer Vereinbarung, die Julia und er getroffen hatten, als die Kinder noch klein waren: Er würde sich einen normalen Job mit festem Monatseinkommen suchen, und sie durfte schreiben. Erst vor einer Woche war er wieder an Martin erinnert worden, als eine Boulevardzeitung angerufen und ihn zu Martins wilden Jugendjahren befragt hatte. Erik hatte sein Bestes getan, um nicht verbittert oder neidisch auf seinen alten Studienkollegen zu klingen.

Inzwischen sprach Helena über Klimaforscher, von denen er noch nie etwas gehört hatte, über unvorhersagbare Kettenreaktionen, die das Schmelzen des Polareises auslösen könne, über Grashüpfer als Proteinquellen.

Erik schaute von der Decke auf und dachte, dass dies alles gerade sehr weit weg wirkte, während sie hier am Strand dieser schönen, stillen Bucht saßen. Die Luft war kühl und klar. Er schaute zum Horizont hinaus und versuchte sich vorzustellen, wie es aussähe, wenn das Wasser mehrere Meter anstieg.

Er setzte sich auf und zog die Füße unter sich. »Und was sollten wir eurer Meinung nach dann tun?«, fragte er.

Die anderen drehten sich zu ihm um und starrten ihn an, als wäre Eriks Frage vollkommen unerwartet und provozierend.

»Was wir tun sollten?«, fragte Helena. »Das ist eine ziemlich umfassende Frage.«

Chris hatte eine Weile geschwiegen, nur hin und wieder während des Gesprächs genickt und sich amüsiert gezeigt, aber jetzt ergriff er das Wort.

»Man kann nichts tun. Der Herbst kommt«, sagte er.

Erik fand, dass das etwas kryptisch klang.

Helena nickte zustimmend.

»New York, Los Angeles, Barcelona, alle Küstenstädte werden zuerst getroffen. Ganz zu schweigen von den kleinen Inseln, die schon jetzt zu verschwinden drohen. Die Malediven, Tuvalu«, zählte Chris auf.

Ville rauchte und starrte in das kleine Feuer, das sie angezündet hatten. Er sah amüsiert aus, als würde er sich im Grunde schon auf die Katastrophe freuen.

»Aber bis dahin«, fuhr Erik fort. »Ich meine, sollte man nicht irgendetwas tun, um es zu verhindern? Selbst wenn die Welt in hundert Jahren untergeht, geht hier und jetzt doch der Alltag weiter mit allem, was dazugehört. Ich kann nicht zur Bank gehen und erklären, ich würde mein Darlehen nicht mehr abbezahlen, weil Helsinki ohnehin bald unter Wasser liegen wird, ich meine …«

Er verlor mitten im Satz den Faden. Seine Zunge schien sich in den Wörtern zu verheddern.

Chris schaute ihn belustigt an. »In Wirklichkeit«, sagte er, »gibt es Versicherungsgesellschaften, die mit Klimaanalysen Geld verdienen. Es gibt inzwischen schon massenhaft Leute, die damit reich werden. Du hast keine Ahnung.«

Helena lehnte sich an Chris' Schulter und streichelte ihm die Brust.

Erik musste eingeschlafen sein, denn als er aufschaute, kehrten Marika und Julia vom Strand zurück. Sie hatten sich ihre Handtücher umgewickelt, und ihre Körper tropften. Marika sah durchtrainiert aus, aber nicht bemüht, es schien ihr natürlicher Körpertyp zu sein. Als liebte sie es, sich zu bewegen, und vielleicht auch, sich zu zeigen. Sie nahm das Handtuch ab und stand nackt vor den anderen, während sie sich das Gesicht abtrocknete.

»Ich glaube, ich gehe noch einmal in die Sauna«, sagte sie. »Hat sonst noch jemand Lust?«

»Ich komme noch mal zum Aufwärmen mit«, sagte Julia und folgte ihr.

Chris holte eine Flasche mit schottischem Whisky und schenkte ihn in ein paar alte Gläser aus der Küche ein. Erik nahm einen Schluck und spürte die Wärme im Hals und im Magen. Er dachte an die Kinder, überlegte, wo sie wohl gerade waren, wahrscheinlich im Sommerhaus oder irgendwo auf den Klippen. Es war gut für sie, dass sie frei herumlaufen durften, dachte Erik und beneidete sie fast: Kind zu sein und keine Sorgen zu haben.

»Es ist Zeit, dass wir uns auf das große Feuer vorbereiten«, sagte Chris. »Helena, Ville, ihr sammelt den Müll ein, damit wir ihn gleich mit verbrennen können.«

Helena und Ville standen auf und begannen auf dem Grundstück herumzugehen und alles einzusammeln, was man verbrennen konnte. Erik blieb allein mit Chris auf der Decke zurück. Er hielt sein Glas in der Hand und trank langsam daraus.

»Erzähl mir, wie du zur Umweltbewegung gekommen bist«, sagte Erik.

Mit einem sanften Lächeln lehnte sich Chris zurück, als wäre dies eine Frage, die er schon sehr oft gehört und immer wieder gerne beantwortet hatte.

Erik starrte in die Glut, sie schien den ganzen Strand zu erleuchten, wie ein Mikrokosmos, ein kleines Sonnensystem im Inneren des Feuers.

Chris knetete seine Hände und stocherte ein wenig im Feuer herum, wobei Funken aufstiegen. Eine Explosion aus Farben, direkt vor Eriks Augen. »Eigentlich begann es schon, als ich Kind war«, sagte Chris. »Mein Vater liebte das Wandern, und ich war sein einziges Kind, also bot es sich für ihn an, mich mitzunehmen. Wir wanderten viel im schottischen Hochland, im Sommer manchmal über mehrere Wochen, machten lange Touren. Es war eine ziemlich außergewöhnliche Kindheit, weil mein Vater nicht besonders viel redete. Wir stiegen also auf irgendeinen Berg, und für viele Stunden sprach niemand ein einziges Wort. Am Ende schärft man seine anderen Sinne, man wird aufmerksam auf das, was um einen herum passiert. Wie der Wind weht, die Gerüche, die Vögel. Für mich war es jedenfalls so. Ich begann zu verstehen, dass die Natur vollkommen selbstständig ist, dass sie unabhängig ist von den Menschen, wir sind ihr gleichgültig. Als ich älter wurde, begann ich an andere Orte auf der Welt zu reisen, und dort wurde dieses Gefühl immer stärker. Ich glaube, dass viele Klimaaktivisten kein besonders enges Verhältnis zur Natur haben. Bei ihnen geht es mehr um den Menschen.«

Erik nickte. Er glaubte plötzlich vor sich sehen zu können, was Chris meinte, er spürte, wie der Wind wehte, hörte, wie er ihm in den Ohren klang, wie eine Stimme, die ihm etwas zuzuflüstern schien.

»Du meinst, es ist egozentrisch, den Planeten zu retten, weil man es aus einer menschlichen Perspektive tut«, sagte er, und es fühlte sich an wie eine große Einsicht.

Chris lächelte. »Absolut richtig. Immer mehr Aktivisten meinen, wir könnten auch in Zukunft gut leben, solange wir nur auf Windkraft und Energiesparlampen und ein bisschen Recycling setzen. Aber das kommt alles viel zu spät. Was die Leute in der Umweltschutzbewegung aber nicht hören wollen. Sie halten es für kontraproduktiv, weil man damit auch die letzte Hoffnung nehmen würde. Unter ihnen gibt es sogar einige, die sich inzwischen für Kernkraft oder andere Lösungen aussprechen, mit denen auch die Rechten leben können. Für mich ist es keine Frage von rechts oder links. Mein Zugang zur Welt vollzieht sich über die Magie der Natur, um es ein bisschen feierlich auszudrücken. Einen kleinen Teil davon möchte ich behalten. Die Natur wird es auch ohne uns geben. Vielleicht ist es ja gar nicht so schlimm, wenn der Mensch ausstirbt.«

Erik hörte ihm schweigend zu. Er dachte, dass er diese Verlockung vielleicht verstehen konnte. Sich von der Zivilisation loszusagen. Allerdings kam es ihm so kurzsichtig vor; wenn man sich heute dafür entschied, würde man morgen auch noch ein Leben führen müssen. Und dafür brauchte man von irgendwoher Geld.

Gleichzeitig spürte er, dass sein innerer Widerstand zunehmend gebrochen wurde. Chris' Stimme klang immer überzeugender.

Helena und Ville kehrten zur Decke zurück und setzten sich. »Ich glaube, wir sind jetzt fertig«, sagte Helena.

Chris beugte sich vor, hob sein Whiskyglas und schaute es an, ohne ihr zu antworten. Dann sah er Erik an und nahm seine Hand. »Erik, ich sage nicht, dass uns alles andere egal sein sollte. Aber wir sollten auch nicht so tun, als wären wir nicht verzweifelt. Wir sind alle verzweifelt«, sagte er, ohne die Hand loszulassen.

Erik wollte wegschauen, aber er konnte es nicht. Irgendetwas an Chris' Blick hielt ihn fest.

Schließlich ließ er Eriks Hand los und fuhr fort: »Heute verspüre ich nur noch eine große Trauer. Ich trauere. Ich bin müde. Und darum geht es bei unserem Projekt: die Trauer zu bejahen, statt die ganze Zeit von Hoffnung zu reden. Hoffnung ist ein vollkommen sinnloser Begriff.«

»Genau«, sagte Helena.

Ville nickte.

Erik dachte nach. Plötzlich kam ihm sein Job im Warenhaus so armselig vor. Was bedeuteten schon Quartalsberichte und Wachstum, wenn der ganze Kosmos in ein Lagerfeuer passte? Er hatte Lust, Jouni anzurufen und ihm zu sagen, dass es ihm scheißegal war, dass sie ihn rausgeworfen hatten, weil er sowieso aus dem Hamsterrad aussteigen wollte.

»Es geht auch um die Ungerechtigkeit«, sagte Helena. »Dass die Länder, die für den Großteil der Emissionen verantwortlich sind, nicht zur Rechenschaft gezogen werden. Die armen Länder, die nichts dafür können, werden am schlimmsten getroffen. Diese Diskussion müssen wir auch führen.«

Chris schien das anders zu sehen.

»Die Klassendiskussion gehört nicht hierher. Ich versuche zu erklären, dass ich mich nicht für Politik interessiere. Es gibt die Ansicht, es sei bürgerlich, über den Eigenwert der Natur zu sprechen. Dass die Mittelklasse Zeit habe, Berge und Bäume und Steine zu retten. Hitler sei ein Naturromantiker gewesen, sagen einige, besonders Linke, die grün geworden sind und ihren Kampf zu einem postkolonialistischen machen wollen. Aber das ist beside the point. Als könnte nicht auch ein Arbeiter Naturromantiker sein, oder ein Fischer in Bangladesch. Ich rede jetzt davon, dass wir wieder lernen sollten, die Natur zu sehen, ihr Beachtung zu schenken«, sagte er mit einer solchen Inbrunst, dass Erik sich dabei ertappte, wie hypnotisiert zu nicken.

Helena versuchte sich zu entschuldigen.

»Du hast vollkommen recht, Chris, ich meinte nur …«

Aber Chris gab ihr ein Zeichen, und sie verstummte auf der Stelle.

Erik spürte plötzlich, dass Chris' Stimme zu ihm sprach, als würde sie ihm buchstäblich unter die Haut kriechen. Gleichzeitig traf ihn mit voller Kraft eine Erkenntnis: Chris trauerte eigentlich vor allem darum, dass er kein Kind mehr war und nicht mehr mit seinem Vater wandern konnte. Der Gedanke ließ ihn schaudern, und er wurde euphorisch, als er an seinen eigenen Vater dachte, der immer gearbeitet hatte, nie daheim war, und dass es vielleicht genau das war, wovon Chris die ganze Zeit sprach. Erik hatte noch nie darüber nachgedacht, aber jetzt wurde ihm klar, dass er fast gar keinen Kontakt zu seinem Vater hatte, und das musste doch etwas bedeuten im großen Zusammenhang.

Und Chris schien diesen Gedankengang fortzusetzen, indem er sagte: »Man wird erwachsen und kann nicht mehr in seinem reinen Glück verweilen, man sieht ein, dass man auch loslassen muss, man kann nicht das ganze Leben lang Idealist sein. So, ich finde, jetzt sollten wir das große Feuer vorbereiten«, schloss er, und Erik hätte am liebsten applaudiert.

Die Skulptur aus Zweigen und Stroh war etwa drei Meter hoch und stellte einen Mann dar. Eine alternative Mittsommerstange. Erik hatte noch nie etwas Vergleichbares gesehen. Er hatte gedacht, sie würden Holz im Wald sammeln und für ein traditionelles Feuer am Strand aufschichten.

»Hast du den selbst gebaut?«, fragte er Chris.

»Mit ein bisschen Hilfe von den anderen. Es dauert gar nicht so lange, wenn man es schon ein paarmal gemacht hat, so drei Stunden«, sagte er.

»Und was macht man damit?«

Roger, Helena und Ville hatten geholfen, die Skulptur, oder was es jetzt war, an einem Brettergerüst zu befestigen, und anschließend einen Ring aus Steinen darumgelegt.

Es war immer noch hell, und für den Rest der Nacht würde es wohl auch so bleiben. Ylva und Roger waren aus dem Haus gekommen. Sie hatten sich umgezogen und trugen Kimonos. Jetzt waren sie alle am Strand versammelt.

Chris brachte etwas zum Vorschein, das wie Masken aus Baumrinde aussah, und schlug vor, dass sie sich in einem Kreis um die Skulptur setzen sollten. Roger begann aus einem Gedicht vorzulesen, das er zuvor als T. S. Eliots *The Hollow Men* in schwedischer Übersetzung vorgestellt hatte.

»Wir sind die hohlen Männer, die Ausgestopften, aufeinandergestützt, Stroh im Schädel. Ach, unsere dürren Stimmen. Leis und sinnlos wispern sie miteinander wie Wind im trockenen Gras, oder Rattenfüße über den Scherben in unserm trockenen Keller.«

Als er zu Ende gelesen hatte, zündete Chris einen Joint an und ließ ihn kreisen. Ville holte ein paar Trommeln und begann leise darauf zu schlagen. Roger ging zur Sauna und brachte von dort ein großes Horn und begann hineinzublasen. Es gab einen erstaunlich leisen Ton von sich, ein tiefes, hypnotisches Brummen. Erik zog am Joint und gab ihn weiter.

So blieben sie mindestens eine Stunde lang sitzen, bis Chris aufstand und das Feuer entfachte. Die Skulptur loderte nicht sofort auf, sondern begann langsam mit einer blauen Flamme zu brennen, die sich in ihrem Inneren ausbreitete. Es kam Erik barbarisch vor, dass sie eine Skulptur mit menschlichen Zügen anzündeten, er wollte jedoch nicht nach der dahinterliegenden Symbolik fragen. Vielleicht gehörte auch das zur Abrechnung mit der Menschheit. Mittlerweile war er so entspannt, dass es ihn auch nicht mehr interessierte.

Einer nach dem anderen standen sie auf. Chris ging zum Wasser hinunter, und die anderen folgten ihm. Am Ufer beugte er sich vor und fing an, mit der Hand etwas im Sand zu schreiben. Ville hatte die Trommel mitgenommen und bearbeitete sie immer intensiver, während Roger die Lure blies und mit seinem Becken rollende Stoßbewegungen zu vollführen begann.

Ylva zog den Kimono aus, ging ins Wasser und begann sich mit Sand und Lehm einzureiben. Immer wieder stieß Helena einen grunzenden Laut aus, den Marika beantwortete, indem sie wie ein Hund bellte. Sie tanzte im Kreis, wobei sie in den bleichen Himmel starrte.

Erst jetzt schaute Erik zu Julia hinüber, die genauso fasziniert aussah wie er selbst.

»Was zum Teufel machen die da?«, fragte Julia, betrunken.

Erik lächelte nur. Er merkte zu seiner eigenen Verwunderung, dass er eine Erektion hatte, dass sein Glied gegen die Hose drückte.

Während die anderen am Strand tanzten, setzte sich Julia etwas weiter oben hin und sah zu. Sie hatte ihr Weinglas mitgenommen und fragte, ob Erik sich zu ihr setzen wolle, aber er begann immer hemmungsloser zu lachen, ging ebenfalls hinunter und schloss sich den anderen beim Tanz an.

»Ist das nicht großartig?«, rief Marika Julia zu, während sie im Wasser tanzte und Erik im Ritual willkommen hieß. Er lachte immer weiter und begann wie Chris mit großen Buchstaben in den Sand zu schreiben.

Roger und Ylva hatten sich von Kopf bis Fuß mit Lehm eingeschmiert und rieben sich aneinander. Man sah sie nur als dunkle Silhouetten vor dem Wasser.

Julia fühlte sich müde und betrunken. Sie konnte sehen, dass sich weiter draußen jemand auf den Felsen bewegte. Zuerst dachte sie, es seien die Kinder, aber dann erkannte sie, dass es ein erwachsener Mensch war.

»Wer ist das?«, fragte sie die anderen.

Chris blieb stehen und schaute. »Die Nachbarin. Ich habe sie zum Fest eingeladen. Aber sie hat abgelehnt«, antwortete er.

»Ich finde, sie strahlt eine traurige Energie aus«, meinte Helena.

Chris rief zu der Frau hinüber. »Hallo, du! Magst du rüberkommen und ein Glas Wein mit uns trinken?«

Sie drehte sich um und schaute sie an, schüttelte den Kopf. Dann ging sie weiter zur Bucht und den Klippen hinaus.

Ville spielte die Trommel noch intensiver und begann zu joiken.

Julia stand auf und bürstete sich den Sand ab. »Wollen wir gehen?«, fragte sie Erik, der am Strand stand und die anderen ansah.

Es summte behaglich in Eriks Kopf, nachdem Julia eingeschlafen war. Er hatte den Sex außergewöhnlich intensiv genossen, als hätte er mehrere Dinge gleichzeitig spüren können, sowohl sein eigenes Begehren als auch Julias, als hätte sein Bewusstsein den Kopf verlassen und wäre bis in seine Fingerspitzen geflossen.

Zuerst hatte er die Kinder auf den Dachboden geschickt,

wogegen sie ausnahmsweise nicht protestiert hatten, Alice schien müde und glücklich zu sein, und dann hatten Julia und er sich im Schafzimmer getroffen, nachdem sie sich gewaschen und die Zähne geputzt hatten. Erik hatte sich im Spiegel betrachtet und eine Grimasse gezogen, er hatte erstmals graue Haare an seinen Schläfen entdeckt.

Er spürte immer noch den Rausch als ein starkes Summen im Kopf, lag hellwach im Bett und schaute aus dem Fenster.

Das Haus war vollkommen still, als ob es die Diskussionen und Ereignisse des Abends nichts angingen, als ob es sagen wollte, dass es viel zu alt war, sich für so etwas zu interessieren.

Erik wälzte sich im Bett und sah ein, dass er nicht einschlafen würde. Außerdem hatte er Hunger. Er stand auf und ging barfuß durchs Haus, in die Küche, öffnete den Kühlschrank und nahm gleichzeitig wahr, wovon Julia gesprochen hatte: Es roch komisch aus dem Abfluss. Feucht und säuerlich, wie aus alten Rohren.

Die Bacardi-Flasche stand geöffnet auf der Spüle, er hatte sie mit der romantischen Vorstellung erworben, sich jeden Abend in Mjölkviken einen Drink zu mixen, bislang aber noch keine Lust dazu gehabt.

Er wühlte im Kühlschrank und holte Wurst und Butter heraus, schmierte sich vier Brote und kaute sie gierig, konnte hören, wie seine Kiefer arbeiteten. Das Essen füllte seinen Kopf. Er schenkte sich ein Glas Rum ein.

Er blieb noch eine Weile in der Küche stehen und schaute aus dem Fenster. Die Schatten der Mittsommernacht auf dem Hof, alles still. Ein Gefühl überkam ihn, gegen das er sich kaum wehren konnte, das Gefühl, überflüssig zu sein, austauschbar, als könnte genauso gut eine beliebige andere Person mit einem Drink in der Hand hier stehen.

Einen Abend lang war es ihm gelungen, seine Sorgen zu vergessen, aber jetzt kehrten sie mit voller Wucht zurück.

Er würde bestimmt einen neuen Job finden, er würde ungefähr das Gleiche tun, egal wo er arbeitete. Er würde sich die Klagen von Leuten anhören und ihnen so pädagogisch wie möglich erklären, wie sie ihre Probleme lösen könnten, und manchmal würde er ungewöhnlich schwierigen Problemen begegnen, aber auch die würde er am Ende lösen. Und er hätte ein paar Kollegen, mit denen er auskäme, den einen oder anderen würde er vielleicht sogar mögen, und sie würden alle älter werden, und nach einer Weile wäre es für sie alle ganz offensichtlich, dass es das jetzt war, das Leben.

Er kehrte ins Schlafzimmer zurück, zog die Decke über sich und versuchte sich in die Dunkelheit zu bohren. Aber er konnte nicht schlafen. Das Haus atmete still, und plötzlich konnte er wieder dieses Geräusch vom Tennisplatz hören.

Erik zog sich nicht einmal die Schuhe an, sondern ging einfach durch die Tür, direkt zum Weg hinunter, und folgte ihm bis zum Strand.

Draußen war es hell. Es war still und klar, ein sanftes Rauschen vom Meer, Sand und Nadeln unter seinen Füßen, während er ging.

Als er sich dem Platz näherte, wurde er langsamer und vorsichtiger, um keine Aufmerksamkeit zu erregen.

Er atmete kaum, als er zu dem kleinen Parkplatz hinaufging, um das kleine, rote Haus direkt neben dem Platz herum.

Es stand kein Auto da, aber er konnte hören, dass jemand spielte, genau wie vor ein paar Tagen.

Ein kleiner Abhang hinderte ihn daran, zu sehen, was auf dem Tennisplatz vor sich ging. Er lief ein paar Schritte hinauf und konnte eine Gestalt ausmachen, die sich in der klaren Mittsommernacht bewegte. Der Ball prallte kräftig gegen die gegenüberliegende Wand.

Es war eine Frau. Sie trug einen schwarzen Trainingsanzug und neongelbe Schuhe. Das Haar hatte sie zu einem Pferdeschwanz zusammengebunden.

Plötzlich hörte sie auf zu spielen. Er konnte seinen eigenen Atem hören. Die Frau nahm eine Wasserflasche vom Boden und trank. Er konnte sich nicht von der Stelle rühren, und er konnte nicht aufhören, sie anzuschauen. Als er wieder zur Besinnung kam und begriff, dass sie ihn gleich entdecken würde, war es zu spät.

Erik zog sich zurück.

»Schhh!«, sagte er. »Ich meine, Entschuldigung! Keine Gefahr. Also, ich bin nicht gefährlich … Ich war nur draußen spazieren, und da hörte ich, dass jemand Tennis spielt …«

Doch er hatte sie schon in Angst und Schrecken versetzt, und sie floh mit der Wasserflasche in einer und dem Schläger in der anderen Hand vom Tennisplatz in die Schatten.

5

Das Schlafzimmer badete in Licht. Julia hatte vergessen, das Laken vor dem Fenster aufzuhängen, und jetzt war sie von den unangenehmen Sonnenstrahlen im Gesicht geweckt worden.

Als sie aufstand, spürte sie, wie es zwischen den Beinen klebte, und allmählich kehrte der vergangene Abend zu ihr zurück – das Fest, die Gespräche, die düstere Stimmung am Strand, das Wasser, der Wein.

Sie hatten Sex gehabt, sie und Erik, viel zu laut, nachdem die Kinder sich schließlich auf dem Dachboden schlafen gelegt hatten. Julia war ein bisschen betrunken gewesen und Erik anscheinend high, er hatte lange gebraucht. Er lag immer noch im Bett und reagierte nicht einmal, als sie die Decke um sich wickelte und in die Küche ging.

Die Kopfschmerzen schlugen irgendwo in den Nervenkanälen des Gehirns zu. Alice saß frühstückend am Tisch und las ein Buch. War sie wach gewesen, als sie Sex gehabt hatten? In dem Fall hatte sie alles gehört. Das machte vielleicht nichts, es war aber trotzdem peinlich, jetzt hier auf sie zu treffen, in der sonnigen Küche, mit diesem Körpergefühl.

Sie sagten nichts, Julia ging nur zum Wasserhahn, füllte

sich ein Glas und trank es schnell aus, und danach noch zwei weitere.

Sie sah aus dem Fenster. Draußen herrschte strahlender Sonnenschein.

»Ist Anton schon wach?«, fragte Julia.

»Nicht dass ich wüsste«, sagte Alice.

»Ich glaube, ich leg mich noch mal hin.«

Julia ging ins Badezimmer, um sich zu waschen, und dann wieder ins Bett. Sie lag auf dem Rücken und dachte, dass ihr bei der geringsten Bewegung schlecht würde. Also starrte sie an die Decke und versuchte jede heftige Bewegung zu vermeiden.

Sie hatte das typische Katergefühl, dass am Abend etwas Peinliches passiert war. Aber was? Die ersten zwei Stunden konnte sie ziemlich unbekümmert Revue passieren lassen – wie alle einander begrüßten, das Abendessen, die Gespräche über das Klima … das alles war relativ kurzweilig und ziemlich harmlos gewesen.

Doch dann erinnerte sie sich, was sie so irritiert hatte: Marika. Es hatte etwas in der Luft gelegen, ein Gefühl der Unaufrichtigkeit. Als sie sich mit Erik unterhalten hatte, als sie Marika zugehört und genickt hatte, war sie zu der alten Julia geworden, die keinen Widerspruch wagte. Und gleichzeitig dachte sie an ihr Buch, dass es ein Verrat war, dass Marika nicht wusste, was Julia über sie geschrieben hatte. Und dann dachte sie an das Fest am Strand, Eriks seltsames Benehmen, die sexuelle Energie … Es war einfach zu viel, und sie bohrte den Kopf ins Kissen, um sich vor der Welt zu verstecken.

Warum tat sie so etwas? Warum trank sie überhaupt? Sie wollte doch schreiben.

Wenn sie wollte, konnte sie Marika für den Rest des Sommers einfach aus dem Weg gehen. Sie hatten ja kaum miteinander gesprochen, vielleicht eine Stunde oder zwei, mehr nicht. Ihr war die Vorstellung ein bisschen peinlich, dass man in gewisser Weise immer noch dieselbe Person war wie in der Kindheit: dass Marika sie immer noch genauso in Bann schlug, dass Julia das reiche Nachbarsmädchen immer noch beeindrucken wollte. Zugleich ärgerte sie sich über die erwachsene Marika, ihre Beziehung zu Chris kam ihr vor wie eine Show, wie eine Performance.

Sie hörte Schritte auf der Treppe, es war Anton, der nach unten kam, man hörte es am Schrittgeräusch. Er kam ins Zimmer und kroch wortlos neben ihr unter die Decke, aber schon seine Bewegungen lösten in ihr eine Welle der Übelkeit aus, und sie musste regungslos liegen bleiben. Sie versuchte den Mund zu öffnen, um etwas zu sagen.

»Hattet ihr einen schönen Abend?«, fragte sie.

Er blieb noch eine Weile stumm. »Mama?«, fragte er dann.

»Ja, mein Schatz?«

»Du warst gestern lange weg. Ich wusste nicht, wann du nach Hause kommst.«

»Nein, ich weiß, tut mir leid. Aber heute werden wir etwas Schönes machen«, sagte sie und umarmte ihn. Er drehte sich zu ihr und kroch näher heran, bis er ganz dicht neben ihr lag. Wenn sie ganz still liegen blieb, konnte sie die pochenden Kopfschmerzen und die heftige Übelkeit irgendwo tief im Bauch beinahe vergessen. Sie schloss die Augen und streichelte Anton übers Haar. Er hatte immer schon ungeheuer stark an ihr gehangen, was sie ein wenig erschreckte. Gleichzeitig entdeckte sie jedoch so viel von sich selbst in ihm, er sprach immer davon, wie die Sachen schmeckten oder dufteten oder sich anfühlten, als hätte er schärfere Sinne als andere. Vielleicht konnte sie die Welt für ihn ein bisschen sanfter machen, nicht ganz so brutal. Sie war als Kind genauso gewesen, genauso überwältigt von der Welt, war sich ihrer Gefühle und Sinneseindrücke genauso bewusst gewesen.

»Mama?«, fragte er noch einmal.

Sie öffnete die Augen. »Ja, Süßer?«

»Findest du es gut, Mutter zu sein?«

Sie drehte den Kopf und sah ihn eindringlich an. Er schaute ihr in die Augen, er hatte exakt die gleichen grünen Augen wie sie selbst. »Natürlich finde ich das gut. Warum fragst du?«

»Leo hat so was gesagt.«

»Was hat er gesagt?«

»Dass sein Vater nicht erwachsen sein möchte.«

»Mein Schatz. Ich liebe es, deine Mutter zu sein«, sagte sie und küsste ihn aufs Haar. Die Übelkeit war jetzt richtig heftig, so heftig, dass sie unbedingt ins Badezimmer musste.

»Entschuldige, ich muss auf die Toilette«, sagte sie, kletterte über ihn und rannte aus dem Schlafzimmer. Sie erbrach sich direkt in die Toilette, dunkelroter Mageninhalt mit den Resten des gestrigen Abendessens. Immerhin hatte sie richtig getroffen, aber ihre Nase war von altem Bulgur und Petersilienstückchen verstopft. Sie nahm ein Stück Papier und schnäuzte sich, trank Wasser direkt aus dem Hahn und wusch sich das Gesicht. Sofort fühlte sie sich besser, obwohl ihr immer noch kalter Schweiß auf die Stirn trat, und es war ihr peinlich, das Badezimmer zu verlassen und Alice in der Küche zu begegnen.

Nach einer Weile wachte auch Erik auf. Er kam in die Küche und schien guter Laune zu sein, machte sich drei große Scheiben Brot, setzte sich draußen auf die Treppe und aß. Alice hatte sich auf die Felsen gelegt und blinzelte verträumt über den Teich, während sie Musik hörte. Anton hatte das kleine Holzhaus von der Terrasse geholt und probierte es aus, indem er kleine, runde Stöcke hineinlegte, die er aus Zweigen geschnitzt hatte.

»Du hattest bestimmt deinen Spaß gestern zusammen mit diesem Jungen und Alice, oder?«, fragte Julia.

Sie hatte sich ein kleines Omelett gemacht. Nachdem sie sich übergeben hatte, war der Appetit zurückgekehrt.

»Leo hat uns ein neues Kartenspiel beigebracht. Können wir es nachher spielen?«

Erik ging in den Keller, um nach den Rohren zu schauen. Vielleicht hatte er die seltsamen Rituale am Strand vergessen, denn er schien den ganzen Morgen vollkommen unbekümmert und fröhlich zu sein, wie ein ausgeschlafener Mensch, der bereit war für neue Abenteuer.

»Ich weiß nicht, ob ich es wagen soll, die Rohre aufzuschrauben. Ich sehe aber auf jeden Fall mal nach, wie es da unten aussieht«, sagte er.

Julia nickte. »Und was habt ihr sonst so gemacht?«, fragte sie Alice, die ihr Handy in der Hand hielt.

»Alice! Ich rede mit dir.«

»Was?!«, fragte Alice und blickte verärgert auf.

»Ich habe gefragt, was ihr gestern gemacht habt.«

Alice sah ihre Mutter abwesend an, dann setzte sie ihre Kopfhörer wieder auf.

»Leo hat Alice geküsst«, sagte Anton, ohne den Kopf zu heben.

Julia schaute ihn belustigt an. »Hat er?«

»Es war kein Zungenkuss, aber trotzdem ein Kuss. Auf den Mund.«

Julia schaute ihre Tochter an, die auf dem Felsen lag, und dachte, wie plötzlich in Alices Alter die Veränderungen kamen. Offensichtlich war sie nun ein Teenager.

»Wir sprechen jetzt nicht mehr darüber«, flüsterte Julia Anton zu, und er nickte. Gleichzeitig errötete sie, als sie daran dachte, wie sie selbst ihren Abend verbracht hatte, als wäre das, was Alice gemacht hatte, damit vergleichbar, als wären sie jetzt alle mit der seltsamen Familie auf der anderen Seite des Wegs verstrickt.

Julia konnte sich nicht vorstellen, dass sie heute noch schreiben würde, nicht in dieser Verfassung, aber gleichzeitig spürte sie eine starke Sehnsucht nach dem Text. Irgendetwas an den gestrigen Ereignissen hatte in ihr das Bedürfnis geweckt, in die Geschichte einzutauchen. Alltägliche Erlebnisse hatten oft diese Funktion bei ihr: Sie bekam das Gefühl, einen Blick auf einen Teil des Lebens zu erhaschen, der sich jenseits aller Rationalität und Kausalität befand, Dinge, die das Triebleben berührten und die auseinanderfielen, sobald sie versuchte, sie zu analysieren.

Erik kam aus dem Keller und nahm sich einen Kaffee. Julia liebte es, wenn sein Haar so zerzaust war wie jetzt, er war unrasiert und kräftig, eine Mischung aus Muskeln und Wohlfühlgewicht. Am Tag danach hatte er schon immer gut ausgesehen.

»Wollen wir in den Wald gehen«, fragte er, »und uns diesen Elch angucken? Ihr müsst uns hinführen.«

Die Familie ging geschlossen zum Wald, als befänden sie sich auf einem Ausflug.

»Da hinten«, sagte Anton, der vorausging und den Weg wies.

Julia war nicht wirklich darauf vorbereitet, wie groß das Tier tatsächlich war. Es hing anscheinend schon ziemlich lange hier, denn der Körper war mehr oder weniger ausgetrocknet und aufgefressen, während das Skelett gut zu sehen war. Nur die Beine und Hufe des Elchs schienen verschont geblieben zu sein, und stellenweise hing noch Fell am Kadaver. Die Innereien waren komplett verschwunden, aber der Kopf oder, besser, das Kranium, war gespenstisch ausdrucksvoll und schien sie direkt anzuschauen.

»Meinst du, wir sollten jemanden anrufen?«, fragte Erik. Er wirkte eher fasziniert als entsetzt.

»Das wäre wahrscheinlich das Beste. Jetzt im Sommer zieht er jede Menge Bakterien an, und ich glaube, man sollte so etwas melden«, sagte Julia. »Ich frage mich, wie lange er hier schon hängt.«

»Papa, warum hängt er in einem Baum?«, fragte Anton.

Julia fand das ebenfalls äußerst merkwürdig. Wie war er wohl dort oben gelandet? Er hing bestimmt einen halben Meter über dem Boden, wenn nicht noch mehr.

»Ich denke, er ist im Winter dort hängen geblieben und festgefroren und im Frühling dann aufgetaut. Es lag bestimmt ziemlich hoher Schnee, der dann geschmolzen ist. So muss es gewesen sein. Er muss hart gekämpft haben. Es ist ja ein richtig großes Tier. Seltsam, dass er sich nicht losreißen konnte«, sagte Erik.

Julia spürte, wie sie einen Kloß im Hals bekam, als sie das Tier betrachtete. Die Übelkeit kehrte zurück, und das lag nicht nur am Aussehen des Tiers, es war auch der Gedanke daran, wie der Elch hier Tage, vielleicht Wochen gestanden haben musste, ohne Nahrung oder die Möglichkeit, sich auszuruhen. Der zähe Kampf gegen den Tod. Vielleicht hatte er gewaltigen Lärm gemacht, aber niemand hatte ihn gehört hier oben im Wald, mitten im Winter. Vielleicht hatte der Elch an irgendeinem Punkt aufgegeben, hatte die Kälte einfach kommen lassen, hatte beschlossen, nicht mehr dagegen anzukämpfen. Elche waren Großtiere, sie mussten daher intelligent genug sein, um Todesangst empfinden zu können.

Schweigend standen sie um das Tier herum. Anton griff nach Julias Hand. Erik ging noch einmal um den Kadaver herum, hockte sich hin und schaute ihn sich genauer an. Dann kehrten sie im Gänsemarsch schweigend zum Haus zurück.

Am Nachmittag kam ein Jäger aus der Gegend und half Erik, die Reste des Elchs fortzuschaffen. Der Jäger hatte einen grauen Bart und trug eine grüne Fjällräven-Jacke. Es war schwer zu verstehen, was er sagte, auch als er Erik die Hand gab und seinen Namen nannte. Aber sie räumten alles weg, warfen Teile des Kadavers in schwarze Mülltüten, die der Jäger in seinen großen Kastenwagen legte, während Julia auf dem Hof stand und zuschaute.

Später am Nachmittag begann es zu regnen. Julia hatte Lust, schwimmen zu gehen, aber keines der Kinder wollte mitkommen. Erik schlug vor, dass sie stattdessen zuerst in die Sauna gehen könnten.

»Eine Mittsommersauna, das ist doch eine gute Idee?«, meinte er.

Er hatte recht. Sie saßen lange in der Sauna und schwitzten den vergangenen Abend aus. Julia fühlte sich bald wie ein neuer Mensch. Sie zogen ihre Bademäntel an und gingen barfuß zum Strand hinunter. Nadeln und Sand und Steine unter den Füßen; es pikste, aber auf eine gewisse Weise war es angenehm und konkret. Es machte nichts, dass es regnete, denn der Regen wärmte das Wasser. Julia warf den Bademantel auf die Klippen an der Bucht und ging so weit hinaus, wie sie konnte. Sie nahm einen leichten Geruch nach verfaultem Fisch wahr, die Art von Geruch, den Sturmmöwen mitbrachten. Der Wind wehte vom Meer, und die Regentropfen peitschten ihr ins Gesicht.

Erik kam ebenfalls ins Wasser und schwamm, bis er neben ihr war, kraulte mit seinen kräftigen Zügen noch etwas weiter und drehte sich zu ihr um. Das Wasser war nicht tief, dort, wo sie stand, es reichte ihr nur bis zur Taille. Man musste fast aus der Bucht hinausschwimmen, bis es so tief wurde, dass man nicht mehr stehen konnte.

»Ach, wie schön«, sagte Erik. »Das hier ist vielleicht das Schönste, was es gibt. Wirklich.«

»Ich weiß«, sagte Julia.

»Hat es dir gestern gefallen?«, fragte Erik.

Er schwamm an sie heran und berührte sie an der Taille. Sie ließ sich nach hinten fallen, und bis zum Hals ins Wasser gleiten. Er kam näher an sie heran, umfasste sanft ihre linke Brust.

»Hat es *dir* denn gefallen?«, fragte sie.

»Ja, es war ja ein bisschen … anders«, sagte Erik. »Hast du über sie geschrieben?«

»Über wen?«

»Marika, in deinem Buch.«

»Irgendwie schon. Aber es ist ja Fiktion. Wir waren Freundinnen, und die eigenen Erinnerungen sind ja nicht immer so zuverlässig. Das meiste habe ich wahrscheinlich erfunden. Wir haben hier vielleicht drei oder vier Sommer miteinander verbracht. Unsere Eltern waren miteinander bekannt.«

»Komisch, dass du so selten von diesem Ort erzählt hast und wir nicht schon früher einmal hier waren. Das ist doch perfekt für uns.«

»Dieser Ort befindet sich mehr in meinem Körper als in meinem Kopf. Und ich glaube, dass ich das Thema komplett ausgeschöpft habe, als ich mein Buch schrieb.«

Er ließ sie los und glitt wieder ins Wasser. »Musst du oft an das denken, was sie gesagt haben?«, fragte er. »Über die Umwelt?«

»Was meinst du?«

»Ich meine, denkst du auch, dass die Welt tatsächlich untergehen und die Menschen aussterben könnten? Wenn man diesen Leuten glaubt, gibt es für uns doch keine Hoffnung mehr.«

»Manchmal«, sagte sie. »Manchmal denke ich daran.«

»Eigentlich ist es ziemlich schrecklich, die ganze Zeit zu denken, dass die Katastrophe direkt vor der Tür steht. Ich frage mich, was macht das mit uns Menschen, wenn wir im ständigen Krisenmodus sind?«

Julia antwortete nicht, ließ sich im Wasser treiben.

Er kam zu ihr und bibberte im Regen. »Ich glaube, ich gehe wieder zurück. Kommst du mit?«

»Ein bisschen später vielleicht.«

Sie fror, wollte aber noch nicht aus dem Wasser, hatte Lust zu bleiben, sich in diesem Zustand zu befinden. Sie schwamm ein Stück weiter raus, tauchte unter, dachte an eine Erzählung von John Cheever, den sie immer bewundert hatte, über einen Mann, der beschließt, eine Abkürzung nach Hause zu nehmen, indem er durch die Pools der Nachbarn schwimmt, von Grundstück zu Grundstück. Auf dem Weg wird er von Nachbarn, die eine Grillparty feiern, zu Drinks eingeladen, und am Ende wird die Stimmung immer seltsamer, die Jahreszeiten ändern sich …

Sie dachte über den Zusammenhang zwischen Schwimmen und Alkohol nach, dass man in einer Tiefe verschwindet, während das Wasser gleichzeitig für Reinigung steht.

Erik stand am Strand und trocknete sich ab. Sie sollte aus dem Wasser steigen und zusammen mit ihm nach Hause gehen, stattdessen drehte sie sich um, schwamm noch ein bisschen weiter und schaute zum Strand und dem großen grauen Haus hinauf.

Als sie wieder nach Hause kam, saß Erik in der Sauna. Er hatte eine Kerze angezündet. Seine Haut verbrannte sie beinahe, als sie sich neben ihn setzte.

»War es schön?«, fragte er.

»Sehr schön«, erwiderte sie.

Sie saßen lange schweigend da. Julia dachte, dass sie etwas sagen sollte, hielt es aber zurück, wusste nicht einmal, was genau sie sagen wollte.

Erik berührte ihre Wange.

»Findest du …«, begann er, »ich meine … hast du das Gefühl, dass es zwischen uns in letzter Zeit etwas still geworden ist?«

Sie spürte einen Klumpen im Bauch. »Vielleicht«, sagte Julia und zog die Knie ans Kinn.

»Wie läuft es mit dem Schreiben?«, fragte er.

»Ganz okay.«

Sie fand nicht die richtigen Worte, versuchte sich etwas einfallen zu lassen. Und dann musste sie an die Kinder denken.

»Anton ist so süß«, sagte sie.

»Stimmt. Er scheint sich hier wohlzufühlen.«

»Er hat heute etwas Seltsames gesagt.«

»Was denn?«

»Dass Leos Vater nicht erwachsen werden kann. Ich frage mich, was er damit gemeint hat.«

»Chris? Auf mich wirkte er ziemlich erwachsen. Er schien sich seiner Sache sehr sicher zu sein.«

»Obwohl es irgendwie auch stimmt«, sagte Julia. »Dass es tatsächlich keine Regeln mehr dafür gibt, wie man als Erwachsener sein sollte.«

»Was meinst du damit?«

Sie richtete sich auf und goss mehr Wasser auf die Steine. Der Dampf stieg schnell zur Decke auf.

»Ich meine, es gibt keine Ideale mehr. Unsere Eltern haben den Aufstand gegen eine konservative Generation gewagt, sie hörten Rockmusik, und einige von ihnen – wie Ylva und Roger gestern – haben versucht, alternative Lebensentwürfe zu finden, offene Beziehungen, all das … Aber unsere Generation glaubt nicht mehr, dass das eine Lösung ist. Also leben wir zutiefst bürgerlich, ungefähr so, als wären wir in die Fünfzigerjahre zurückgekehrt.«

»Aber wir doch nicht?«, fragte Erik.

»Doch, ein bisschen schon. Denk doch mal: Die Ehe hat wieder an Status gewonnen, ist erstrebenswert geworden. Und gleichzeitig sind wir nicht so richtig zufrieden mit ihr, wir wollen frei sein und uns alle Türen offen halten. Wir wollen Kinder als einen Inhalt unseres Lebens, und gleichzeitig wollen wir egoistisch leben.«

»Ich habe nicht das Bedürfnis, mir alle Türen offen zu halten.«

»Das meine ich nicht«, sagte Julia. »Ich finde es manchmal nur schade, dass es keine anderen Modelle dafür gibt, erwachsen zu sein und zusammenzuleben, als das der Kernfamilie.«

Sie konnte selbst hören, wie es klang: dass sie den politischen Diskurs benutzte, um über ihre eigenen Gefühle und ihre Unsicherheit zu reden.

»Sprichst du jetzt wieder über das Schreiben?«

Sie hatten schon öfter darüber diskutiert, manchmal sogar deswegen gestritten: dass sie eine gewisse Einsamkeit und Isolation benötigte, um schreiben zu können. Aber das hier war etwas anderes, hier ging es darum, dass sie sich nach etwas sehnte, das das Gefühl der Einsamkeit, das sie empfand, ändern konnte.

»Nein, darum geht es nicht. Oder doch, ich weiß nicht. Manchmal denke ich, dass ich gerne eine … erwachsene Beziehung hätte. Wie Marika und Chris, irgendwie. Dass es nicht davon abhängt, dass man sich mit zwanzig kennengelernt hat und danach zusammengeblieben ist, weil es das einzig Vernünftige war. Nur weil … du weißt, wir sind schon sehr lange zusammen, und ich denke, dass man sich auch als Mensch verändert. Ach, ich weiß nicht.«

Erik kratzte sich am Bein, er schien amüsiert. Sie spürte den Schweiß über ihre Stirn rinnen, ärgerte sich darüber, dass er sie nicht ernst nahm.

»Möchtest du wie Marika und Chris leben? In einem Kollektiv?«, fragte er.

»Großer Gott, nein.«

»Ich kenne dich, du brauchst mich.«

Sie wurde sauer, vielleicht vor allem deswegen, weil er recht hatte. Aber gleichzeitig konnte er nicht wissen, wie es war, sie zu sein, zu fühlen wie sie, er konnte es trotzdem nicht reparieren oder ihr die Einsamkeit nehmen, das Einzige, was er konnte, war, eine Diagnose zu stellen und sie zu verurteilen und zu denken, was für ein hoffnungsloser Fall sie war.

Und vielleicht war sie ja auch wirklich ein hoffnungsloser Fall. Oder es war ganz einfach: Sie hatten sich auseinandergelebt.

»Du verstehst das nicht«, sagte sie.

»Warum?«

»Ich meine … ich verstehe es ja nicht einmal selbst.«

»Ach so«, sagte Erik.

Sie schwiegen eine Weile, und Julia goss mehr Wasser auf. Man konnte mit Erik reden, aber irgendwie auch nicht. Wenn sie richtig mit ihm sprechen und ihm sagen würde, was sie empfand, würde sie ihn verletzen.

»Wann kommen eigentlich deine Eltern?«, fragte er.

»Ich glaube, erst an Alices Geburtstag.«

»Sie scheinen ständig etwas vorzuhaben.«

»Ja, sie haben die Zeit und das Geld dafür«, sagte Julia.

»Geht es ihnen gut?«

»Keine Ahnung. Meine Mutter ist ja nie zufrieden.«

In diesem Moment wurde ihr bewusst, dass sie genauso war. »Großer Gott«, sagte sie.

»Was?«

»Nichts. Oder doch, ich dachte nur, dass ich wie meine Mutter bin. Nichts ist gut genug für sie. Alles ist immer eine Katastrophe. Ich bin ihre Tochter, warum sollte ich anders sein.«

»Aber du musst doch nicht so sein wie sie, du kannst ja etwas daran ändern. Bist du nicht manchmal auch zufrieden?«, fragte Erik.

»Ja, natürlich. Manchmal.«

Sie lehnte sich zurück an die heiße Wand.

»Entschuldige«, sagte sie. »Aber du wolltest schließlich über uns reden.«

»Ich wollte nur eine normale Diskussion. Ich finde, wir sollten versuchen, über unsere Beziehung zu reden.«

Julia goss eine große Kelle Wasser nach. Der Dampf schlug ihnen wie eine Wand entgegen, sie mussten sich beide nach vorn beugen und den Brustkorb gegen die Knie drücken.

Erik stand schnell wieder auf.

»Ich wasche mich jetzt. Wir sehen uns oben.«

6

So ging es zu, als Sonne und Planeten
das Gittertor aus lauterstem Kristall
zufallen ließen und Aniara, Schiff und Menschen,
vom Sonnenreich und seinen Gaben völlig trennten.

Dem Raume ausgeliefert, steif vor Schreck,
verbreiteten die Sender unser Rufwort »Aniara«
im Weltenraum, doch der blieb stumm und gläsern.

Aus Harry Martinsons *Aniara*

Manifest für eine Welt in Trauer

Jede Trauer beginnt mit einer Verleugnung, einer Weigerung, den Verlust zu akzeptieren. In dieser Situation befinden sich jetzt viele von uns: Mit letzter Kraft klammern wir uns an die Hoffnung, dass wir vielleicht, vielleicht aus diesem Albtraum erwachen, die Angst der Nacht von uns abschütteln und in einen Morgen hineintreten werden, der wie alle vergangenen Morgen sein wird.

Aber am Ende erlischt auch die Flamme der Hoffnung, und übrig bleibt nur der leere Raum, ein verwirrter Mensch ohne Karte, ohne die Möglichkeit, sich in der Dunkelheit zurechtzufinden.

Wir vertreten die Bewegung Aniara und glauben, dass auch in der Kraftlosigkeit eine Kraft liegt, dass der neue Morgen schön werden kann, wenn wir unseren Verlust akzeptiert und sich unsere Augen an die Dunkelheit gewöhnt haben. Wenn wir den Gedanken aufgegeben haben, uns selbst und unser Gewissen mit Solarzellen und Recycling zu retten, mit technischen Lösungen und einem smarteren Kapitalismus.

Es ist an der Zeit, der Wahrheit ins Auge zu blicken. Es ist zu spät.

Es ist an der Zeit, dem Trauermarsch zu lauschen; er erklingt laut und klar und schon seit langer Zeit. Er erklingt für eine Natur, die niemals eine Chance hatte, sich zu verteidigen, er erklingt für die stumme Schönheit, um die sich niemand gekümmert hat, für die wehrlosen Insekten in der Erde, für die Vögel am Himmel, für all das, was wir niemals gesehen haben.

Jetzt kommt der Herbst. Wie Edith Södergran schreibt, sollten wir »die langen Krankheitsstunden des Lebens bejahen«, wir sollten nicht länger die Augen schließen.

Wir sind viele, die nicht länger die immer schwächere Flamme am Leben erhalten wollen, die in so vielen Jahren so viel getan haben, ohne dass etwas besser geworden ist: Jetzt ist die Zeit der Trauer gekommen. Erst danach können wir weitergehen.

Bei Aniara geht es nicht um die Hoffnung, sondern um den Glauben daran, dass es immer noch Schönheit zu entdecken gibt; dass es kleine, hübsche Fleckchen auf dieser Erde gibt, aus denen wir Nahrung ziehen können, dass wir alles zur Seite drängen können, was wir über die guten Kräfte der Zivilisation gelernt haben. Rechts – links, Sozialismus – Kapitalismus, das können wir mit einem Wort zusammenfassen: Narzissmus. Es ist derselbe Narzissmus, der dafür sorgt, dass wir nach einem endlosen Strom aus Eindrücken suchen, der dafür sorgt, dass wir ständig neue Kicks brauchen, um nicht apathisch zu werden. Er ist das große, betäubende Gefühl, das uns alle befallen hat, das nach mehreren Stunden vor unseren leuchtenden Schirmen eintritt, die endlose Jagd auf irgendwas, bei der uns versprochen wird, dass WIR NICHT GLAUBEN WERDEN, WAS DANACH PASSIERT.

Wir sagen: Legt eure Telefone zur Seite, sprengt eure Bildschirme. DAS HIER ist, was danach passieren wird: eine unbekannte Zukunft, in der das Einzige, was Bestand hat, das kleine Sandkorn auf dem glühend blutroten Strand ist. Lernt im Dunkeln zu sehen; lernt, euch mithilfe aller eurer Sinne zu bewegen; entdeckt neue Sinne. Erhebt euch gegen »die große Lächerlichkeit des Lebens« (Harry Martinson). Erhebt euch gegen den Versuch, »einen Riss zu erreichen, der einen kleinen Schein von Hoffnung hereinlässt«. Vergesst die Hoffnung, umarmt eure Verzweiflung.

Chris Blackwood
Aniara-Bewegung

7

An einem frühen und warmen Julimorgen begegnete Erik bei einem Spaziergang der Frau vom Tennisplatz. Sie stand neben einem grünen, etwas verrosteten Damenfahrrad und versuchte, die abgesprungene Kette wieder aufzuziehen. Als sie fertig war und wieder aufstieg, sah er, dass die Kette immer noch lose war und wahrscheinlich gleich wieder herunterspringen würde.

»Du solltest sie spannen«, sagte er.

Erik war immer öfter zum Strand hinuntergegangen, mit dem unbestimmten Gefühl, dass er nach etwas suchte. Er hatte zum Tennisplatz geschaut, aber die Frau nicht mehr gesehen. Er ließ Julia oben auf der Terrasse sitzen und an ihrem Buch schreiben, sie wirkte konzentriert, und die Diskussionen der letzten Tage hatten zu nichts geführt, stattdessen redeten sie kaum miteinander. Er fühlte sich inspiriert, etwas Neues anzufangen, den Bogen zu spannen, sie hingegen wirkte müde und unnahbar, als wollte sie ihn nicht näher an sich heranlassen.

Die Frau war groß und schlank, beinahe genauso groß wie Erik, und etwa fünfundvierzig. Sie trug dunkle Jeans und ein kariertes Herrenhemd, dessen Ärmel sie aufgekrempelt hatte. Als sie sich zu ihm umdrehte, war ihre

Miene ausdruckslos: unmöglich zu deuten, weder freundlich noch abweisend.

»Sie springt bestimmt oft ab, die Kette?«, fragte er.

»Jedes Mal, wenn ich irgendwohin will«, sagte sie. »Ich nehme an, dass ich etwas dagegen tun sollte.«

»Erik«, sagte er und gab ihr die Hand.

»Kati«, sagte sie.

Ihre Stimme klang ein bisschen heiser und gedämpft, als käme sie aus einem alten Transistorradio.

»Entschuldige, dass ich dich beim Tennis gestört habe. Spielst du öfter mitten in der Nacht?«

Sie antwortete nicht, schaute nur auf ihr Fahrrad.

»Es reicht, wenn du das Rad ein bisschen nach hinten ziehst, dann wird sie gespannt. Hast du kein Auto?«

»Ich habe keinen Führerschein. In der Regel reicht das Fahrrad für meine Zwecke vollkommen aus.«

Er dachte, dass sie bestimmt zu den Frauen gehörte, die die Aufmerksamkeit der Männer auf sich zogen und deren Probleme sich meistens von selbst lösten. Sie sah jedenfalls so aus, hohe Wangenknochen, hübsch. Also was machte sie hier allein?

»Darf ich mal sehen?«

Es war ein Crescent älterer Bauart, vielleicht aus den Siebzigerjahren. Er erinnerte sich an ein ähnliches Modell aus seiner Kindheit, allerdings in einer anderen Farbe.

»Hast du einen Schraubenschlüssel?«

Er hielt das Fahrrad am Lenker fest und tat so, als würde er es inspizieren.

»Glaubst du, dass das nötig ist?«, fragte sie.

»Ich könnte die Kette ein bisschen spannen.«

»Im Schuppen müsste Werkzeug liegen«, sagte sie.

»Ich habe einen Schraubenschlüssel zu Hause, falls du keinen findest.«

»Nein, ich glaube, ich habe einen. Soll ich ihn kurz für dich holen?«

»Ich kann mitkommen.«

Sie gingen zum Strand hinunter, zu dem großen Haus, das an der Mitte der Bucht lag. Erik begleitete sie zu einem niedrigen Schuppen, der hinter dem Haus stand. Die Frau ging vor ihm, sagte nichts, schloss die Tür des Schuppens auf und ging hinein. Darin lagen Baumaterial, Kissen für die Terrassenmöbel, eine Wärmelampe, ein Surfbrett, Langlaufski. Familienzeug, dachte Erik. Merkwürdig, er hatte sie nicht als Familienmenschen eingeschätzt.

Sie suchte lange, und er gab sich Mühe, sie nicht anzuschauen, warf nur hin und wieder einen kurzen Blick auf ihren Rücken, lächelte und tat sein Bestes, um sich den Anschein zu geben, geduldig zu warten. Schließlich fand sie ganz hinten in der Ecke einen Werkzeugkasten. Sie gingen wieder zum Weg hinauf.

Schweigend stand sie neben ihm, während er das Fahrrad auf den Kopf stellte und das Hinterrad einen knappen Zentimeter nach hinten zog.

»So, das hätten wir, jetzt sollte sie nicht mehr so oft abspringen«, sagte er.

Sie lächelte milde. »Das war gut, ich weiß gar nicht, warum ich mich nicht schon früher darum gekümmert habe.«

»Sag Bescheid, wenn ich dir sonst noch irgendwie helfen kann.«

Sie lächelte erneut und stand eine Weile neben dem Fahrrad, als würde sie darauf warten, dass er ging, bevor sie losfahren konnte.

»Danke«, sagte sie.

»Gern geschehen«, sagte Erik. »Ich war ohnehin nur auf dem Weg zum Strand.«

Die letzte Bemerkung klang dämlich, weil es ganz offensichtlich war, wohin er unterwegs war.

Die seltsame Stimmung hatte ihn so in ihren Bann geschlagen, dass er den Schraubenschlüssel ganz vergessen hatte, den er immer noch in der Hand hielt. Er merkte es erst, als sie schon losgefahren und er unten am Wasser angekommen war. Er ging zurück und legte ihn auf ihre Treppe, wobei er es nicht lassen konnte, durchs Fenster in ihr Haus zu schauen. Drinnen war es dunkel, und es sah so aus, wie Häuser normalerweise aussehen, aber trotzdem stimmte irgendetwas nicht. Der Esstisch war nicht abgeräumt, und überall im Zimmer standen ungespülte Becher herum.

Eine Weile stand er am Strand und schaute zum Horizont hinaus, aber er konnte sich nicht mehr daran erinnern, warum er gekommen war.

Als er zum Haus zurückkehrte, lag Alice auf einer Matratze, die sie auf die Felsen gezogen hatte. Sie starrte auf ihr Handy. Anton saß mit einer Angelrute in der Hand auf dem großen Stein am Teich.

»Hat schon einer angebissen?«, fragte Erik.

»Meistens fange ich Seerosen«, erwiderte Anton mit einem Schulterzucken. »Aber Mama sagt, dass es hier Fische gibt. Manchmal springen auch welche aus dem Wasser.«

»Warum nimmst du nicht eine richtige Spinnrute und versuchst, im Meer Fische zu fangen? Wir können eine kaufen, wenn wir das nächste Mal in der Stadt sind.«

Anton schaute ihn an und schien zu überlegen, ob er nicht die Angel wechseln sollte, zog aber die Augenbrauen hoch, als wollte er zeigen, dass es für ihn keine Rolle spielte. Erik konnte das nachvollziehen. Manchmal verlieh es ein Gefühl der Sicherheit, an einem hoffnungslosen Ort zu fischen, an dem man keine Angst haben musste, dass irgendetwas anbiss.

Julia saß mit dem Computer auf der Terrasse. Sie zog sich jeden Tag für mehrere Stunden zurück und schrieb, und beim Abendessen schien sie immer in ihre Gedanken versunken. Er hatte ihr immer noch nicht von seiner Kündigung erzählt, und mittlerweile hatte er das Gefühl, dass er es eigentlich auch nicht mehr wollte.

»Wie läuft's?«, erkundigte er sich.

Sie schaute nicht zu ihm auf, sondern saß weiter konzentriert vor dem Bildschirm. Erik hatte das erleichternde Gefühl, dass er nicht an sie denken musste, weil sie ganz offensichtlich beschäftigt war. Er hatte sie gefragt, weil er nett sein wollte, aber wenn sie nicht antworten wollte, brauchte es ihn auch nicht zu kümmern. Er verlor sich in Fantasien über Kati, wer sie war, warum sie allein am Strand war, und wem all die Dinge gehörten, die im Schuppen lagen.

Julia klappte den Computer zu. »Hast du was gefragt?«

Sie hatte das Haar zu einem Pferdeschwanz zusammengebunden und eine Sorgenfalte auf der Stirn.

»Wie läuft's?«, fragte er noch einmal.

»Ganz okay«, sagte sie. »Oder, ich weiß nicht. Ich habe keinen Plan. Ich schreibe und hoffe, dass sich die Geschichte von selbst zusammenfügt, dass sie ein Eigenleben entwickelt. Aber ich glaube, dass ich jetzt alle Personen beisammenhabe, dass ich weiß, wer sie sind.«

»Das ist ja schon was.«

»Was hast du heute gemacht?«, fragte sie.

»Nichts Besonderes.«

»Ist dir langweilig?«

»Nein, wieso?«

»Vielleicht fehlt dir die Arbeit. Hast du hier genug zu tun? Du könntest doch mit Chris sprechen? Oder im Keller nachschauen, ob du die Rohre reparieren kannst?«

»Ja, ich weiß nicht. Vielleicht. Ich habe eigentlich keine Ahnung von diesen Dingen«, antwortete Erik. Julias Eltern würden in ein paar Tagen kommen, und Erik hatte das Gefühl, dass es schlechtes Timing war. Er hatte keine Lust, ihnen zu begegnen, wenn die Stimmung so war wie jetzt.

»Ich war heute unten am Strand. Du erinnerst dich an diese Frau?«

»Die aus dem Haus? Die so mürrisch ist?«

»Ich weiß nicht, ob sie wirklich mürrisch ist.«

»Es hieß doch, sie hätte so viel negative Energie. Hast du mit ihr gesprochen?«

Erik spürte, dass er rot wurde. »Ich habe ihr geholfen, ihre Fahrradkette zu reparieren. Die ist immer abgesprungen.«

»Ach. Wie heißt sie denn?«

»Ja … ich weiß gar nicht mehr. Kati … glaube ich.«

»Ist sie finnischsprachig?«

»Ich glaube schon«, antwortete er.

Sie schwiegen eine Weile. Julia nahm ihren Manuskriptstapel vom Tisch und blätterte zerstreut darin herum.

»Ich glaube, sie hat eine Familie«, sagte er.

Sie schaute von ihrem Manuskript auf. »Tatsächlich?«

Ihm fehlte die Energie, es ihr zu erklären.

Am folgenden Tag ging er wieder unten am Strand spazieren. Vormittags hatte er sich mit Chris unterhalten, nachdem sie sich zufällig getroffen hatten. Eriks Erinnerungen an das Strandfest waren lückenhaft und schwammig, er entsann sich lediglich an die angenehme Wärme am Feuer und dachte, dass er sich vielleicht dafür schämen sollte, die Kontrolle verloren zu haben. Aber irgendwie hatte er keine Lust, sich zu schämen.

Er war schon wieder auf dem Weg nach oben, als er Kati begegnete, die das Fahrrad den Pfad zu ihrem Haus hinaufschob. Auf dem Hof angekommen, lehnte sie es an die Wand des Schuppens.

»Funktioniert es jetzt?«, fragte er.

»Ausgezeichnet. Vielen Dank noch mal«, entgegnete sie.

»Keine Ursache. Sag Bescheid, wenn du bei irgendetwas Hilfe brauchst.«

Sie hielt zwei Einkaufstüten in der Hand, und er eilte herbei, um ihr beim Tragen zu helfen.

»Danke«, sagte sie.

»Bist du den ganzen Sommer hier?«, fragte Erik.

»Warum?«

»Ach, nichts weiter, ich fragte mich nur, ob du lange Urlaub hast.«

»Wahrscheinlich bin ich den ganzen Sommer hier«, sagte sie. »Zumindest bis September.«

Er ging neben ihr her auf die Terrasse und stellte die Einkaufstüten neben der Haustür ab. Er hätte gerne etwas gesagt, aber ihm fiel nichts ein. Plötzlich kam er sich wie ein Idiot vor.

»Ich habe auch den ganzen Sommer frei«, sagte er.

»Tatsächlich?«

»Ja. Das heißt …« Er zögerte zunächst, hatte dann aber einfach Lust, es zu sagen. »… eigentlich bin ich entlassen worden. Von meiner Firma. Ich muss also im Herbst nach etwas Neuem suchen.«

»Das ist aber schade«, sagte sie.

Erik hatte das Gefühl, dass er ihr etwas Privates erzählen, ein Geheimnis mit ihr teilen wollte.

»Ja, das ist es wohl. Aber es wird sich etwas finden. Ich habe es noch nicht erzählt. Meiner Frau, meine ich.«

Sie schaute ihn seltsam an. Er hatte offenbar das Falsche gesagt.

»Manchmal kann es einfacher sein, mit anderen darüber zu reden«, sagte er.

»Ja, so ist es wohl«, sagte sie.

Den restlichen Nachmittag hatte Erik das Gefühl, dass alles ganz einfach war: als er zum Laden fuhr, um Lachs zu kaufen, als er auf dem Hof das Essen zubereitete, die Wärme, die er für seine Kinder empfand, als die Familie gemeinsam aß, und sogar der Telefonanruf, den er später am Abend von seinem Bruder bekam.

Anders befand sich in Vietnam und wollte sich das Geld für den Heimflug leihen.

»Und dann wollte ich fragen, ob ich eine Weile bei euch wohnen kann, bis ich etwas gefunden habe.«

»Aber wir sind draußen am Meer in Mjölkviken. Wolltest du hierherkommen?«, sagte Erik.

»Habt ihr denn Platz für mich?«

Erik dachte, dass er zuerst Julia fragen sollte, aber bei dem Gedanken, wie sie sich in letzter Zeit verhalten hatte, verzichtete er lieber darauf.

»Es gibt genug Schlafmöglichkeiten auf dem Dachboden. Hast du ansonsten eine gute Reise gehabt?«

»Ich kann dir später mehr erzählen.«

8

Der kühle finnische Sommer schlug Anders entgegen, als er in Vanda aus dem Flugzeug stieg. Die Luft war trockener als in Asien, der Flughafen leerer, alles war stiller, und er fühlte sich unangenehm ausländisch und schmutzig, als er durch das blitzsaubere und nordisch glänzende Flugterminal zum Ausgang ging. Während er zwischen müden finnischen Eltern mit Kleinkindern auf die Taschen wartete, hatte er das Gefühl, mehrere Jahre nicht mehr in Finnland gewesen zu sein, obwohl erst drei Monate vergangen waren.

Die Reise war nicht so verlaufen, wie er es sich vorgestellt hatte. Er hatte sein gesamtes Geld ausgegeben und in einer Nacht sogar einen Zusammenbruch erlitten nach einem durchsoffenen Abend und war an einem Flussufer aufgewacht, umgeben von Straßenverkäufern und neugierigen Touristen. Er wusste eigentlich nicht, warum er nach Hanoi gereist war, aber er wusste, dass die Reise nicht den wohltuenden Effekt hatte, den er sich erhofft hatte. Er fühlte sich besiegt, wie das Musterbeispiel aus einem Selbsthilfebuch, an dem demonstriert wird, dass es sich nicht lohnt, seinen Problemen zu entfliehen, indem man einen geografischen Abstand schafft, sondern dass man zuerst immer an sich selbst arbeiten muss.

Warum war er überhaupt verreist? Anders hatte schon lange davon geträumt: sich von der asiatischen Wärme und ihrer Fiebrigkeit verschlingen zu lassen. Er wusste über Hanoi nicht mehr, als er im Internet gelesen hatte, ihm war jedoch halbwegs klar, was er erwarten konnte: eine pulsierende Stadt und vor allen Dingen einen absolut anonymen Ort weitab von seiner Familie.

In den ersten Wochen ließ er sich durch die Stadt treiben und schaute sich die Straßenverkäufer an, ihre Frösche in den großen Schüsseln, die Hühner, die überall frei herumzulaufen schienen; er ging durch Gassen und schaute direkt in die Wohnzimmer der Leute, auf die plärrenden Fernseher, die Kinder, die sich an die Röcke ihrer Mütter klammerten.

Er hatte sich für ein Backpacker-Hostel entschieden, das er für einen passenden Ausgangspunkt seiner Reise hielt. Anders hatte sich kein Rückflugticket besorgt, sondern träumte davon, mit dem Zug nach Finnland zurückzufahren, vielleicht über China und mit der Transsibirischen Eisenbahn, aber diese Entscheidung wollte er erst später treffen. Seine Reisekasse bestand aus zweitausend Euro, größtenteils zusammengeborgt, und in seiner Tasche hatte er einen Stapel Bücher: Romane von Thomas Bernhard, Freuds Fallstudien, kleine Reiseführer über Vietnam und Henry Parlands Roman *Zerbrochen*, ein Buch, das er mindestens zehnmal gelesen hatte und das ihm immer sein eigenes entwurzeltes Dasein zu spiegeln schien. Es war von 1930 und besaß eine zersplitterte Struktur, die wie ein Abbild des Lebens war, seiner eigenen, mentalen Landschaft; ein Eintopf aus bruchstückhaften Erfahrungen, nichts Konkretes, das er irgendwann greifen könnte, und daraus wurde auch das Motto seines Lebens: die zersplitterte Struktur zu akzeptieren, statt zu glauben, dass es irgendwo einen wahren Kern zu finden gab.

Das Viertel, in dem er wohnte, vermittelte ein angenehm urbanes Lebensgefühl, als befände er sich in Barcelona, denn genau wie dort waren die Straßen voller Vespas. Sein Zimmer lag im zweiten Stock, Gemeinschaftsdusche im Flur.

Das Zimmer war klein, mit einem schmalen Bett aus Kiefernholz und einer dünnen Matratze. Es gab einen Tisch und ein winziges Fenster mit Aussicht auf einen Innenhof voller Baumaterial.

Er ging aus und versuchte sich in den Rhythmus der Stadt einzuleben, aber jeden Morgen wachte er in demselben kleinen Zimmer auf mit dem Gefühl, dass er genauso gut zu Hause sein könnte. Er mietete sich eine Vespa und fuhr angeheitert durch die Straßen, was eine Zeit lang lustig war, aber am Ende auch langweilig wurde. Er ging in Bars, gelegentlich traf er andere Skandinavier und feierte mit ihnen die Nacht durch, manchmal unterhielt er sich mit Frauen, aber selten fühlte er sich glücklich. Er war nicht auf irgendeine magische Weise zu einem anderen Menschen geworden, nur weil er sich auf der anderen Seite der Erdkugel befand.

Drei Monate später, als er mit dröhnenden Kopfschmerzen an einem Flussufer aufwachte, musste er seinen Bruder anrufen und ihn um Geld für ein Flugticket nach Hause bitten. Er schämte sich dafür, am meisten aber schämte er sich dafür, dass er Heimweh hatte.

Während des Flugs hatte er nur Chips gegessen und drei kleine Flaschen Rotwein getrunken, und als er den Bahnhof in Helsinki erreichte, musste er dringend auf die Toilette. Der Geruch, der sich verbreitete, war unangenehm, aber er hatte schon immer einen empfindlichen Magen gehabt.

Beim Händewaschen dachte er an einen Traum, den er auf dem Flug gehabt hatte. Er hatte von seiner Familie geträumt, dass sie alle während der Weihnachtsferien zu Hause waren, auch Julia und Erik mit ihren Kindern. Sie hatten gemeinsam Familienfilme angeschaut. Aber dann war etwas passiert; alle hatten sich aufgeregt, und der Traum endete damit, dass er barfuß durch den Schnee in Ekenäs gejagt wurde, an den Eisenbahngleisen entlang. Als er im Flugzeug erwachte, spürte er noch die Kälte in seinem Körper.

Er erschrak über den Anblick seines Gesichts im Toilettenspiegel, es sah erschöpft und aufgedunsen aus. Es war kein sympathisches Gesicht. Es hätte eines sein können, wenn er nicht so kräftig gewesen wäre, aber er wog mindestens dreißig Kilo zu viel. Er hatte sich vorgestellt, in Vietnam abnehmen zu können, stattdessen hatte er sich jedoch Kummerspeck angefressen, jeden Tag geraucht und getrunken. Mindestens fünf Kilo hatte er zugenommen.

Die klare und harte Julisonne in Finnland schien ihn höhnisch anzulächeln, als hätte sie nur auf seine Rückkehr gewartet, um ihm zu zeigen, dass er immer noch dieselbe jämmerliche Person wie vor der Abreise war.

Am nächsten Tag holte ihn Erik von dem kleinen Bahnhof in Bennäs ab. Es war die erste Juliwoche.

»Bist du über Ekenäs gefahren? Hast du Mama und Papa besucht?«, fragte Erik.

Anders schwieg. Er war müde und hungrig und hatte sich noch nicht aufgerafft, seine Eltern anzurufen.

»Ich habe noch nicht mit ihnen gesprochen«, antwortete er schließlich. Sein Bruder erinnerte ihn ständig daran, dass es Menschen gab, die ein geregeltes und ordentliches Leben führten, die regelmäßigen Kontakt zu den Verwandten hielten und ungezwungen plaudern konnten. Er bewunderte sie irgendwie, Eriks flackernder Blick deutete allerdings an, dass nicht alles so war, wie es sein sollte. Sein Bruder wirkte nervös, trommelte mit den Fingern.

»Wie lange bleibst du?«, fragte Erik.

»Mal sehen«, sagte Anders. Er hatte das Gefühl, viel schlafen zu müssen, und gedacht, das hier tun zu können. Anders hatte Julia schon immer gemocht, sie verstanden sich gut, und Eriks Kinder waren nett. Er brauchte Ruhe und Entspannung, vielleicht für ein paar Wochen, um darüber nachzudenken, was er mit dem Rest seines Lebens anfangen sollte.

»Wie war's?«, fragte Erik.

»Großartig«, log er.

»Du siehst ein bisschen … müde aus.«

»Ich hab lange nichts gegessen. Und nicht besonders gut geschlafen. Jetlag. Und wie geht's dir?«

Erik antwortete nicht.

Anders hatte nicht viel Kontakt zu seiner Familie. Das war seltsamerweise einer der Gründe dafür, warum er so lange gebraucht hatte, sich für die Reise nach Hanoi zu entscheiden. Er wollte dorthin reisen, solange er sich erinnern konnte, aber ständig hatte ihn irgendetwas abgehalten, und erst in der letzten Zeit hatte er begriffen, woran es lag: Er war zu unselbstständig. Wenn er eine Psychotherapie gemacht hätte – was in Ekenäs eher unüblich war –, wäre er schon früher auf die Ursache vieler seiner Eigenheiten gestoßen, aber er hatte sehr lange gebraucht, diese Einsicht aus eigener Kraft zu gewinnen.

Anders war im Alter von sieben Jahren am Darm erkrankt. Als Erwachsener hatte er seine Krankenakte aus der Zeit gelesen. Der Arzt hatte notiert, ein »blasser Junge betritt das Untersuchungszimmer«, oder etwas in der Art. Er war in die erste Klasse gekommen, und plötzlich begann er abzumagern. Er hatte Bauchschmerzen, erzählte seinen Eltern aber erst davon, als es nicht mehr zu verbergen war. An die Einzelheiten erinnerte er sich nicht mehr, aber es hatte zu mehreren Arztbesuchen geführt. Zwei oder drei Jahre lang hatte er ständig Proben abgeben müssen, manchmal unter Vollnarkose, manchmal nicht, und hin und wieder musste er ins Krankenhaus nach Tampere, aber seine Mutter hatte ständig ein wachsames Auge auf ihn. Er musste große Mengen Flüssigkeit trinken, um den Darm zu entleeren, bevor man eine Spiegelung machte, was schwierig und qualvoll war, und er konnte sich immer noch an den Geschmack der mit Himbeersaft vermischten Salzlösung erinnern. Nach ein paar Jahren mit längeren Krankenhausaufenthalten bekam er die Diagnose Morbus Crohn.

»Hier ist es schön«, sagte er jetzt, als sie den Waldweg entlangfuhren, der zu dem Haus führte, in dem Julia und Erik wohnten.

»Nicht wahr? Einige dieser Häuser werden für fast eine

halbe Million verkauft«, sagte Erik. »Aber an manchen Stellen sieht es auch ein bisschen baufällig aus. Als hätte die Siedlung ihre Glanzzeit vor dreißig Jahren erlebt. Heutzutage ist sie ein bisschen verlassen. Im Augenblick ist nur eine Gruppe Hippies in einem der Häuser unten am Strand. Die könnten dir gefallen.«

Als sie auf den Hof fuhren und Anders seinen Neffen und seine Nichte am Sommerhaus sah, fiel ihm auf, dass er keine Geschenke mitgebracht hatte. Anton und Alice begrüßten ihn und schienen seine Bewegungen zu beobachten, als er seine Taschen auf der Terrasse abstellte. Anders dachte, dass es vielleicht ganz gut für sie wäre, mal etwas anderes zu sehen, einen erwachsenen Menschen, der nicht in irgendeine Schönheitsnorm passte, dem es ein bisschen schlecht ging. Er kratzte sich am Bart und tätschelte Antons Kopf.

Das Haus war hübsch, aber ein wenig seltsam. Anders bemerkte die zusammengewürfelten Möbel und das immer wiederkehrende Kiefernholz: Fußboden, Wände, Möbel.

»Wenn wir es übernehmen, müssen wir vielleicht noch ein bisschen umbauen«, sagte Julia. »Aber jetzt essen wir erst mal.«

Der Kartoffelsalat war cremig und gelb, mit Kapern und Zwiebeln, und Anders nahm drei Portionen. Ihm wurde bewusst, wie sehr er das heimische Essen vermisst hatte, wie wichtig es für seine Stimmung war, dass er gut aß, wie viel besser es ihm ging, wenn er Hausgemachtes aß, verglichen mit all den verarbeiteten Fetten, die er sich auf der Reise reingedrückt hatte.

»Superlecker«, sagte er jetzt und schaute Julia an. Es fiel ihm leichter, sie anzusehen als Erik.

»Manchmal denke ich, dass ich eine sehr viel gesündere Einstellung zum Leben hätte, wenn ich jeden Tag so gut essen könnte«, sagte er.

»Warum tust du es dann nicht?«, fragte Erik.

»Ich mache immer alles so kompliziert, das Projekt wird zu groß. Und dann stehe ich vier Stunden in der Küche«, sagte Anders und legte sein Besteck auf dem Teller ab.

»Ich finde es schwierig, Essen zu kochen«, meinte Julia, »Aber spätestens wenn man eine Familie hat, muss man es lernen. Am schwierigsten ist es, sich jeden Tag ein neues Gericht auszudenken.«

»Für mich ist es schwierig«, sagte Erik, »weil ich jeden Tag das Essen koche.«

Anders hatte es bei seiner Ankunft sofort bemerkt: dass die Stimmung zwischen Julia und Erik sonderbar und gespannt war.

»Erzähl uns, was du erlebt hast«, sagte Julia.

»Nichts Besonderes. Ich bin ein bisschen Motorroller gefahren, habe Bars besucht und mich mit Leuten unterhalten«, antwortete Anders. Er hatte die Ellenbogen auf den Tisch gestützt und das Kinn auf die Hände gelegt. Als er sich am Tisch umschaute, kam es ihm absurd vor, sich in dieser sanften finnischen Natur zu befinden.

»Hattest du einen Plan? Irgendetwas, was du auf jeden Fall machen wolltest?«, fragte Julia.

»Eigentlich nicht. Oder doch, ich wollte ein paar Bücher lesen und die vietnamesische Straßenküche probieren. Aber sonst nichts.«

»Was wirst du jetzt tun?«, erkundigte sich Erik.

Das war in gewisser Weise die Frage, die ihm in den vergangenen Jahren ständig gestellt worden war, von Freunden, von Verwandten. Sie irritierte ihn, da er wusste, dass er sich bald für etwas entscheiden musste. Er konnte sich selbst jetzt mit ihren Augen sehen und schob dieses Bild zur Seite.

»Vielleicht sollte ich Koch werden. Das habe ich schon immer gewollt.«

Nach dem Essen entschuldigte sich Anders und ging allein zum Strand hinunter. Er spazierte am Ufer entlang, vorbei an ein paar Sommerhäusern bis zu einer Stelle, an der hohe Wellen gegen die Klippen schlugen.

Verglichen mit dem bunten Gewimmel in Hanoi, sah das Meer unfassbar groß und massiv aus. Er nahm die Packung heraus, die er in der Tasche hatte, und betrachtete sie. Vielleicht sollte er die Tabletten ins Meer werfen, was ihm allerdings idiotisch vorkam, nachdem er sie extra den ganzen Weg von dort mit der Post nach Finnland geschickt hatte.

9

Ein paar Tage später standen Alice und Erik am Wegrand und warteten auf die Ankunft von Julias Eltern.

Man konnte die schmale Einfahrt leicht verpassen, die zum Haus hinaufführte, also hatten sie sich als Empfangskomitee aufgestellt. Schwere Wolken hingen am Himmel, nachdem es am Vormittag leicht geregnet hatte. Aber es war wärmer geworden, und Erik hatte beschlossen, dass sie draußen essen würden.

Jetzt sah er das Auto seines Schwiegervaters durch die Lichtung heranfahren. Ein nagelneuer weißer Volvo mit der allerneuesten Technik. Göran hatte ihn im Frühjahr gekauft und Erik alle Funktionen auf einer Fahrt demonstriert (»Susanne habe ich allerdings nicht alles gezeigt, sie würde vergessen, dass man auch noch lenken muss«).

Alice lief neben ihnen her, als sie die Einfahrt hinauffuhren.

»Hallo, mein Schatz, und herzlichen Glückwunsch!«, sagte Susanne, als sie die Beifahrertür öffnete, aus dem Auto stieg und Alice umarmte.

»Das Wetter scheint ja richtig gut zu werden«, sagte Erik zu seinem Schwiegervater.

»Das haben sie in den Nachrichten auch gesagt. Bei dem

Sommer, den wir bisher hatten, habe ich das eigentlich nicht erwartet.«

»Ihr habt es ja geschafft, dass es hier richtig wohnlich aussieht«, bemerkte Susanne, als sie zum Haus hinaufging und Julia begrüßte. »Aber das Gras sollte gemäht werden. Und ihr habt doch nicht allen Ernstes diesen alten Stuhl wieder rausgeholt?«

Sie zeigte auf einen zusammenklappbaren Sonnenstuhl, den Erik neben dem Holzschuppen gefunden hatte.

»Mama, wir haben hier noch nicht viel machen können, ich schreibe gerade wieder, und Erik kümmert sich um die Kinder.«

»Ich habe diesen Stuhl immer verabscheut. Dein Vater hat ihn geliebt«, sagte Susanne.

Erik sah, wie Julia sich wappnete, ihr freundlichstes Lächeln aufsetzte und mit ihrer Mutter Wangenküsschen tauschte.

»Habt ihr eigentlich meinen Bruder schon mal kennengelernt?«, fragte Erik.

Anders hatte auf der Terrasse gesessen und kam jetzt herunter, um die Gäste zu begrüßen.

»Doch, wir haben uns schon getroffen. Auf der Hochzeit und bestimmt auch später noch einmal. Erik sagt, du warst in Vietnam«, sagte Göran.

»Stimmt.«

»Ich habe gehört, dass dort viel gefeiert wird«, meinte Göran.

»Da läuft schon einiges«, erwiderte Anders.

»Mama und Papa, kann ich euch mit irgendwas helfen?«, fragte Julia.

Anton hatte den ganzen Tag auf seine Großmutter gewartet, aber jetzt wollte er nicht zu ihr hinuntergehen, weil er nicht gierig wirken wollte. Sie hatte immer Geschenke für ihn dabei, und einmal hatte er sogar eine große Polizeiwache von Lego bekommen. Jetzt fühlte er sich ein bisschen zu alt für so etwas und hätte gerne ein Paar neue Schuhe bekommen oder am liebsten ein Computerspiel, aber das wäre wohl zu viel verlangt.

Er saß oben auf der Terrasse, als sie die Treppe hinaufkam und ihn umarmte.

»Hier ist ja mein kleiner Liebling. Wie geht es dir denn?«

Anton spürte den süßen und leicht säuerlichen Geruch seiner Großmutter in der Nase, als sie ihn an sich zog, und schielte auf die Tüten, die sie in der Hand hielt, während sie ihn umarmte.

Seine Wangen waren ganz warm, als sie ihn losließ.

»Ich habe Geschenke mitgebracht, aber ich muss erst auspacken und sie finden«, sagte sie und stellte alles auf dem Steinboden der Terrasse ab. Anton hätte sofort sagen können, wo die Geschenke waren, denn in der großen Plastiktüte, die sie in der linken Hand hielt, hatte er etwas gesehen. Aber er wusste, dass es unhöflich wäre, es zu erwähnen. Stattdessen stand er auf und ging zu seinem Großvater. Anton liebte es, umarmt zu werden.

»Was ist denn das da für eine Truppe im Nachbarhaus? Die sahen ja ziemlich interessant aus«, sagte Göran.

»Wo denn?«, fragte Erik.

»Als wir herfuhren, haben wir auf dem Weg zu Segerkvists altem Haus einen mageren jungen Mann gesehen. Er hatte diese Rastazöpfe. Beim Näherkommen sahen wir, dass anscheinend jede Menge Leute dort wohnen, und es stand auch ein Schild dort, als hätten sie eine Art Lager aufgemacht. Wenn die Segerkvists das sehen würden.«

Julias Mutter warf ihm einen Blick zu.

»Ich meine, die haben doch ihr Haus immer so in Schuss gehalten«, sagte Göran.

»Wir haben sie schon kennengelernt«, sagte Julia. »Erik und ich. Der, den ihr gesehen habt, heißt Ville. Sie bereiten sich auf den Weltuntergang vor.«

»Den Weltuntergang?«, fragte Susanne.

»Ganz so einfach ist es nicht. Es geht um die Umwelt. Sie wollen zu einer Art vorindustrieller Welt zurück«, erklärte Julia.

»Sie haben einen Blog«, ergänzte Erik.

»Ich mag mich irren, aber ich glaube nicht, dass es in der vorindustriellen Zeit Blogs gab«, sagte Anders.

»Ich glaube, ich gehe rein und mache das Essen fertig. Papa, willst du nicht mit Erik in den Keller gehen und dir die Rohre anschauen, wenn ihr schon mal hier seid? Es hat den ganzen Sommer schon in der Küche gestunken.«

Göran warf ihr einen ausweichenden Blick zu, den sie in letzter Zeit schon öfter gesehen hatte. Ihr Vater war fünfundsechzig Jahre alt, und sein Hauptziel für den Rest seines Lebens schien darin zu bestehen, in Ruhe gelassen zu werden.

»Glaub mir. Ich habe schon tausendmal versucht, das in Ordnung zu bringen. Es liegt am Untergrund und hat etwas damit zu tun, wie das Grundwasser läuft. Man muss einfach damit leben«, sagte er, und Julia dachte, dass er so klang, als spräche er über seine Ehe.

»Ich helfe in der Küche«, sagte Susanne und folgte ihr.

Anton und Alice setzten sich auf die Terrasse und spielten Karten, bis das Essen fertig war. Erik sah seinen Schwiegervater an.

»Möchtest du ein Bier?«, fragte er.

»Warum nicht.«

Erik holte ein kaltes Bier für Göran und Anders. Die Stimmung im Sommerhaus war freundlicher geworden, seit Anders gekommen war. Julias Laune schien sich gebessert zu haben, vielleicht brauchte es manchmal andere Menschen, um etwas in Bewegung zu bringen.

Göran trank einen großen Schluck und schaute auf den Teich hinaus. »Als Julia klein war, nannten wir ihn den Kolk, aber er ist wahrscheinlich zu groß, um ihn so zu nennen. Kolke sind in der Regel kleiner und sumpfiger. Ich bin schon lange nicht mehr hier gewesen.«

»Warum nicht?«, fragte Erik. »Es ist doch hübsch hier.«

Göran sah bekümmert aus. »Wir sind wohl einfach nicht dazu gekommen«, meinte er schließlich.

»Konnte man schwimmen? In dem Teich?«, fragte Erik.

»Unter Umständen, wenn er gerade ausgebaggert war. Ich würde es aber nicht probieren. Wie läuft's auf der Arbeit?«

»Ich weiß nicht. Schwierige Zeiten, gerade.«

»Ja, das habe ich in der Zeitung gelesen. Aber bei dir ist alles okay?«

»Absolut. Für mich besteht keine Gefahr.«

»Nein. Es war eine gute Idee, Informatik zu studieren, da gibt es immer Jobs. Übrigens stand in der Zeitung etwas über deinen alten Kollegen. Hast du mitbekommen, dass er einen Teil seiner Firma an japanische Investoren verkauft hat?«

»Ich habe so was gehört.«

»Eine Milliarde. Er wird eine Milliarde damit verdienen. Also, nicht er allein, aber das Unternehmen. Und dann gehen natürlich noch jede Menge Steuern ab. Aber trotzdem, stell dir vor, was für ein Geld.«

»Viel Geld«, sagte Erik.

»Du hättest ein Teil davon sein können«, sagte Göran.

»So einfach ist es nicht.«

»Nein, nein, da hast du wahrscheinlich recht.«

Julia stand mit ihrer Mutter in der Küche und bereitete das Essen zu. Susanne war eine gute Köchin und hatte zu Hause einen Nutzgarten. Darüber hinaus hatte sie eine pädagogische Ader, die dafür sorgte, dass man etwas von ihr lernen konnte. Julia merkte allerdings, dass sie im Augenblick etwas nachlässig arbeitete, die Dinge mit links erledigte und ein bisschen improvisierte.

Susanne war mittlerweile schon weit in ihrem täglichen Monolog fortgeschritten. Dieses Mal ging es um ihre jüngste Beförderung, die sie – laut eigener Aussage – nur widerstrebend und allein deshalb akzeptiert hatte, weil sie der Ansicht war, dass niemand diesen Job so gut erledigen konnte wie sie. Julia hatte schon vor langer Zeit aufgehört, sich für das Berufsleben ihrer Mutter zu interessieren, sie nickte nur manchmal und versuchte an etwas anderes zu denken. Sie stellte sich vor, dass das Radio lief und darin eine bemerkenswert redselige ältere Dame sprach.

»... eigentlich wollte ich diese neue Position ja ablehnen, aber jetzt haben sie mich gebeten, noch ein Jahr länger zu arbeiten, mit höherem Gehalt und einem größeren Büro, und deswegen denke ich, dass ich weitermache, und im Herbst haben wir ja auch eine ganze Menge interessanter Projekte, aber nach China werde ich nicht noch einmal reisen, mein Gott, ich bin schon ganz erschöpft, wenn ich nur daran denke, wie …«

Julia sagte nichts, sondern widmete sich weiter der Zubereitung des Essen.

»Dieses Gericht biete ich meinen Gästen aus China an«, sagte Susanne, als sie ein paar Scheiben luftgetrockneten Schinken nahm und damit einen Avocadosalat einrahmte.

Ihre Finger glänzten vom Olivenöl. Susannes chinesische Gäste waren ein Running Gag in der Familie: Sie hatte Freunde in Schanghai, die sie über die Arbeit kennengelernt hatte, und Julia hatte die Weihnachtsfeste ihrer Kindheit zusammen mit ihren Eltern, ihrem Bruder und einer Handvoll übertrieben höflicher chinesischer Hochschuldozenten gefeiert.

»Er macht einen ziemlich mitgenommenen Eindruck«, sagte sie jetzt.

»Wer?«

»Eriks Bruder. Ich habe ihn eigentlich noch gar nicht richtig kennengelernt.«

Julia hatte es schon immer gestört, dass ihre Mutter alle Menschen von Kopf bis Fuß musterte, als wollte sie ihre gesellschaftliche Stellung und ihre wirtschaftlichen Verhältnisse an ihnen ablesen. Anfangs hatte Julia gedacht, dass es sich um eine oberflächliche Angewohnheit handelte, später jedoch begann sie sich zu fragen, ob es nicht eine ziemlich avancierte Rechnung war, die Susanne dabei im Hinterkopf ausführte. Würde man Susanne irgendwo in der Kalahari aussetzen, dachte Julia, würde sie sich bestimmt ziemlich schnell die nötigen Fähigkeiten aneignen, um feindliche Stämme zu identifizieren.

»Sind wir jetzt fertig?«, fragte Susanne.

»Ich glaube, ich lasse das Fleisch noch ein bisschen ziehen«, antwortete Julia.

»Oh, jetzt habe ich gekleckert.«

Susanne stand mit nassen Fingern da und versuchte Salatdressing aus ihrem Kleid zu wischen, verschmierte das Öl dabei aber nur noch mehr.

»Warte, ich hol Küchenpapier und ein bisschen Wasser«, sagte Julia. »Ist das Kleid neu?«

»Ja, ich habe es in Paris gekauft. Es ist immer so schwer, in meiner Größe etwas zu finden. Aber es gab einen Laden im Schwulenviertel, wie heißt er denn noch, da gehe ich immer hin … wie auch immer, ich habe es im Schaufenster gesehen, und es kostete ein Vermögen, aber es ist von so guter Qualität, dass man es mit vierzig Grad in der Maschine waschen kann, und es sieht wieder aus wie neu, und in meinem Beruf brauche ich ja solche Kleider …«

Julia nahm ein Stück Papier und rubbelte. Susanne nahm ihr das Papier ab und machte weiter.

»Die haben so viele hübsche Kleider da. Glaubst du, Alice hätte vielleicht gerne etwas aus Paris? Es ist so schade, dass sie immer nur schwarze Sachen anzieht. Aber vielleicht ist es heutzutage einfach so. Sehen ihre Freundinnen genauso aus? Mit diesem schwarzen Haar über den Augen?«

»Eigentlich nicht. Darauf ist Alice ganz allein gekommen. Sie ist ja ziemlich selbstständig.«

»Aber sie ist so still. Ich würde sie gerne auch mal lächeln sehen«, sagte Susanne.

»Sie lächelt, wenn ihr danach ist«, entgegnete Julia.

»Ja. Vielleicht. Anton ist jedenfalls er selbst. Obwohl er zugenommen hat.«

Julia spürte, wie sie quasi hinauszoomte, keine Lust hatte, sich das anzuhören.

»Das wird wohl nicht mehr rausgehen«, erklärte Susanne jetzt und warf das Papier in den Mülleimer unter der Spüle. »Wie läuft es denn übrigens mit dir und Erik?«

Die Frage kam aus dem Nichts und nervte Julia. Sie regte sich zwar gerne über die seltsamen Ansichten ihrer Mutter auf, allerdings hatte Susanne auch einen sechsten Sinn dafür, was sie gerade bekümmerte.

»Ich weiß nicht. Wahrscheinlich ist alles okay. Oder, ich weiß nicht. Vielleicht machen wir gerade eine Art Krise durch.«

Eigentlich wollte sie nicht mit ihrer Mutter darüber reden. Susanne nutzte alles, was sie sagte; es tauchte später wieder in Diskussionen auf, wenn man es am wenigsten ahnte, und wurde gegen sie verwendet.

»Naja, das ist im Grunde ja nichts Schlimmes. Man geht durch Krisen und kommt am anderen Ende wieder heraus. Dein Vater und ich hatten wahrlich auch unseren Teil an Problemen zu tragen.«

Julia wusste das, denn ihre Mutter hatte ihr stets von jeder Ehekrise erzählt. Auch wenn ihre Eltern laut Susanne kurz vor einer Scheidung standen.

»Ja, aber das ist nicht dasselbe«, erwiderte Julia. »Ich frage mich, ob wir überhaupt zusammengehören, ob wir uns nicht auseinandergelebt haben.«

»Ihr seid ja ziemlich verschieden«, sagte Susanne. »Er ist vielleicht ein bisschen phlegmatisch.«

»Erik?«

»Aber denk daran, wie gut er mit den Kindern umgehen kann.«

Julia sagte nichts, nahm nur den Topf mit den Kartoffeln und ging zur Tür. Auf irgendeine Weise schaffte es ihre Mutter immer, genau das Falsche zu sagen, egal was sie sagte.

Sie setzten sich alle an den Esstisch auf dem Hof und nahmen von Susannes Avocadosalat und den Steaks, die Erik gegrillt hatte. Außerdem gab es Kartoffeln und eingelegten Hering, gekühlten Schnaps und Weißwein.

Alice hielt ihr Telefon in der Hand und war auf Instagram. Sie hatte nicht groß darüber nachgedacht, dass sie Geburtstag hatte, aber es fühlte sich definitiv besser an, dreizehn zu sein, als zwölf. Als Leo gefragt hatte, wie alt sie sei, hatte sie dreizehn gesagt, und deshalb hoffte sie, dass er nicht erfuhr, dass sie erst heute Geburtstag hatte.

»Was guckst du da?«, sagte Julia. »Kannst du es nicht zur Seite legen, solange wir essen? Immerhin ist es dein Geburtstag.«

»Das war nichts Wichtiges«, sagte Alice.

»Dann leg es doch weg.«

»Die Jugendlichen von heute können einfach nicht ohne ihre Handys sein«, meinte Julias Vater und hielt einen wortreichen Vortrag darüber, dass er selbst Telefone mit altmodischen Knöpfen bevorzuge. Susanne schenkte sich Wein nach. Sie hatte neben Anders Platz genommen und fragte ihn über seine Reise nach Vietnam aus.

»Einmal bin ich mit dem Motorrad durch die Berge gefahren, und dort heißt es, es bringe Glück mit einem Westler anzustoßen. Also mussten wir in jedem Dorf anhalten, um mit den Leuten zu trinken. Sogar die Polizisten haben uns auf einen Schnaps eingeladen«, erzählte er.

Susanne verlor schnell das Interesse an den Geschichten anderer Leute und begann eigene Anekdoten zu erzählen, etwa die von ihrem Ausflug ins Schanghaier Umland, bei dem sie gegrillte Singvögel gegessen hatte, eine Geschichte, die Julia schon mindestens fünfzigmal gehört hatte.

»Aber zuerst kamen sie mit einer kleinen Schale Blut, aus der der Ehrengast trinken sollte.«

Anders hörte fasziniert zu.

»Was war das für Blut, Oma?«

»Ich weiß nicht, vielleicht Schlangenblut.«

»Eklig«, sagte Anton.

Julia war genervt und müde und schlug vor, dass sie für Alice singen sollten. »Kannst du das Telefon wenigstens jetzt mal weglegen, wenn die Torte kommt?«, fragte sie.

Alice schüttelte den Kopf.

»Sie chattet mit Leo«, flüsterte Anton seiner Großmutter ins Ohr.

»Wer ist Leo?«, fragte Susanne.

»Mama, erinnerst du dich an die Segerkvists? An Marika, mit der ich gespielt habe? Leo ist ihr Sohn. Ihr habt sie gesehen, als ihr hergefahren seid.«

Susanne bekam einen abwesenden Blick, als wäre ihr plötzlich eingefallen, dass sie zu Hause die Kaffeemaschine angelassen hatte. Sie bat, einen Blick auf Alices Handy werfen zu dürfen, aber Alice zog es schnell an sich und steckte es in die Tasche.

»Du hast in deinem Buch über Marika geschrieben«, sagte Göran.

»Sie wohnt unten am Wasser. Mit diesem Kollektiv.«

»Wir haben sie seit Jahrzehnten nicht mehr gesehen«, sagte Susanne. »Ich glaube, sie sind nach Turku gezogen, oder so. Bleiben sie den ganzen Sommer hier? Auch die Eltern?«

»Nein, nur Marika und ihr Mann. Ihre Mutter ist an Krebs gestorben. Ihr Vater hat wieder geheiratet«, sagte Julia.

»Aha«, sagte Susanne.

»Was meinst du damit?«, fragte Julia.

»Nichts. Wo ist denn jetzt diese Torte?«

Um neun Uhr war die Sauna warm, und Anders war nicht mehr zu sehen. Er hatte sich nach dem Abendessen entschuldigt und war nicht mehr zurückgekommen.

»Ich glaube, wir müssen ohne ihn reingehen«, sagte Erik zu Göran. »Mein Bruder ist nicht so der soziale Typ.«

Sie saßen lange in der Sauna, beinahe eine Stunde, dann gingen sie zusammen zu den Klippen hinunter und sprangen ins Wasser.

Es war kalt, aber das Meer hatte einen ausnüchternden Effekt. Im Laufe des Tages hatten sich dünne Wolkenschleier am Himmel gebildet. Erik hatte ein paar Bier getrunken und fühlte sich leicht angetrunken. Das dunkle Meer lag schaukelnd vor den milchweißen Wolken. Das salzige Wasser schmeckte gut, wenn es durch die Lippen glitt.

Erik war von der Stille überrascht, als er ihrer gewahr wurde. Zuvor war es hier noch nie so still gewesen: keine Möwen, nur das sanfte Plätschern des Wassers, durch das die Welt kleiner, näher erschien.

Göran stieg aus dem Wasser und nahm sich ein Handtuch. »Ich gehe wieder nach oben, kommst du mit?«

»Gleich«, sagte Erik.

Er saß auf seinem Handtuch und schaute auf die Bucht hinaus. Nach einer Weile hörte er, wie in einem Haus auf der anderen Seite eine Tür geöffnet wurde. Kati kam mit einem Handtuch um den Leib aus der Sauna. Ihr Körper dampfte, und sie glänzte feucht im hellen Abendlicht.

Als sie zum Wasser hinunterging, um zu schwimmen, drehte sie sich um und schaute ihn an. Er konnte den Blick nicht rechtzeitig abwenden, bevor sie sich ins Wasser warf und schwamm.

Er schaute ihr noch eine Weile zu, und als er gerade gehen wollte, hörte er, dass die Tür zur Sauna erneut geöffnet wurde, das Geräusch hallte über die Bucht. Anders kam heraus, nackt, mit einem Bier in der Hand. Erik erkannte ihn ohne Kleidung erst gar nicht wieder, er war seit dem Frühjahr dicker geworden, trotzdem gab es keinen Zweifel: der Bart, die ziemlich schlechte Körperhaltung, die schmalen Beine. Erik war so verdattert, dass er kein Wort herausbrachte, er konnte weder rufen noch grüßen, sondern zog sich nur vom Ufer zurück und ging in Richtung Wald.

10

Anders hatte die ersten drei Tage in Mjölkviken allein unten am Strand verbracht. Am Abend kam er nach oben, saß oft an dem kleinen Tisch am Teich und unterhielt sich mit Julia oder schaute den Kindern beim Kartenspielen auf den Felsen zu. Erik hatte immer wieder versucht, die Familie zu gemeinsamen Unternehmungen zu überreden, aber alle schienen lieber für sich zu bleiben. Anders fand Erik ein wenig geistesabwesend, als machte er sich über irgendetwas Sorgen, und dass er es überspielte, indem er jeden Morgen aufstand und ausführlich berichtete, was er vom Wetter und allen möglichen anderen Dingen hielt.

Am ersten Abend hatte Anders noch bis spät in der Nacht draußen gesessen, in eine Decke gewickelt, und darüber nachgedacht, was er aus seinem Leben machen sollte. Um zwei Uhr war Alice plötzlich auf die Terrasse gekommen und mit ihrem Handy in der Hand herumgelaufen. Anders saß regungslos am Tisch im Schatten und hoffte, dass sie ihn nicht bemerkte, weil er sie nicht erschrecken wollte. Anscheinend konnte auch Alice nicht schlafen.

Nach einer Weile ging sie wieder ins Haus zurück. Anders blieb sitzen und schaute auf sein Telefon. Er folgte Alice auf Instagram, wo sie ein Bild gepostet hatte. Anders erkannte es wieder: Es zeigte The Cure im Video zu »Friday I'm in Love«. Darunter hatte sie nur geschrieben »#robertsmith #cutiepie #happy«. Er freute sich für sie, dachte, wie schön es war, dass wenigstens einer in dieser Familie glücklich war.

Um halb fünf wurde es hell. Vom Moor neben dem Teich kroch die Wärme herauf, verteilte sich auf der dunklen Oberfläche und erreichte schließlich den Tisch, an dem er saß. Er beschloss, zum Strand hinunterzugehen, um dort vielleicht den Sonnenaufgang beobachten zu können.

Er ging den Pfad zum Meer hinunter. Die Sonne färbte den Himmel rosa, und die Felsen leuchteten in schönstem Rot. Diese Art Landschaft ließ ihn immer an religiöse Menschen denken und ihre Vorstellung, dass Gott sich in der Natur zeigte. Perfekte nordische Sonnenaufgänge. Es war aber tatsächlich unvergleichlich schön, das ließ sich nicht leugnen. Und es war ruhig und still, als würde der Sommer die Luft anhalten, während alle schliefen. Er ging am Strand entlang, schaute aufs Wasser und sah hoch zu dem grauen Haus, das dort stand.

Er hatte nicht erwartet, dass jemand so früh am Morgen auf der Terrasse sitzen würde. Er musste zweimal hinschauen, bis er wirklich überzeugt war, dass dort in einem Sessel neben der Haustür eine Frau saß.

Sie hatte ihn bestimmt gesehen, das konnte ihr nicht entgangen sein, aber sie ließ es sich nicht anmerken. Sie saß einfach da, in eine Decke gehüllt, als würde sie sich auf einen unsichtbaren Film konzentrieren, der am Horizont gezeigt wurde.

Anders ging auf das Haus zu, doch nicht einmal jetzt reagierte sie.

»Was für ein schöner Morgen«, sagte er und dachte, gleich zu entdecken, dass es nur eine Puppe war, die jemand in einen Sessel gesetzt hatte.

Sie bewegte den Kopf und sagte etwas, aber er konnte es nicht verstehen, sie sprach zu leise.

Er ging näher heran. »Was hast du gesagt?«, fragte er.

»Ich sagte, es sieht fast so aus wie ein Plakat oder eine religiöse Zeitschrift«, sagte sie.

»Genau das dachte ich auch«, sagte er.

Er ging die Treppe hinauf, um ihr die Hand zu geben. Sie blieb unter ihrer Decke auf dem Sessel sitzen und machte keine Anstalten, sich zu erheben. Sie streckte ihm die Hand entgegen.

»Kati«, sagte sie.

»Anders«, sagte er. »Du kannst dem Sonnenaufgang vielleicht nichts mehr abgewinnen, wenn du ihn jeden Morgen siehst.«

»Ich glaube nicht, dass man ihn satthaben kann. Es muss so ein archaischer Instinkt sein, dass man davon hypnotisiert wird.«

Sie war schön, dunkel und herb, schien jedoch nichts von dem wahrzunehmen, was um sie herum vorging. Sie sah ihn nicht an, musterte ihn nicht.

Anders hatte sich den ganzen Morgen gut gefühlt, das erste Mal seit langer Zeit, und jetzt ergriff er die Chance, mit ihr zu reden.

»Ich hoffe, ich störe nicht«, sagte er.

Sie zögerte zunächst, dann lächelte sie.

»Kein Problem. Ich wollte gerade aufstehen und mir einen Kaffee kochen. Möchtest du auch einen?«

Es war ein großes Haus, viel zu groß für eine Person, aber es gab keine Anzeichen dafür, dass noch jemand anderes hier wohnte. Es sah aus, als habe jemand angefangen, es zu möblieren, ohne fertig geworden zu sein: Bilder lehnten an den Wänden, Bücher türmten sich, ein großes Sofa, aber kein Couchtisch. Stattdessen lagen hier und dort Kleidungsstücke auf dem Boden, auf einem Stuhl neben dem Sofa stapelten sich ein paar Bücher, an der Tür lehnte ein Tennisschläger. Es gab einen Fernseher, und eine Treppe führte zu einem Dachboden hinauf. Nebenan befand sich eine geräumige Küche mit einem großen Esstisch voller Zeitungen, einem Milchkarton und jeder Menge Krümel.

Sie ging in die Küche und setzte Kaffee auf. Anders blieb eine Weile am Eingang stehen und fragte sich, ob er eintreten durfte.

»Du kannst dich setzen«, sagte sie.

Er betrachtete das als Anweisung und setzte sich an den Küchentisch. Er sah sich die Bücherstapel an. Vor allem skandinavische Krimis.

»Hast du die gelesen?«, fragte er.

»Ein paar habe ich angefangen«, sagte sie.

Eine ganze Weile sagten sie nichts, und er schaute durch das Fenster auf die Bucht und die morgendliche Landschaft.

»Du wohnst dort oben in dem Haus im Wald, oder?«, sagte sie.

»Ja, das heißt, mein Bruder und seine Familie wohnen dort. Ich bin dort nur zu Besuch.«

»Ich habe sie hin und wieder gesehen, wenn sie unten bei den Klippen waren. Sie sind eine Familie wie aus dem Katalog. Sie ist so hübsch, die Mutter.«

»Julia«, sagte Anders.

»Hier«, sagte sie und reichte ihm einen Becher Kaffee.

Sie tranken ihn draußen auf der Terrasse. Die Sonne und die Wolken ließen die Landschaft im Zehnminutentakt anders erscheinen, die Schatten wechselten den Ort, die Farbe der Klippen veränderte sich, das graue Meer wurde ohne Vorwarnung blau. Es war erst sechs Uhr früh.

»Kannst du nachts auch so schlecht schlafen? Ich meine, du hast ja schon eine ganze Weile da draußen gesessen«, sagte Anders.

»Ich schlafe nicht mehr als zwei oder drei Stunden pro Nacht. Jetzt, wo es endlich ein bisschen wärmer geworden ist, kann man besser draußen sitzen«, sagte sie.

Ihr Tonfall deutete an, dass sie nicht weiter darüber sprechen wollte, trotzdem konnte er es nicht lassen.

»Was machst du?«, fragte er.

»Was ich mache?«

»Ich meine, beruflich.«

»Nichts«, sagte sie.

Er schwieg eine Weile.

»Ich auch nicht, im Grunde. Ich meine, ich habe keinen Urlaub, oder so. Ich mache wirklich nichts.«

»Und was machst du, wenn du fertig bist mit dem Nichtstun?«

»Ich weiß nicht. Und du?«, fragte er.

Sie lachte. »Ich weiß nicht.«

Sie lachte nicht viel, aber genug, dass sich eine Wärme in Anders' Körper ausbreitete.

Er fuhr fort: »Ich bekomme allmählich den Eindruck, dass es nicht so gut ist, nichts zu tun. Ich habe lange geglaubt, es ginge, aber jetzt bin ich drauf gekommen, dass man sich dabei nicht gut fühlt. Könnte sein, dass Arbeiten auch seine guten Seiten hat.«

»Ich habe mir die Familie deines Bruders angeschaut und gedacht, dass es gut aussieht. Etwas zu tun.«

»Du hast doch gesagt, sie sehen alle vier aus wie aus dem Katalog.«

»Tun sie auch.«

»Aber sind solche Familien nicht auch ein bisschen schrecklich?«

»Darüber habe ich noch gar nicht nachgedacht«, erwiderte sie.

»Mein Bruder hat Angst vor allen Leuten, die nicht glücklich und positiv sind. Deshalb beginnt er jeden Tag mit dem Versuch, die Stimmung in seiner Umgebung so zu beeinflussen, dass sich alle genauso fühlen wie er. Und weil er in seinem tiefsten Inneren nicht glücklich ist, merkt er nicht, dass genau das auf alle anderen abfärbt.«

»Und wie ist es mit dir? Bist du glücklich?«, fragte sie.

Anders starrte aufs Wasser hinaus.

Es war wie eine Blase. Eine warme und unerklärliche Blase, in die sie hineintraten an diesem Morgen und dem anschließenden Vormittag. Kati holte mehr Kaffee und eine Decke für Anders, und sie blieben noch lange sitzen, ohne dabei groß zu reden. Er stellte ihr keine konkrete Frage mehr, sie unterhielten sich ein bisschen über die Gefühle, die sie hatten, ohne sie an Beispielen festzumachen; ihre Diskussion nahm eine beinahe abstrakte Form an, sodass es fast wie eine Metapher klang, als Anders über seine Vorliebe für schwarzen Kaffee sprach. Alles wurde zu Symbolen, Andeutungen.

Er begann auch, ein bisschen von sich selbst zu erzählen. Kati musste oft lachen. Er erklärte, wie er für jeden seiner Verwandten ein Exemplar des feministischen Klassikers *Unter der rosa Decke* von Nina Björk gekauft und sein Großvater es tatsächlich gelesen und anschließend verkündet hatte, dass alle Schweden Idioten seien, weil sie glaubten, das Geschlecht sei eine Konstruktion (»Das ganze Land besteht heutzutage nur noch aus Schwulen«).

Sie sprachen über seinen Bruder und dessen Familie.

»Erik ist ein Mensch, der nie die Kontrolle verliert. Niemals. Ich verstehe nicht, wie Julia es mit ihm aushält. Wusstest du, dass sie Schriftstellerin ist?«

»Vielleicht ergänzen sie einander?«

»Ja, kann sein. Aber ich sehe es ihren Blicken an, sie leben beide in ihrer eigenen Welt«, sagte Anders.

»Ich kann mir kaum vorstellen, dass es Menschen gibt, die das nicht tun. Es gehört zum Leben, dass wir in gewissem Maße immer in uns eingeschlossen sind. Eine Person ohne eigene Konturen würde ja nur durch ihren Partner leben, und das ist auch nicht gut. Es ist nicht Sinn der Sache, dass Menschen vollkommen ineinander aufgehen, das geht nicht.«

»Vielleicht nicht. Ich weiß nicht, eigentlich kenne ich sie gar nicht so gut, als Paar. Ich habe bloß das Gefühl, dass ich meinen Bruder manchmal ordentlich schütteln sollte. Irgendwie ist er noch nie richtig auf die Nase gefallen.«

»Warum sprichst du die ganze Zeit über die beiden?«

»Wieso? Tue ich das?«

»Ja, statt über dich selbst zu reden, erzählst du die ganze Zeit, wie dein Bruder ist. Apropos Konturen. Er lebt wohl kaum durch dich?«

»Nein, da hast du wahrscheinlich recht.«

»Du hast mich vorhin gefragt, was ich mache. Ich war Therapeutin, also früher.«

»Ah. Das erklärt einiges«, sagte er mit einem Lachen.

Als es Mittag wurde, fragte sie, ob er zum Essen bleiben wolle.

»Ich glaube, sie warten da oben auf mich, aber ich kann ja später wiederkommen«, sagte er.

»Okay«, sagte sie, und er stand auf und ging.

Oben am Haus erkundigten sich Julia und Erik, was er gemacht habe, und er sagte nur, er habe einen langen Spaziergang unternommen.

»Du musst ja früh aufgestanden sein. Als ich aufgewacht bin, warst du schon weg«, sagte Julia.

»Ja, ich konnte nicht schlafen, also bin ich um fünf schon aufgestanden.«

Nach dem Essen schlich er wieder zum Strand hinunter, erzählte den anderen aber nicht, wohin er ging.

Kati saß noch an derselben Stelle, wo er sie zurückgelassen hatte, in ihrem Sessel auf der Terrasse.

»Ich müsste heute noch in den Laden, aber das ist nicht so wichtig, es kann auch bis morgen warten«, sagte sie.

»Ich kann dich fahren, wenn du willst. Wir können das Auto meines Bruders leihen.«

»Das wäre nett.«

Er dachte – er hatte es schon seit dem Morgen gedacht –, dass er mit ihr schlafen wollte, aber als er sich vorstellte, dass er es tat, dass er einen ersten Schritt machte, kam es ihm völlig unmöglich vor.

Er hatte sich den ganzen Morgen ruhig und entspannt gefühlt in einem Maße, das er seit Ewigkeiten nicht mehr erlebt hatte, doch jetzt war er plötzlich nervös und unbeholfen, der übergewichtige Anders, der hässliche Anders, der hoffnungslos unmögliche Anders, der nur Chips aß und sich selbst bemitleidete.

Er bemühte sich, einen Weg zurück in die Blase zu finden, die zwischen ihnen entstanden war, indem er Dinge sagte, die sich echt und ehrlich anfühlten und die dem Kern seiner Person entsprangen. Es war so ein Tag, an dem er eine Wahrheit finden wollte. Er setzte sich in den Sessel neben ihr und zog die eine Hälfte ihrer Decke über sich.

»Erzähl ein bisschen von dir selbst«, sagte sie.

»Wie viel Zeit hast du?«, fragte er.

»Was denkst du?«

»Das ist eine schwierige Frage: Wer bin ich? Die Leute sagen immer, ich sei ein ungeschliffener Diamant, dass ich begabt bin, aber nichts daraus mache. Manchmal, wenn ich Frauen begegne, denke ich, dass sie so jemanden sehen, jemanden, den sie ein bisschen an die Leine nehmen können, damit er sein Potenzial ausschöpfen kann. Aber vielleicht bin ich ja schon fertig geschliffen? Vielleicht werde ich nicht mehr besser als jetzt?«

Sie bewegten sich nicht, sondern blieben in ihren Sesseln sitzen. Anders schaute mit einem Gefühl auf das Meer hinaus, dass er sich in völliger Freiheit, ohne irgendwelche Erwartungen, äußerte, dass er das Richtige sagte oder genau das, was jemand hören wollte. Er lauschte dem Rauschen des Meeres und sprach in die klare Luft, fühlte sich vollkommen im Hier und Jetzt.

»Ich komme zur Ruhe, wenn ich hier bin.«

»Manchmal muss man erst etwas außerhalb von sich selbst betrachten. Ich habe gelernt, dass das eine ziemlich zuverlässige Methode ist. Denk einmal darüber nach, ob es eine Person oder etwas anderes gibt, was dich glücklich macht, ob es einen Ort gibt, an dem du dich gerne befindest, statt zu versuchen, einen Kern zu finden. Dabei verliert man leicht sich selbst aus dem Auge.«

Anders konzentrierte sich. Er versuchte Bilder in seinem Kopf aufzurufen, Orte, an denen er glücklich war, versuchte das Gefühl zu finden, das ihm Sicherheit verlieh.

»Wie gesagt, ich finde es schön, jetzt hier zu sein.«

»Das ist doch ein Anfang«, sagte Kati.

»... und ich weiß nicht, woran es liegt, aber manchmal wünsche ich mir, in einer dunklen, weichen Umarmung zu verschwinden.«

»Verstehe.«

»Ich weiß nicht, ob du es wirklich verstehst. Ach, das klingt doch alles irgendwie lächerlich ...«

»Nein, überhaupt nicht.«

»Hat das, was ich sage, überhaupt einen Sinn?«, fragte er.

»Ja, das hat es. Im Grunde geht es ja bei den allermeisten von uns darum, dass wir umschlossen und geliebt werden und dass wir Sicherheit und Wärme empfinden.«

Anders dachte an die Momente, in denen er es versucht hatte, in denen er sich wirklich für diese Möglichkeit geöffnet hatte, aber es war ihm immer misslungen, weil er sich nie für die richtige Person entschieden hatte. Wie die Frau, mit der er sich in einer Bar in Hanoi unterhalten hatte, neben der er nur durch einen Zufall gelandet war und die in der dunklen Beleuchtung der Bar so hübsch aussah, die ihn angelächelt hatte – das hatte an jenem Abend gereicht. Sie hatte ihm etwas gegeben für eine Nacht, hatte einen Augenblick mit ihm geteilt, aber danach war es schwierig und anstrengend geworden, bis er sie am Schluss trösten und ihr erklären musste, dass er kein Interesse daran hatte, ihren Traum von einem Leben mit ihm in Finnland zu erfüllen. Oder Karin, die Volkshochschullehrerin, mit der er eine aufreibende Beziehung hatte, in der er stets so viel mehr wollte als sie, bis er am Ende einsah, dass sie ihm Aufmerksamkeit schenkte, weil das für sie ein Mittel war, das Dasein erträglich zu machen, und dass sie dasselbe mit vielen anderen gemacht hatte.

Diese Erfahrungen hatten ihm das Gefühl gegeben, dass es am besten war, sich zu verschließen, nichts zu riskieren, weil ihn jedes Risiko in eine stürmische See warf, in der er sich am Ende selbst verlor.

»Ich glaube nicht, dass es für jeden Sicherheit gibt«, sagte er. »Vielleicht sind manche Menschen einfach so geschaffen, dass sie sie niemals empfinden können.«

»Das glaube ich nicht. Hattest du dieses Gefühl als Kind?«

»In meiner Kindheit war ich fast immer krank. Ich hatte Verdauungsprobleme. Also habe ich schnell gelernt, mich zu verstellen, so zu tun, als wäre alles gut, weil ich die ganzen Fragen und die Sorgen nicht ertragen wollte. Es war auch peinlich, krank zu sein, vor allem, weil die Krankheit dazu führte, dass ich ständig auf die Toilette musste. Man fühlt die ganze Zeit diese Scham, und man behält diese

Scham für sich, weil man die anderen nicht damit belasten will.«

»Möchtest du noch einen Kaffee?«, fragte sie.

»Ja, danke. Gerne«, antwortete er.

Als Julias Eltern ein paar Tage später zum Sommerhaus kamen, konnte er sich nicht auf Alices Geburtstag konzentrieren, so sehr er es auch versuchte, sondern dachte nur daran, dass er Kati wiedersehen wollte. Als die Torte endlich gegessen war, entschuldigte er sich und erklärte, dass er noch einen Spaziergang machen wolle.

11

Am Morgen nach der Feier kam Leo und holte Alice ab. Sie war ein paar Mal unten am Weg gewesen und hatte nach ihm Ausschau gehalten, es aber nicht gewagt, bis zu seinem Haus zu gehen, aus Angst, sich zu blamieren. Sie folgten sich auf Instagram, und ihre einzige Kommunikation bestand darin, gegenseitig ihre Bilder zu liken.

»Warum fragst du ihn nicht, ob er mal vorbeikommt?«, hatte ihre Mutter vorgeschlagen, als wäre das etwas, das Alice selbst in der Hand hatte. Es störte sie, dass ihre Mutter überhaupt davon wusste, dass sie darüber sprach, als würde es *sie* etwas angehen.

Das hier war außerhalb von Alices Kontrolle, aber sie mochte dieses Gefühl, nicht nur die Wärme in ihrem Körper, wenn sie sich erinnerte, wie sein Nacken aussah, als sie am ersten Abend zusammen zum Strand hinuntergegangen waren, sondern auch, dass sie hier in Mjölkviken etwas hatte, was sonst niemand in ihrer Schule hatte. *Dieses* Gefühl. Sie würde nach den Sommerferien nach Hause kommen und von ihm erzählen, oder sie konnte es sein lassen, es spielte eigentlich keine Rolle. Wichtig war, dass es ihr gehörte. Wie bei dem Ring, den sie gefunden hatte, es reichte, dass sie davon wusste. Deshalb wollte sie nicht, dass ihre Mutter über Leo sprach, als wäre er einfach nur irgendwer.

Sie hörte »Titanium« und spürte ihr Blut durch den Körper rauschen, als sie den Weg hinunterging, aber sie drehte um, bevor sie ankam, ging zum Haus zurück, legte sich hin und las ein Buch, obwohl sie sich eigentlich nicht konzentrieren konnte.

Eines Abends war Leos Mutter zu Besuch gekommen. Julia und sie tranken eine Tasse Kaffee auf der Terrasse und gingen anschließend zu Gin Tonic über. Sie unterhielten sich über alte Erinnerungen, und es nervte sie, ihnen dabei zuhören zu müssen.

Ihre Mutter hatte viel zu laut über irgendetwas Dummes gelacht und sagte dann: »Willst du nicht Leo besuchen?«

»Er ist zu Hause bei seinem Vater und langweilt sich wahrscheinlich«, sagte Marika. »Er würde sich über ein bisschen Gesellschaft bestimmt freuen.«

»Du kannst ja Anton mitnehmen.«

Und dann hatten sich Julia und Marika darüber unterhalten, wie unsozial Kinder heute waren, dass sie damals, als sie Kinder waren, noch quer über alle Grundstücke gelaufen seien und mit den Jungs gespielt hätten, woraufhin Alice sich die Kopfhörer wieder aufsetzte, weil sie keine Lust hatte, ihnen weiter zuzuhören.

Nein, dachte sie, er musste zu ihr kommen. Und Anton würde dieses Mal nicht dabei sein. Sie sah sich selbst und Leo im Wald auf einem Pfad, der sich immer weiter hineinschlängelte, oder sie machten einen Ausflug zum öffentlichen Badestrand, und sie waren *allein*. Und er würde sie verstehen, wenn sie über die Schule und ihre Freundinnen sprach, er würde sagen »genauso ist es«, mit seinem englisch-österbottnischen Akzent, und sie würde über die ganzen Idioten auf der Welt lachen.

Aber er tauchte an diesem Tag nicht auf und am Tag danach auch nicht.

Am Dienstag jedoch kam er, fröhlich und ein bisschen schüchtern und gleichzeitig so herrlich unbekümmert; er stand über ihr, als sie in ihrem albernen Badeanzug auf der Matratze lag. Sie musste schief zu ihm hochschauen, ihren Kopf um fast 180 Grad drehen, weil sie sich nicht vor ihm auf den Rücken drehen wollte. Er verdeckte die Sonne und fragte sie, ob sie mit zum Strand kommen wolle. Sie nickte.

Sie stand auf, nahm die Stofftasche mit ihren Sachen und den Büchern – damit es sich wie ein richtiger Ausflug anfühlte – und zog sich das große T-Shirt mit The Cure an, das auf den Felsen neben der Matratze lag. Dann gingen sie zusammen los, ohne ein Wort zu sagen.

Anders und die Frau waren zusammen dort unten, sie saßen auf der Terrasse der Frau und unterhielten sich. Die anderen wussten nicht, dass er hier war, aber Alice hatte gesehen, wie er am ersten Abend hinuntergegangen war. Jetzt winkte er Alice zu. Sie tat so, als hätte sie es nicht gesehen.

Stattdessen schaute sie auf den weichen Flaum in Leos Nacken, wandte sich aber hastig ab, als er merkte, dass sie ihn ansah. Er hatte Sommersprossen und kniff die Augen in der Sonne zusammen. Alice roch an ihrer Hand, sie duftete nach Sonnenöl, sie war froh, dass sie sich eingecremt hatte.

»Ich hätte früher kommen sollen«, sagte er. »Aber Papa wollte, dass ich daheim bleibe und für die Schule lerne. Deswegen war ich richtig sauer.«

»Hast du denn keine Sommerferien?«, fragte sie.

»Doch, aber mein Vater ist auf die Idee gekommen, dass er mir Hausunterricht geben könnte. Mama und Papa finden, dass es zu kompliziert für mich ist, ständig die Schule zu wechseln, also haben sie sich überlegt, dass es einfacher wäre, wenn Papa mich unterrichtet. Vielleicht ziehen wir wieder um.«

»Wohin denn?«, fragte sie und spürte, wie sich die Angst in ihrem Bauch ausbreitete. Obwohl sie längst eingesehen hatte, dass der Sommer irgendwann enden würde, und da spielte es keine Rolle, wo er wohnte.

»Ich weiß nicht, aber so wie ich Papa kenne, wird es so abgelegen sein wie möglich, wahrscheinlich irgendwo in Schottland. Oder hier. Er möchte Selbstversorger sein.«

»Hier?«

»Papa würde gerne hierherziehen. Er sagt, dass er hier eine Ruhe gefunden hat, die es woanders nicht gibt.«

»Aber ihr habt doch noch nicht einmal fließendes Wasser«, meinte sie, aber im Grunde war sie froh.

»Genau das reizt ihn wahrscheinlich. Er sagt, wir können uns jeden Tag in der Sauna waschen. Er hat mit jemandem gesprochen, der Hunde züchtet und Hühner hält, und jetzt will er hier so was machen.«

»Und was denkst du darüber?«, fragte Alice.

Sie hatte noch nie darüber nachdenken müssen, plötzlich umziehen oder ohne fließendes Wasser leben zu müssen. Deswegen mochte sie ihn jetzt noch ein bisschen mehr, weil er vielleicht jemanden brauchte, jemanden, mit dem er einfach nur reden konnte. Sie wäre gerne diese Person.

Auf den Klippen an der Südseite der Bucht waren sie stehen geblieben. Als er sich setzte, erreichten seine Füße nicht den Boden, sondern schaukelten frei in der Luft. Er trug ein paar abgewetzte Adidas-Schuhe, viel abgewetzter als bei irgendjemandem in ihrer Klasse, und sie dachte, dass es einen Unterschied zwischen ihm und ihren Klassenkameraden gab, weil er sich nicht darum scherte; er konnte kaputte Schuhe und Dreck auf dem Kinn haben, war aber trotzdem stärker als jeder andere, den sie kannte. Sein Haar war wie Gold, aber nicht weiß und glänzend, sondern wie abgewetztes Gold, als bestünde es aus vielen Farben, obwohl es nur eine einzige Farbe hatte.

»Ich habe meine Eltern so satt. Sie können sich nie entscheiden. Jeden Tag finden sie irgendeine neue Sache in ihrem Leben, die wichtiger ist als alles andere auf der Welt. Ich war noch nie länger als ein Jahr mit jemandem befreundet«, sagte er, allerdings ohne Selbstmitleid. Er klang eher wütend, so wie ein Erwachsener wütend auf etwas sein konnte.

»Als ich klein war, träumte ich davon, auf dem Land zu wohnen. Wenn ihr hierherzieht, können wir uns jedenfalls jeden Sommer sehen«, sagte Alice.

»Das stimmt«, sagte er und lächelte sie an. Aber dann wurde er traurig, sie konnte es in seinen Augen sehen, und sie hatte große Lust, aufzuspringen und ihn zu umarmen.

»Magst du Musik?«, fragte sie.

»Kommt drauf an«, sagte er.

»Willst du mal reinhören?«

Sie setzten sich in eine Felsspalte in den Klippen, wo es warm und windstill war. Alice konnte sich zuerst nicht entscheiden, sie ging ihre ganzen Playlists durch, aber die

Songtitel kamen ihr zu entlarvend vor – er sollte nicht glauben, dass sie ihm damit etwas zu erzählen versuchte.

Schließlich suchte sie eine Platte aus, die auch ihre Mutter mochte, Nina Simone, die hörte sie manchmal, wenn sie wirklich zur Ruhe kommen wollte.

»Das hier höre ich eigentlich nicht so oft, aber ich mag es sehr«, sagte sie, holte ihren kleinen Lautsprecher aus der Tasche und ließ die Musik laufen. *Black is the colour of my true love's hair.* Sie legten sich so auf die Klippen, dass ihre Köpfe sich beinahe berührten. *I love the ground on which he stands.* Sie dachte an sein Haar und bekam Lust, ein Bild von ihnen beiden zu machen, aber vielleicht wollte er das nicht. Sie dachte, dass er möglicherweise nicht der Typ war, der Selfies von sich macht.

Anton war in dem kleinen Spielhaus auf dem Hof gewesen und hatte aus dem Fenster geschaut, als Leo kam. Er war froh, dass Leo ihn nicht gesehen hatte und er nicht plötzlich als ein Junge dastand, der allein in einem Spielhaus spielte. Eigentlich hatte Anton dort nämlich mit seinem alten Nintendo DS gesessen und ein Pokémon-Spiel gespielt, das er zu seinem siebten Geburtstag bekommen hatte. Damals hatte er es kaum gespielt, aber jetzt hatte er es wiederentdeckt und beschäftigte sich schon seit Tagen damit; er hatte nur noch ein paar Levels übrig. Er mochte dieses kleine Haus, weil es dunkel darin war. In der Sonne war es zu hell zum Spielen.

Als Leo und Alice zum Strand gingen, ließ er den Nintendo im Spielhaus zurück und folgte ihnen. Er stellte sich zuerst vor, dass er ein Tier verfolgte, versuchte ihre Spuren im Sand zu lesen, folgte ihnen zum Strand und konnte gerade noch beobachten, wie die beiden auf die Klippen stiegen und sich an einer Stelle niederließen, an der sie niemand sehen konnte. Er überlegte, wie er ihnen nachspionieren konnte, ohne entdeckt zu werden, und kam zu dem Schluss, dass er in den Wald neben der Bucht gehen und sich ihnen von der anderen Seite nähern musste, als würde er sich durch ein Computerspiel manövrieren.

Es war warm und trocken, ganz anders als in den vergangenen Wochen. Die Sonne brannte jetzt heiß herunter und machte ihn durstig, er sehnte sich nach der Brise vom Meer. Er ging an einem alten vermoderten Ruderboot vorbei, das im Wald aufgebockt war, und näherte sich den Klippen von der Südseite. Hinter ein paar Kiefern versteckte er sich und versuchte Leo und Alice zu entdecken.

Hier im Wald hörte er nichts außer seinem Atem und seinem Puls, ein paar trockene Zweige, die brachen, das ständige Rauschen des Meeres und die Möwen, die über dem Strand kreisten. Als er den Waldrand, hinter dem die Klippen begannen, beinahe erreicht hatte, erblickte er sie.

Sie lagen auf dem Rücken und hatten die Augen geschlossen. Lauschten still und konzentriert der Musik, die aus dem Lautsprecher kam. Sie bewegten sich nicht, und er dachte zuerst, dass sie vielleicht tot waren. Er blieb lange stehen und atmete so leise wie möglich, strengte sich an, genauso reglos zu sein wie eine Statue. Aber am Ende wurde es langweilig, ihnen zuzuschauen, und er setzte sich hin.

Anton fragte sich manchmal, ob sein Kopf vielleicht anders funktionierte als der anderer Leuten. Er war nicht wie Elliot aus seiner Klasse, der sich darauf konzentrieren konnte, was der Lehrer sagte, und immer eine Eins bekam. Anton hatte keine Probleme in der Schule, seine Noten waren ordentlich, aber er interessierte sich vor allem für das, was in ihm selbst passierte.

Eine Zeit lang hatte er die Befürchtung, dass er sich vielleicht in einem Film befand. Dass die Welt um ihn herum möglicherweise nicht existierte oder, eher: dass alles, was er tat, gefilmt wurde und jemand den Film über sein Leben sah. Und dabei wurden vielleicht sogar seine Gedanken abgelauscht. Er fragte sich, ob man in diesem Fall die Übertragung abbrechen würde, sobald er von ihr wusste. Wenn jemand seine Gedanken belauschte, dann bedeutete das ja auch, dass sie lauschten, wenn er *dachte*, dass sie lauschten.

Über solche Dinge hatte er nachgedacht, als er sich in ein Mädchen aus seiner Klasse verliebte. Es kam ihm so vor, dass alle Leute Bescheid wussten. Das war vor einem Jahr, im Frühling.

Sie hieß Agnes. Sie hatte langes, braunes Haar und saß zwei Reihen vor ihm.

Die Einzige, der er davon erzählte, war Iiris. Und auch nur, weil sie gefragt hatte, ob er in jemanden verliebt sei, als hätte sie etwas geahnt.

Ein paar Tage später klingelte das Telefon.

Er saß allein zu Hause auf dem Sofa und hatte sich gerade ein paar Piroggen in der Mikrowelle aufgewärmt, als er an den Apparat ging. Es war Nachmittag, die Sonne fiel durch die großen Fenster des Wohnzimmers, und die Schule hatte gerade aufgehört.

»Hallo, hier ist Maija.«

Maija ging auch in seine Klasse.

»Ich bin bei Agnes. Sie möchte gerne mit dir gehen.«

Es klang echt, aber irgendwie doch nicht. Maija kicherte, und jemand anderes im Hintergrund auch. Aber wenn es doch echt war? Anton erstarrte und bekam fast kein Wort heraus.

»Das möchte sie?«, fragte er vorsichtig.

Und plötzlich war er sich nicht mehr sicher, ob er selbst es wollte. Es war zu viel, wenn es in Wirklichkeit passierte.

»Sie fragt, ob ihr euch um vier an der Schule sehen könntet«, sagte Maija, und Anton antwortete, das sei okay.

Es war kurz vor drei. Fast eine Stunde lang tigerte er nervös durch die Wohnung, ging zum Schrank seines Vaters, nahm eine Parfümflasche heraus und sprühte sich ein bisschen auf den Hals.

Sein Magen verkrampfte sich, als er zur Schule ging, um sie zu treffen. Er hatte sich gekämmt und seine Lieblingsjacke angezogen. Der Weg kam ihm viel länger vor als sonst, und seltsamerweise hatte er ständig Lust, irgendwo stehen zu bleiben und sich alles genau anzuschauen. Er ging am Schuhmacher und am Antiquitätenladen an der Steigung vorbei. Er sah sich mehrere Male um, bevor er die Straße überquerte, ging am großen Parkplatz vorbei und bog in den Schulhof ab.

Agnes war nicht zu sehen, stattdessen stand dort ein Mädchen aus der vierten Klasse – er wusste nicht, wie sie hieß – zusammen mit Maija und Iiris.

»Hallo, Anton. Möchtest du Agnes treffen?«

Er nickte und spürte sofort, dass es ein Fehler war. Übelkeit stieg in ihm hoch.

»Hast du das etwa geglaubt?«, fragte Maija. Iiris stand daneben und sah ganz blass aus, sie sagte nichts.

»Hast du wirklich geglaubt, dass Agnes mit dir gehen will? Das waren doch nur wir, die dich angerufen haben«, sagte Maija. Sie und das Mädchen aus der Vierten lachten.

»Es war nur ein Scherz!«, riefen sie hinter ihm her, als er ging. »Du wirst doch wohl einen Scherz verstehen?!«

Den ganzen Weg nach Hause hielt er die Tränen zurück. Dann lag er lange im Bett seiner Eltern und weinte, schlug sich mehrere Male gegen den Kopf, weil er so dumm war. Er hasste Iiris und ihre Freundinnen, und der einzige Trost, den er verspürte, war, dass sie vielleicht gar nicht mit Agnes gesprochen hatten, dass sie vielleicht gar nichts darüber wusste.

Er fand es ungerecht, dass Alice jetzt einen Freund hatte. Wenn sie nicht hier gewesen wäre, hätte Leo vielleicht mit ihm Nintendo gespielt. Aber jetzt hatte Alice sich Leo geschnappt, er gehörte ihr, und sie teilte ihn mit niemandem.

Schließlich hörte er, wie sie aufstanden und sich den Sand abwischten. Sie sprangen wieder auf die Klippen und gingen Richtung Tennisplatz. Er wartete etwas und folgte ihnen.

Er überlegte, wie es wohl sein würde, in Südkorea zu leben, weil er in letzter Zeit viele Youtube-Filme von südkoreanischen Jungen gesehen hatte, die über Spiele berichteten, und er fand es ziemlich krass dort. Könnte man in Südkorea wohnen und davon leben, Youtube-Filme zu drehen? Oder musste man Asiate sein, um so etwas machen zu können?

Während er durch den Wald zum Tennisplatz ging, dachte er über diese Dinge nach und stellte sich gleichzeitig vor, wie er ein Video für Youtube machte, in dem er von dem Spiel berichtete, das er die ganze Woche gespielt hatte. Er konstruierte lange englische Sätze, in denen er beschrieb, wie man durch die verschiedenen Levels kam, und gleichzeitig wurde der Wald um ihn herum immer mehr zu einem Level in einem Videospiel, und das Spiel wurde dadurch immer lustiger; sich vorzustellen, wie man auf dem Weg zum Tennisplatz an den ganzen Hindernissen vorbeikam.

Er kam an, als Leo und Alice gerade im Erdkeller verschwanden. Er sah, wie Leo die Tür aufhielt, während Alice den Kopf einzog und hineinging.

Alice entdeckte eine Lampe. Der Strom kam über ein Kabel, das wahrscheinlich vergraben und an das Stromnetz des Hauses angeschlossen war. Leo schaltete sie ein, und sie standen im Licht und schauten sich in die Augen. Dann schaltete er die Lampe aus, was sich für Alice gleich besser anfühlte, und sie zuckte nicht einmal zusammen, als er in der Dunkelheit nach ihrer Hand griff.

»Darf ich?«, fragte er und legte die andere Hand sanft an ihre Brust. »Sag Bescheid, wenn ich aufhören soll.«

Er hob ihr T-Shirt hoch und berührte mit der Hand ihren BH. Es gefiel ihr, ihr wurde warm dabei. Er schob die Hand unter ihren BH, und sie spürte seine kalte, weiche Hand. Die Dunkelheit war wie Samt, man konnte in sie hineinsinken, wie in Wasser.

Später konnte sie sich nicht erinnern, ob er oder sie die Initiative ergriffen hatte, aber er zeigte ihr, was sie mit der Hand machen sollte. Es dauerte nicht lange, und nachher war ein Fleck auf ihrem T-Shirt, genau auf Robert Smiths Gitarre. Sie wusch es im Meer aus, und sie schwammen gemeinsam vom Land weg, bis die Wellen höher wurden und das Wasser so tief und kalt, dass sie umkehren mussten.

»Wie vergnügt du aussiehst. Hattet ihr Spaß?«, sagte ihre Mutter, als sie nach Hause kam.

Halt die Klappe, dachte Alice und lächelte.

Teil Drei

Die Natur

1

Anders ging jeden Morgen mit sanften Schritten durch den Sand zu Katis Haus. Oft saß sie auf der Terrasse, und wenn er auftauchte, ging sie ins Haus, um ihm einen Kaffee zu holen. Üblicherweise saßen sie danach eine ganze Weile schweigend nebeneinander, schauten einfach aufs Meer und das Morgenlicht hinaus, das jeden Tag anders aussah.

Der Juli lieferte perfektes Sommerwetter. In der Stadt war es zu warm, aber hier draußen am Meer gab es immer eine kühle Brise, die selbst an richtig heißen Nachmittagen Linderung bot. Das Meer wärmte sich jetzt schnell auf, und sogar Anton wagte sich zum Schwimmen ins Wasser, oft zusammen mit Leo und Alice, die lange Spaziergänge in der Umgebung unternahmen oder auf den Klippen saßen und Musik hörten.

Eines Morgens saß Anders bei Kati und las auf seinem Handy über das Kollektiv am Strand. Er hatte einen alten *Guardian*-Artikel gegoogelt, in dem Chris Blackwoods Bewegung in einer längeren Reportage beschrieben wurde mit Bildern vom schottischen Hochland, auf denen man Leo und Marika sehen konnte. Die Familie wurde als »Neo-Hippies« beschrieben, sie hätten die Flower-Power-Botschaft aktualisiert, bei der es für sie nicht um »peace & love« gehe, sondern eher um Demut gegenüber der Begrenztheit des Planeten.

Chris wurde interviewt, und er zitierte aus dem alten Peter-Gabriel-Song »Here Comes the Flood«.

Auf dem Bild stand ein jüngerer Chris auf einem Hügel und trug einen norwegischen Strickpullover.

»Man könnte sich vorstellen, dass wir Menschen auf einem großen Raumschiff unterwegs sind. Wir sind also die Besatzung des Raumschiffs, und wir sind vollkommen abhängig von den lebenserhaltenden Funktionen des Schiffs, dem Zugang zu Wasser und Nahrung. Nun ist es uns gelungen, diese Funktionen außer Betrieb zu setzen, und niemand weiß, wie lange wir überleben werden, bis die Nahrung zu Ende geht. Auch ohne uns wird das Raumschiff weiter durchs All segeln«, sagte er in dem Interview.

Der Artikel gab auch Auskunft über seine Herkunft: Er war das einzige Kind einer Familie, in der beide Eltern Akademiker waren. Sein Vater war Amateurornithologe, und die Natur hatte in Chris' Kindheit immer eine große Rolle gespielt.

Nach der Schule hatte er sich in Oxford eingeschrieben und Philosophie, Politik und Wirtschaft studiert, teilweise gleichzeitig mit David Cameron. In der Studienzeit war er nach den gängigen Strömungen jener Zeit als neoliberaler Debattierer bekannt, und anschließend arbeitete er ein paar Jahre erfolgreich in der Finanzbranche, bevor er in den Neunzigerjahren eine 180-Grad-Wende vollzog und sich der Antiglobalisierungsbewegung anschloss. Er hatte unter anderem als Freiwilliger für die WTO-Proteste in Seattle 1999 gearbeitet. Berichtet wurde auch, wie er auf einer

Konferenz in Norwegen seine finnische Lebensgefährtin kennengelernt hatte.

Der Artikel war fünf Jahre alt, und als Anders weitergoogelte, merkte er, dass die Informationen der letzten Jahre ein komplexeres Bild zeichneten. Er fand neuere Artikel, in denen es um die Übervölkerung des Planeten ging und die Probleme, die sie mit sich brachte, Artikel, in denen Chris den finnischen Naturphilosophen Pentti Linkola zitierte und sich für eine Gesellschaft auszusprechen schien, die von einer kleinen Elite gelenkt wurde. Es war schwer, sich ein verlässliches Bild von Chris Blackwood und seiner Bewegung zu machen, weil sie meistens nur in irgendwelchen obskuren Blogs erwähnt wurde. Sein eigener Blog war im vergangenen Jahr nicht besonders oft aktualisiert worden und bestand aus versprengten Gedanken über die Bedeutung der »Dezivilisierung« und kleinen Versuchen, Gedichte nach diesen Prinzipien zu verfassen. Er schien eine eigene Sprache gefunden zu haben, die eine Art Ursprache vorstellen sollte.

Anders las Kati ausgewählte Stellen vor.

»Eigentlich sollten sie ihre Mitteilungen eher in den Sand schreiben als ins Internet«, sagte er.

»Ich glaube, das tun sie auch«, sagte Kati. »Sie machen ziemlich viel da unten im Sand, aber es wird ja direkt wieder weggespült.«

Sie lachten.

Als sie sich gerade ihre zweite Tasse Kaffee eingeschenkt hatten, hörten sie wieder das laute Trompetengeräusch der Nachbarn.

»Ist das ein Didgeridoo?«, fragte Anders.

»Könnte sein«, sagte Kati.

»Vielleicht ist es ihre Art, die Leute zum Mittagessen zusammenzurufen. Oder glauben sie gar nicht an das Mittagessen, weil es zu modern ist? Es klingt eher nach einem Sexding. ›Zeit für die tägliche Orgie‹. Warum, glaubst du, sind alle Zurück-zur-Natur-Bewegungen so vom Sex besessen?«

»Da fragst du die Falsche«, sagte Kati.

»Alle extremen Bewegungen hängen dem Irrglauben an, sie könnten die Welt von einem Tag auf den anderen verändern. Aber sie erkennen nicht, dass die Mehrheit der Menschen nicht mitmacht. Daher verrinnt auch jede von ihnen im Sand, weil sie zu wenige sind.«

Sie schwiegen eine Weile.

»Wie hast du heute Nacht geschlafen?«, fragte er schließlich. Er wusste, dass Kati schlecht schlief und hier draußen war, um sich zu erholen.

»Sogar etwas länger als gewöhnlich. Ich bin erst um sechs mit dem seltsamen Gefühl aufgewacht, dass ich Hunger hatte. Morgens bin ich normalerweise nicht hungrig. Zumindest war ich es lange nicht mehr«, sagte sie.

Es drängte ihn, mehr über sie zu erfahren, er wollte alles wissen, was sie freiwillig preisgab. Sie schaute auf das Meer hinaus, trank hin und wieder einen Schluck Kaffee.

»Ich weiß nicht besonders viel über dich.«

»Was möchtest du wissen?«

»Zum Beispiel, was du hier machst. Wir treffen uns jeden Tag und sitzen hier und lesen Bücher und unterhalten uns, aber ich weiß nicht so richtig, was du machst. Es sieht ja nicht so aus, als hättest du Urlaub.«

»Nein, das habe ich auch nicht«, sagte sie. »Ich bin krankgeschrieben.«

»Möchtest du darüber reden?«

»Da gibt es wohl nicht so viel zu reden. Ich habe eine Depression bekommen und bin seit Mai hier.«

»Hast du Familie?«, fragte er.

»Zwei Kinder, aber das jüngste ist letztes Jahr ausgezogen. Jetzt bin ich allein.«

Kati erzählte von ihrem Leben, von ihren Kindern, von ihrer Arbeit als Therapeutin. Anders begriff, dass er sie nicht nach einem Mann in ihrem Leben fragen sollte. Vielleicht hatte sie keinen, und das wäre ja auch nichts Schlimmes. Er empfand eine etwas beschämende Freude darüber, wie sie sich kennengelernt hatten: zwei einsame Menschen, die jemanden zum Reden brauchten. Oder bildete er sich das nur ein? Er wusste eigentlich gar nicht, warum sie ihn so offen empfangen hatte, woran sie interessiert war.

»Hast du mit ihnen gesprochen?«, fragte Anders.

»Mit wem?«

»Mit denen da unten am Strand.«

»Ich weiß nur, dass sie sich abends im Sand wälzen. Aber sie sind bestimmt ganz harmlos. Ich glaube allerdings, dass sie zu viel trinken und gelegentlich Drogen nehmen. Am Ende werden die Leute ja so. Aber der Junge tut mir leid. Ich frage mich manchmal, ob ich das Jugendamt anrufen sollte. Ich habe es noch nicht getan, ich glaube, sie halten mich für wunderlich.«

»Warum?«

»Naja, weil ich hier den ganzen Tag herumsitze, ohne etwas zu tun.«

»Für sie bist du die Verrückte, und wir sitzen hier und lachen über ihren Penisverlängerungs-Didgeridoo.«

Kati lachte.

»Es ist tatsächlich ein Phallussymbol. Ich habe noch gar nicht darüber nachgedacht, aber du hast recht.«

Zum Mittagessen blieb Anders bei Kati. Sie taute das Letzte auf, was sie noch im Gefrierfach hatte, ein paar Pommes und Fischstäbchen, und sie aßen draußen auf der Terrasse.

»Ich habe nichts anderes mehr. Sie sind bestimmt schon zwei Jahre alt.«

»Wenn du Lust hast, können wir uns heute Nachmittag vielleicht das Auto ausleihen und einkaufen fahren.«

»Ich habe ziemlich viel gegessen, das reicht bestimmt bis morgen«, sagte sie.

»Mal sehen.«

Sie setzten sich ins Haus und lasen, Anders blätterte in einem von Katis Fotobüchern, und anschließend lagen sie mehrere Stunden auf der Überdecke ihres Betts und unterhielten sich. Es entstand dieselbe Blase wie zuvor: Die Stunden flogen vorüber, während Anders von seiner Familie erzählte, von seinem verrückten Großvater, von seiner Kindheit in verschiedenen Krankenhäusern, von der Reise nach Vietnam. Kati sprach über das Essen. Das sei ihr großes Interesse, sagte sie.

»Aber ich habe jegliche Inspiration verloren, mir etwas zu kochen, ich wärme einfach nur Sachen in der Mikrowelle oder im Ofen auf. Aber ich kann immer noch übers Essen reden und davon träumen, mir etwas zusammenfantasieren oder Rezepte lesen. Ich habe bloß nicht mehr die Kraft, es zu kochen.«

»Manchmal will man auch einfach nur Kartoffelbrei mit Frikadellen und Rahmsoße«, sagte Anders.

»Genau«, sagte Kati. »Frikadellen mit Kartoffelbrei und Rahmsoße wäre jetzt genau das Richtige.«

Die Natur war überbelichtet und voller Leben, es duftete warm nach Harz und Rinde. Sie gingen zum öffentlichen Badestrand, der ungefähr zwei Kilometer von der Bucht entfernt lag.

Meistens stellte sie ihm Fragen. Sie erzählte nichts weiter von sich selbst, antwortete nur indirekt, wenn er sie fragte. Hin und wieder kam es vor, dass sie mitten im Satz innehielt und das Thema wechselte, als wollte sie bestimmte Dinge vermeiden.

Anders hatte das Gefühl, dass ihre Beziehung nur etwas Vorübergehendes war, aber das störte ihn nicht.

Wenn er darüber nachdachte, hatte es beinahe den Anschein, als beschäftigte sie sich nur mit ihm, weil sie sonst nichts zu tun hatte. Dass er für sie Arbeit war, eine Möglichkeit, als Therapeutin zu arbeiten.

Das Wichtigste war, dass er reden, die Nähe spüren konnte, die in ihren Gesprächen entstand.

»Was machst du im Herbst?«, fragte sie.

»Keine Ahnung. Aber das macht mir im Augenblick auch keine großen Bauchschmerzen.«

»Wirst du zu deinen Eltern fahren? Du brauchst nicht zu antworten, wenn du nicht magst. Ich bin nur neugierig. Das ist so eine Berufskrankheit.«

»Das ist ziemlich kompliziert. Ich habe ein kompliziertes Verhältnis zu meinen Eltern.«

»Das ist in den meisten Familien eher die Regel als die Ausnahme«, sagte sie.

»Stimmt, aber ich denke … ach, ich weiß nicht, aber ich

denke, dass ich vielleicht ein glücklicherer Mensch geworden wäre, eher wie alle anderen, wenn ich mich für Dinge interessiert hätte, die die Leute im Allgemeinen interessieren. Ich weiß nicht, wann ich so geworden bin. Ich begann mich schon im Gymnasium für Philosophie zu interessieren, und das hat mein Weltbild geformt, ich habe eine pessimistische Grundeinstellung. Manchmal denke ich, dass es nett wäre, ein Mädchen zu haben, mit dem ich abends fernsehen und vielleicht eine Familie gründen kann. Aber im Augenblick ist das nicht aktuell für mich. Stattdessen bin ich nach Hanoi gefahren und Gott weiß was nachgejagt. Ich weiß nicht einmal, wonach ich gesucht habe. Die ganze Reise war vollkommen überflüssig.«

»Aber es gibt doch jede Menge Menschen, die nach Thailand und Vietnam reisen, um dort ein Jahr zu wohnen, gerade weil sie nicht wissen, wonach sie suchen.«

»Ich will nur … ich weiß nicht …«

Sie verfielen in Schweigen. Er fragte sich, ob das auch eine ihrer therapeutischen Methoden war, die Stille sprechen zu lassen.

»Wenn du jetzt arbeiten würdest, wäre es ziemlich teuer für mich«, sagte er.

»Was meinst du damit?«

Sie ging vor ihm auf dem schmalen Pfad, wich den Zweigen aus.

»Ich meine, wenn du meine Therapeutin wärst.«

»Ich arbeite im öffentlichen Dienst. So teuer wäre es also nicht. Du brauchst nur eine Überweisung. Hast du das Gefühl, dass ich arbeite, wenn ich mit dir spreche?«

»Ich weiß nicht, manchmal schon ein bisschen.«

»Das war nicht meine Absicht«, sagte sie. »Ich mag es, mit dir zusammen zu sein. Wirklich.«

Sie erreichten den Strand und legten ihre Handtücher auf eine der Sanddünen weiter oben. Kati ging in die Strandhütte und zog sich um.

»Kannst du mich eincremen?«, fragte sie, als sie zurückkam, und reichte ihm das Sonnenöl. Sie kniete sich hin, während er ihren Rücken einrieb. Sie war mager, er sah, wie sich die Rückenwirbel unter ihrer Haut abzeichneten, und ihre Sommersprossen.

»Was sind das für Pillen, die du in deiner Tasche hast?«, fragte Kati.

»Pillen?«

»Nicht dass du denkst, ich schnüffele in deinen Sachen herum. Aber ich habe sie gesehen, als ich das Handtuch herausgeholt habe.«

»Die sind nichts für dich. Ich sollte sie wegwerfen.«

»Aber wofür sind sie denn?«

»Es ist einfach nur meine Medizin. Ich habe Morbus Crohn. Das ist eine Entzündung im Dünndarm, die ich schon mein ganzes Leben habe.«

»Sieht aber nicht so aus, als hättest du sie aus einer Apotheke.«

»Naja, ich habe sie nicht direkt verschieben bekommen. Ich habe sie einfach aus Hanoi mitgebracht.«

»Sind es Drogen?«

»Das könnte man vielleicht sagen.«

»Sind sie gut?«

»Was meinst du damit?«

»Ich meine, haben sie eine gute Wirkung?«

»Du meinst, du möchtest sie gern probieren?«

»Ich weiß nicht.«

Er betrachtete ihren Rücken, als sie auf dem Handtuch lag. Nichts deutete darauf hin, dass sie in diesem Sommer schon einmal in der Sonne war, aber sie hatte eine schöne, olivfarbene Haut, die bestimmt nicht so schnell verbrannte. Er selbst bekam sofort rote Arme und ein rotes Gesicht, sobald er in der Sonne war.

Er war ganz anders als Kati – er konnte ahnen, dass sie von unterschiedlichen Erfahrungen und Umständen geprägt waren, und vielleicht hatten sie noch nicht einmal eine gemeinsame Sprache. Aber warum fühlte sich mit ihr zusammen alles so leicht an?

Als Teenager hatte Anders zum ersten Mal den ganzen Umfang der sozialen Kontrolle erkannt, die die Kleinstadt auf ihre Einwohner ausübte. Er dachte manchmal, dass Ekenäs genauso gut eine mittelalterliche katholische Stadt sein könnte, wenn man bedachte, wie reglementiert alles war, wie schwierig es war, gegen die Normen zu verstoßen, und wie hart man bestraft wurde, wenn man es tat. Vielleicht war dieses Gefühl besonders stark, weil die Stadt so pittoresk und in vielerlei Hinsicht auch idyllisch war – niedrige Holzhäuser, Kopfsteinpflaster und offene Marktplätze. Aber als er sich der lokalen Öffentlichkeit aussetzte, bekam er das Gefühl, sich auf Hofgang in einem Gefängnis zu befinden – die Leute schienen dafür prädestiniert zu sein, ihre jeweilige Rolle zu übernehmen, und es gab keine Möglichkeit, sie aufzubrechen. Vielleicht wurde Ekenäs auch stark davon beeinflusst, dass es nahe an Helsinki lag, wenn auch mit einem großen Wald dazwischen, als wäre es vom Rest der Welt abgeschnitten, und die nächstgelegene größere Stadt war Hangö, die mit ihrer heruntergekommenen Industrie, der Arbeitslosigkeit und den hübschen, verzierten Holzvillen aus einer verschwundenen Ära noch schlimmer war.

Als Anders aufs Gymnasium kam, wurde er plötzlich in ein Kontrollsystem hineingeworfen. Als er einmal eilig zum Unterricht lief, weil er zunächst den richtigen Raum nicht gefunden hatte, hatte ein älterer Junge »es hat sich schon mal einer totgelaufen« gerufen. An und für sich keine bösartige Bemerkung, abgesehen von der Art, in der er sie machte.

Mit dem Gymnasium kam auch das ganze Programm der Teenagerexistenz: heimliches Rauchen hinter der Schule an einem Ort, der »die Kuhle« genannt wurde und an dem auch Anders sehr schnell landete, obwohl ihm die Knie zitterten, als er das erste Mal dorthin ging; der erste Schluck Alkohol (Anders und seine Freunde hatten sich das Bier von einem Mann besorgen lassen, der in der ganzen Stadt dafür bekannt war, dass er überall mit großen Gepäcktaschen auf seinem Fahrrad unterwegs war); die ersten ernsthaften Versuche mit dem anderen Geschlecht.

Aber auch mit der plötzlichen Einsicht, dass die Welt der Erwachsenen verlogen war, dass alles, was die Erwachsenen behaupteten, nicht stimmte, und je hartnäckiger sie auf ihren Ansichten beharrten, desto verlogener waren sie. All das in Kombination mit den lächerlichen Hierarchien auf den Straßen von Ekenäs, die harte Machokultur, in der immer noch die Jungs mit den Mopeds den Ton angaben, in den letzten, kurzen Jahren, bevor sie selbst in der Kleinstadt zurückblieben, während die anderen in die Welt zogen und sich ein neues Leben aufbauten; all das führte dazu, dass er Ekenäs hasste, den Kleingeist der Kleinstadt, dass er es hasste, ein Finnlandschwede zu sein, in diesen albernen Teil der finnischen Gesellschaft hineingeboren zu sein, in diese Minderheit, die den Ruf hatte, sich für etwas Besseres zu halten, im Grunde aber nur inzestuös und beschränkt und im besten Fall ein bisschen altmodisch, im schlimmsten Fall allerdings ein vollkommen abgehängter Teil der Welt war, der immer schlimmer wurde, je länger er bestand.

Und dann Kati. Ein ganz anderes Gefühl. Er legte sich neben sie und schaute in den Himmel. Er war wolkenlos.

»Wir können eine ausprobieren, wenn du möchtest«, sagte er. »Es sind keine harten Sachen. Du fühlst dich einfach gut, das Leben wird leichter.«

»Das klingt, als wäre das jetzt genau das Richtige für mich«, sagte sie.

»Das wäre es für die meisten«, erwiderte er.

Er drehte sich zu ihr. »Erzähl mir, wie du kochst.«

»Jetzt?«, fragte sie.

»Ja, erzähl mir, wie du Rahmsoße machst.«

»Wirklich?«

»Ja, ich weiß nicht, warum, aber es war so schön, dir zuzuhören, als du vorhin davon erzählt hast.«

Sie drehte sich auf den Rücken, blinzelte in den Himmel und legte sich eine Hand übers Gesicht.

»Ich versuche Weizenmehl zu vermeiden«, sagte sie.

»Und?«

»Ich mache die Rahmsoße aus Butter, Senf, Fleischbrühe und Sahne, sie geht ganz einfach und ist sehr lecker.«

»Erzähl mir mehr«, sagte Anders.

Sie lachte. »Dann gebe ich etwas Worcestersoße ins

Hackfleisch, damit die Frikadellen in bisschen salziger schmecken.«

»Und dann?«

»Der Kartoffelbrei. Butter und Milch. Und so mehlige Kartoffeln wie möglich, dann wird er weich und luftig.«

Anders fühlte sich gleichzeitig geborgen und erregt. Ihre Stimme war leise und weich und ein bisschen heiser.

»Mit Preiselbeeren?«

»Natürlich. Und saurer Gurke, wenn vorhanden.«

»Und was sonst noch?«

Sie lachte noch einmal. »Das ist alles!«

»Aber kochst du auch andere Sachen? Ich möchte, dass du mir mehr über dein Kochen erzählst.«

»Du magst Essen?«, fragte Kati.

»Was glaubst du? So wie ich aussehe? Erzähl jetzt.«

»Ich mache eine Torte.«

»Mmm. Was für eine Torte?«

»Brittatorte. Das ist eine Art Sahnetorte mit Erdbeeren.«

»Aha.«

Er beugte sich über sie und küsste sie. Sie zögerte erst, aber dann erwiderte sie seinen Kuss. Er spürte, wie er eine Erektion bekam, und legte sich auf den Bauch.

»Und wie machst du diese Sahnetorte? Erzähl mir jedes Detail«, sagte er.

Sie lachte erneut und drehte sich um, sodass er den Sand sah, der an ihrer Brust klebte.

Am Abend ging Anders nur widerwillig zum Haus hinauf. Erik saß auf der Terrasse und trank Bier, und Anders nickte ihm zu. Erik stand hastig auf, schwankte ein bisschen und ging zu der Treppe.

»Wo warst du?«

»Nirgends.«

»Nirgends? Den ganzen Tag?«

Erik zog die Augenbrauen zusammen und setzte sich wieder beziehungsweise fiel eher zurück in den Stuhl.

»Das Wetter war schön. Ich dachte, ich könnte in bisschen Einsamkeit brauchen.«

»Hast du mit jemandem gesprochen?«

»Ich? Nein, habe ich nicht.«

»Aha«, sagte Erik, klang aber skeptisch. »Bist du sicher?«

Anders dachte, dass Erik ihn vielleicht mit Kati gesehen haben könnte. Das war nicht auszuschließen. Aber spielte es eine Rolle?

»Und du hattest auch keine Lust, mit uns zu essen?«

»Ich bin doch gekommen. Ich bin ja jetzt hier.«

Erik sah aus, als hätte er den ganzen Tag systematisch getrunken, er schaute Anders mit diesem Blick an: konzentriert und rastlos zugleich, als wollte er etwas sagen, ohne die richtigen Worte zu finden. Er wirkte unglücklich.

»Wolltest du mich etwas fragen?«, erkundigte sich Anders so behutsam wie möglich.

»Ich will nichts fragen. Ich habe kein Problem. Du hast dir Geld von mir geliehen, kommst hierher, ohne zu sagen, wie lange du bleiben willst, und dann sehen wir dich kaum, weil du ständig unten am Strand mit einer Frau rumhängst, die du gar nicht kennst. Deine Generation hat irgendwie keine Vorstellung davon, was Verantwortung bedeutet oder was ihr überhaupt wollt.«

»Meine Generation? Du bist zwei Jahre älter als ich. Wir gehören zur selben Generation«, sagte Anders und setzte sich neben Erik auf den Balkon.

»Habt ihr Sex?«

»Wer?«

»Du und Kati?«

»Du weißt also, wie sie heißt?«, fragte Anders. »Ich weiß nicht, warum du fragst, was dich das überhaupt angeht. Aber nein, wir haben keinen Sex. Wir unterhalten uns meistens übers Kochen.«

Erik erhob sich wieder aus dem Stuhl, taumelte und ging zur Haustür.

Er blieb lange davor stehen und atmete, schaute zu Boden, und Anders musste an ihren Großvater denken. Erik sah mindestens zehn Jahre älter aus, als er damals war.

»Vergiss es … Ich dachte nur … du bist hergekommen. Du hast mich nicht ein einziges Mal gefragt, wie es mir … Vergiss es.«

Er öffnete die Tür und ging hinein.

2

Eines Morgens Ende Juli fand Julia das Auto der Familie unten am Weg, es war beinahe im Graben gelandet. Es musste hinuntergerollt sein. Als hätte jemand die Handbremse nicht angezogen, als hätte jemand im Auto gespielt und es hinunterrollen lassen, einmal quer über den Weg. Passiert war nichts, vielmehr stand es wie geparkt in der Einfahrt zu dem großen, grauen Haus, in dem diese düstere Frau wohnte – mit der Anders sich angefreundet hatte und über die sie so wenig wussten. Am Abend zuvor hatte es noch nicht dort gestanden, und keiner von ihnen war irgendwohin gefahren.

Julia konnte sich nicht vorstellen, dass die Kinder im Auto gespielt hatten. Anton hätte es nicht gewagt, und Alice hatte kein Interesse daran. Als sie Erik fragte, zuckte er nur mit den Schultern. Abends saß er oft auf der Terrasse und trank, anscheinend war sein Plan, den Sommer mit Aktivitäten wie Angeln oder Schwimmen zu füllen, im Sande verlaufen. Julia hatte ihn nicht darauf angesprochen, weil sie wusste, dass er wütend werden würde. Er hatte bereits die große Flasche Bacardi und zwei Kartons Bier ausgetrunken.

»Findest du das nicht ein bisschen seltsam? Dass das

Auto einfach so vom Parkplatz wegrollt? Wenn ich vergessen hätte, die Handbremse anzuziehen, hätte ich es doch sofort gemerkt«, sagte sie.

»Vielleicht hast du es vergessen, nachdem wir einkaufen waren«, erwiderte er. Er hatte ein Bier vor sich stehen und aß ein belegtes Brot.

»Aber das sage ich doch. Dann wäre das Auto direkt losgerollt und nicht erst jetzt.«

»Hat es eine Schramme abbekommen?«

»Nein, ich habe nichts gesehen.«

»Na, dann. Nächstes Mal musst du einen Gang einlegen, damit es nicht wegrollt.«

»Ich glaube, ich gehe zu Marika und Chris hinunter«, sagte sie und verließ ihn.

Sie ging zum Strand und kniff in der warmen Julisonne die Augen zusammen.

Chris saß mit nacktem Oberkörper im Lotussitz vor der Jurte und las hoch konzentriert. Als er Julia sah, stand er auf, und Julia bemerkte, dass auch Helena dort war. Sie lag neben Chris auf einer Decke und sonnte sich oben ohne.

Julia fragte sich, wie alt Helena war, wohl kaum älter als zwanzig? Sie dachte, dass es für eine so junge Frau sehr einfach war, sich an einen Mann heranzumachen, weil sie ausnutzen konnte, dass sie jung und für ihre Ausstrahlung und sexuelle Attraktivität nicht verantwortlich war. Wenn sie mit Chris flirtete, war es im Grunde seine Aufgabe, sie nicht noch weiter zu ermuntern.

Irgendwie hatte sie das Gefühl, dass Chris in der Hinsicht unbekümmerter war.

»Möchtest du Kaffee?«, fragte er.

»Warum nicht«, sagte Julia. »Wo ist Marika?«

»Ich weiß nicht … hier irgendwo? Doch, jetzt fällt es mir ein, sie wollte zum Einkaufen in die Stadt«, sagte er und schien sich nicht weiter dafür zu interessieren.

Der Strand war leer, und Julia konnte keinen der anderen entdecken außer Ville, der mit seinem Computer auf der Terrasse saß. Julia hatte sich noch nie mit ihm unterhalten, er gehörte immer nur zum Hintergrund wie ein zusätzlicher Statist unter Chris' Jüngern.

Sie ging zu ihm und fragte, ob er die Kinder gesehen habe. Auch er sah jung aus, mindestens zehn Jahre jünger als sie, und sie dachte, dass er einer dieser jungen finnischen Männer sein könnte, die verschiedene extremistische Ideologien annahmen, sich rechten Gruppierungen wie den Soldaten Odins anschlossen, oder eben einer dystopischen Vorstellung vom Klimawandel, und sich so ein neues Bezugssystem schufen, weil ihnen die Gesellschaft keine Perspektive bot.

Er unterhielt sich mit jemandem über Skype.

»Störe ich?«, fragte sie.

»Ich spreche mit einem Kunden, aber das kann warten«, sagte er und klappte den Rechner zu, nachdem er das Gespräch beendet hatte.

Ville hatte Erik erzählt, er stamme aus Seinäjoki, mehr wusste sie nicht über ihn. Er hatte einen schütteren Bart und sah ein bisschen ungepflegt aus, aber seine Augen waren freundlich.

»Was arbeitest du eigentlich?«

»Alles Mögliche«, sagte er. »Man könnte sagen, dass ich mich in den Randgebieten des Internets bewege.«

»Wie ein Hacker?«

»Das ist ein Wort, das ich nicht so gerne benutze. Meiner Ansicht nach geht es um die Meinungsfreiheit und um die Freiheit überhaupt. Das wird heutzutage immer wichtiger.«

»Ach so«, sagte Julia. »Hast du die Kinder gesehen?«

»Welche Kinder?«

»Meine Tochter. Und Leo.«

»Schon seit ein paar Tagen nicht mehr«, sagte Ville. »Ich nehme Menschen nicht auf diese Weise wahr.«

Julia kehrte zu Chris und Helena zurück. Helenas Haut war hellbraun und sah weich aus, und Julia verlor sich in einer Fantasie, wie sie einen Finger in Helenas Bauch drückte, so wie man den Daumen in einen Wutball drückt. Ihre Arme hoben sich vom dunklen Sand ab, auf dem ein paar leere Bierdosen lagen.

Julia fiel auf, wie unordentlich es auf dem Grundstück aussah, als hätte schon lange niemand mehr hinter sich aufgeräumt. Abgesehen von Bierdosen sah sie überall volle Mülltüten, Zigarettenkippen oder Eisverpackungen. Jemand hatte versucht, ein großes Schlauchboot aufzupumpen, aber irgendwann die Lust verloren, und jetzt lag es zusammengesunken neben der Jurte.

»Sind Alice und Leo hier?«, fragte sie.

Alice war früh am Morgen aufgebrochen, ohne etwas zu sagen, und bis jetzt nicht nach Hause gekommen. Julia nahm an, dass die Kinder unten am Strand waren, aber sie hatte sie nicht gesehen, als sie dort vorbeiging.

»Die kommen schon klar. Setz dich doch«, sagte Chris.

»Natürlich«, sagte Julia, und Chris setzte sein bewusst naives Lächeln auf. Im Laufe des Sommers hatte sie herausgefunden, welcher Typ von Mann er war. Seinesgleichen war sie nämlich auch früher schon begegnet: Männer, die im Leben ziemlich weit gekommen waren, weil sie auf genau diese Weise gelächelt hatten, aber irgendwann einsahen, dass man mit diesem Charme allein nicht besonders weit kam, vor allem wenn man etwas älter wurde. Solche Männer hatten die Tendenz, sich mit immer jüngeren Freundinnen zu umgeben, weil dieser jungenhafte Charme nicht auf Gleichaltrige wirkte. Ältere Frauen durchschauten diesen Typ sehr viel schneller und ahnten, dass hinter dem ersten Eindruck nicht mehr sehr viel steckte.

Arme Marika, dachte Julia.

Er reichte ihr den Kaffee.

»Wir denken darüber nach, hierherzuziehen«, sagte er.

»Wirklich?«, erwiderte Julia.

»Ja, wir wollen uns hier richtig etablieren. Vielleicht ein größeres Festival organisieren oder Workshops mit Menschen aus aller Welt. Ihr solltet euch uns anschließen.«

Aus irgendeinem Grund, den sie selbst nicht verstand, ging sie nicht nach Hause. Sie blieb am Strand, hörte Chris zu, wie er von seinen Plänen für die Bewegung sprach, während Helena danebensaß und sie mit tiefer Konzentration betrachtete, als wollte sie Chris per Telepathie verführen.

Julia fragte sie, ob sie einen Freund habe. Sie konnte der Versuchung nicht widerstehen, ihnen die Stimmung zu vermiesen, sie wollte die Reaktionen sehen, so wie ein Kind, das einer Fliege die Flügel ausreißt, um zu sehen, ob sie sich immer noch bewegen kann.

Aber Helena war alles andere als überrumpelt.

»Das ist ja eine ziemlich heteronormative Frage«, sagte sie.

»Warum?«

»Weil du annimmst, dass es ein Mann sein sollte.«

»Okay, also, bist du mit jemandem zusammen?«

»Jetzt klingst du wie meine Großmutter in Griechenland. Das Leben muss nicht immer binär sein, weißt du? Aber vielleicht fängt man ja an, so zu denken, wenn man verheiratet ist«, meinte Helena.

»Das ist Chris auch«, erwiderte Julia.

Chris lächelte erneut. »Eigentlich sind Marika und ich gar nicht verheiratet. Hattest du das so verstanden?«

Julia schaute auf seine linke Hand.

»Du meinst diesen Ring? Das ist ein Familienerbstück. Den trage ich schon immer«, erklärte er und betrachtete den breiten silbernen Ring an seinem linken Ringfinger.

Er stand auf und wischte sich den Sand ab.

»Möchte jemand ein bisschen Nachspeise?«

»Gerne«, sagte Helena.

Was Chris Nachspeise nannte, stellte sich als E-Zigarette mit Marihuana heraus. Julia lehnte dankend ab, weil es erst Vormittag war und sie die Wirkung im Grunde auch nicht mochte; sie hatte es nur selten ausprobiert, und dabei war sie immer ängstlich und kribbelig geworden.

Nach einer Weile senkte sich eine Ruhe über Chris und Helena, als würden sie eindämmern. Die Sonne war jetzt so warm, dass Julia sich in den Schatten setzen musste.

Chris sprach jetzt darüber, wie die Geschichte der Menschheit dem Muster antiker Dramen folgte. »… und deshalb ist die Zivilisation eine Tragödie, also wenn man sie in ein Genre einordnen möchte. Das Schreckliche ist schon von Beginn an vorgezeichnet.«

Helena legte ihren Kopf auf sein Knie. Sie nickte und lauschte seinen Ausführungen mit derselben Bewunderung, mit der ein Erstsemester den brillanten Formulierungen seines Philosophieprofessors folgte. Sie schaute Julia mit einem Blick an, der sagte: Glaub ja nicht, du wärst was Besonderes.

»Es ist in die Menschheit einkodiert, direkt in das Projekt der Aufklärung. Je mehr technischen Fortschritt wir erreichen, desto näher kommen wir unserer eigenen Auslöschung. Es ist wie ein Feuerwerk. Oder wie Wellen, die unter ihrem eigenen Gewicht zusammenbrechen. Wir Menschen sind zu schlau für unser eigenes Wohlergehen«, fuhr er fort.

»Das ist ja ziemlich pessimistisch«, sagte Julia. »Es gibt ja auch jede Menge Bewegungen, die die Welt besser und vernünftiger machen wollen.«

»Sicher, aber es spielt keine Rolle, welches politische System wir haben. Der Kapitalismus wird ja immer als der Bösewicht des Stücks gesehen, die Wachstumsökonomie, aber woher kommt sie? Woher kommt die Industrialisierung? Es geht um die Zivilisation als solche. Dort liegt das Problem.«

»Und wann hat die Tragödie deiner Meinung nach angefangen? Mit dem Urknall? Als der Mensch aus Afrika auswanderte?«, fragte Julia.

»Rein technisch gesehen vielleicht in der Zeit, als der Mensch begann, Fisch zu essen, und sich das Gehirn so schnell weiterentwickelte, dass er abstrakt zu denken begann. Also als er begann, Spuren in der Natur zu hinterlassen«, sagte Chris.

»Früher war es demnach besser?«, sagte Julia.

»Ja, das war es. Die heutige Welt ist falsch.«

Helena schien sich über Julias Fragen zu ärgern, Julia dachte jedoch, dass Chris versuchte, ihr zu imponieren, und je länger sie ihn beobachtete und ihm zuhörte, desto komischer wirkte er.

»Die Welt ist falsch?«, fragte sie. »Das ist ja eine ziemlich steile Behauptung.«

»Die Leute zeigen immer etwas vor, eine Fassade«, sagte Chris. »In der Hinsicht werden wir immer besser. Es gibt eine Geschichte, wonach Goebbels eine Geliebte hatte, eine tschechische Schauspielerin. Hitler verlangte, dass er die Beziehung beendet, weil daraus ein Skandal hätte werden können. Gleichzeitig brachten diese beiden Herren sechs Millionen Juden um. Ich meine, es ist schon ziemlich seltsam, dass man so viel Energie darauf verwenden kann, die eigene Weste sauber zu halten, und gleichzeitig ohne jegliches schlechtes Gewissen die abscheulichsten Dinge tut. Die Zivilisation ist ein sehr dünner Firnis.«

Helena nickte, während sie mit der Hand Chris' Arm streichelte.

3

Erik schlich um Katis Haus herum und versuchte, ins Fenster zu schauen. Er wusste, dass es kindisch war, aber er konnte es nicht lassen. Er hatte getrunken und verspürte eine Sehnsucht im Bauch, gleichzeitig war er enttäuscht von sich selbst. Er hätte seine Probleme in Angriff nehmen müssen, einen Job suchen, irgendetwas an seiner Situation verbessern oder zumindest etwas mit den Kindern unternehmen. Stattdessen hatte er jeden Abend nur auf der Terrasse gesessen und Rum getrunken, gespürt, wie seine Glieder und Gedanken immer weicher wurden, bis er in einen behaglichen Dämmerzustand fiel. Zwei große Drinks waren genau die richtige Dosis, um betrunken zu werden, aber nicht zu betrunken, gerade genug, um die schärfsten Konturen aufzulösen.

Es war ein windstiller und warmer Nachmittag, Anders war bereits am Morgen nach unten gegangen, und Erik hatte sich sein erstes Glas nach drei Uhr eingeschenkt. In den ersten Wochen hatte er fünf Uhr als mentalen Glockenschlag eingestellt, aber heute hatte er sich schon nach dem Mittagessen nach dem ersten Drink gesehnt.

Am Tag zuvor war er mit dem Auto zum Laden gefahren, obwohl er schon getrunken hatte. Das Einkaufen war seine Aufgabe, und er wollte nicht, dass Julia erfuhr, dass er schon so früh am Tag trank. Also fuhr er in die Stadt, so vorsichtig er konnte, und hoffte, dass ihn niemand anhalten und pusten lassen würde, was um zwei Uhr nachmittags sehr unwahrscheinlich war. Im Laden stand er lange herum, ohne sich daran erinnern zu können, was er einkaufen wollte, und er musste die Runde zweimal von vorn beginnen. Als er alles gefunden hatte, was er wollte, fuhr er wie im Traum nach Hause und stellte die Plastiktüten in der Küche ab. Er musste vergessen haben, die Handbremse anzuziehen, oder hatte vielleicht die Gangschaltung im Leerlauf gelassen, er erinnerte sich nicht, aber auf mysteriöse Weise war der Wagen mitten in der Nacht hinunter zum Weg gerollt.

Er näherte sich dem Haus, konnte aber nichts hören, keine Stimmen oder Gelächter. Er stellte sich vor, was sie dort drinnen machten, dass sein Bruder und Kati miteinander schliefen, Anders' großer und fleischiger Körper auf ihrer schönen, dunklen Silhouette, dass sie mehrere Male kam, und dass er auf ihrem Bauch abspritzte. Warum quälte er sich mit solchen Gedanken? Er wusste es nicht, es war eine Besessenheit, die immer stärker in ihm wuchs.

Er schlich ums Haus herum zur Eingangstür, stand ein paar Meter vor der Terrasse und starrte auf die großen Fenster, die auf die Bucht hinausgingen. Doch die Sonne spiegelte sich im Glas, und er konnte nichts sehen. Er dachte, dass sie ihn jetzt vielleicht schon sehen konnten, auf jeden Fall aber, wenn er näher herankam, also ging er stattdessen hinter das Haus und schaute durch ein Fenster an der schmalen Seite des Hauses. Dahinter war es dunkel, ein leeres Zimmer.

Er dachte: Was mache ich hier bloß?

Jemand öffnete die Tür zu dem Zimmer und kam herein. Es war Kati, und als Erik sie sah und sich schnell vom Fenster zurückzog, wusste er schon, dass es zu spät war. Sie hatte ihn gesehen.

Er floh.

Lief zum Weg hinauf und konnte die Stimme seines Bruders im Hintergrund hören. Anders rief nach ihm, oder vielleicht bildete er es sich auch nur ein, vielleicht war es doch nicht zu spät gewesen, vielleicht hatte er das Schlimmste doch noch vermeiden können, aber indem er weglief, hatte er die Absurdität der Situation unterstrichen, und so blieb ihm nichts anderes übrig, als den Weg hinauf nach Hause zu gehen.

Erik packte. Julia kam nach Hause, als er gerade seine Tasche auf die Terrasse getragen hatte. Er erzählte, dass er den Zug nehmen wolle oder dass er das Auto nehmen würde, wenn sie ihn nicht zum Bahnhof fahren wollte.

»Nach Helsinki? Jetzt?«, fragte sie.

»Ja, es ist ein bisschen akut. Sie haben Probleme mit dem Netz im ganzen Warenhaus, und ich kann das übers Telefon nicht reparieren. Ich muss hinfahren und mir die Server anschauen.«

»Okay«, sagte sie. »Vielleicht tut es dir ja ganz gut, eine Weile in die Stadt zu kommen. Wie lange bleibst du?«

»Bestimmt nicht mehr als ein paar Tage.«

»Aha. Soll ich dich jetzt fahren?«

»In einer Stunde, um fünf.«

Er wollte nicht, dass Anders auftauchte, dass er sich vor ihm erklären musste, also ging er unter dem Vorwand in den Keller, wegen des seltsamen Geruchs noch einmal nach den Rohren schauen zu wollen. Unter dem Haus war es dunkel und feucht, und ganz hinten in einer Ecke des Raums stand eine Ölheizung auf dem Estrichboden. Er sah sich die Rohre an, und ihm wurde klar, dass er noch nicht einmal wusste, wo er anfangen sollte.

Auf dem ganzen Boden stand mindestens fünf Zentimeter hoch das Wasser. Das war Anfang des Sommers noch nicht da gewesen.

Er setzte sich auf einen Hocker und surfte mit seinem Handy, malte sich aus, wie er sein Leben in die Hand nehmen würde, sobald er nach Helsinki kam. Sich zusammenreißen.

Im Grunde war er ein positiver und optimistischer Mensch, sagte er zu sich selbst, er war ein wichtiges Zahnrad in seiner Firma gewesen, und er konnte der Welt noch viel geben.

Er war ein guter Mensch.

Er war ein fleißiger Mensch.

Er war ein guter Vater und ein guter Ehemann.

Er war optimistisch und fröhlich.

Er hatte seine besten Jahre noch vor sich.

Er war fit.

Er war fröhlich.

Er war gut in seinem Job.

Niemand war so gut in seinem Job wie er.

Er überlegte, ob er jemanden anrufen könnte, jemanden aus seinem Telefonbuch, der ihm nützlich sein könnte, und je länger er nachdachte, desto klarer wurde es: Er musste Martin anrufen.

Er hatte im Laufe der Jahre schon öfter daran gedacht,

dass Martin in seiner Schuld stand, dass sie trotz allem eine gemeinsame Geschichte hatten, aber bis jetzt hatte es keinen Grund gegeben, von sich hören zu lassen.

Er erhob sich und stand im Wasser. Das Licht des Handys füllte den Raum, er suchte den Namen raus, überlegte, gleich anzurufen, steckte das Telefon aber wieder in die Tasche.

Julia fuhr ihn zum Bahnhof. Erik war es gelungen, Anders aus dem Weg zu gehen, was gar nicht so schwierig war – Anders war offensichtlich bei Kati eingezogen, und dagegen konnte er nichts machen. Soweit Erik sich erinnern konnte, hatte sein Bruder nie eine Beziehung gehabt, die so lange andauerte, dass seine Familie davon gehört hätte. Nach dem Abitur hatte Anders ein Jahr an einer Erwachsenenakademie studiert, danach Philosophie und irgendetwas Unbestimmbares an der Universität Helsinki, aber wenn Erik ehrlich zu sich war, hatte er sich nie wirklich dafür interessiert, was Anders machte.

Für ein paar Jahre in ihrer Kindheit waren sie beste Freunde gewesen. Erik erinnerte sich an einen der vielen Familienurlaube in Spanien. Er war zehn, Anders acht. Anders mit einer Eidechse in der Hand. Anders hoch oben auf einer Klippe. Anders draußen im Wasser, stundenlang, mit einem Schnorchel. Sie wohnten jedes Mal in demselben niedrigen dreistöckigen Hotel. Die Eltern ihres Vaters waren auch dabei. Großmutter ließ sich den ganzen Tag draußen auf dem Meer treiben, so war es zumindest in Eriks Erinnerung. Sie wurde von ihrem eigenen Speck an der Oberfläche gehalten, weil das Wasser so salzig war. Großvaters Goldkettchen an seinem braunen Hals, das aufgeknöpfte Hemd. Calamares, Ketchup, jeden Abend das gleiche Essen für Erik und Anders.

Die Familie und die Großeltern hatten jeweils eine eigene Wohnung. Obwohl Anders der Jüngere war, kletterte er immer wieder über den Balkon zur anderen Wohnung hinüber, vollkommen angstfrei, bis er eines Tages vom Hotelbesitzer erwischt wurde, der unten stand, ihm die Faust zeigte und brüllte. Sie nannten ihn den »No-more-Balkonklettern-Onkel«. Und als ihr Großvater davon hörte, lief er wütend hinter Anders her, jagte ihn durch die Hotelgänge, und Erik stand vor ihrer Tür und fürchtete um sein Leben. Das Goldkettchen rasselte, als Großvater sich nach Anders umdrehte, aber Erik konnte keine Angst in Anders' Augen erkennen, das Einzige, was er sah, war die Begeisterung über die Kettenreaktion, die er in Gang gesetzt hatte. Erik selbst war so erschrocken, dass er zur Tür ihrer Wohnung lief, und als er sie mit dem Schlüssel zu öffnen versuchte, drehte er so kräftig, dass der Schlüssel abbrach. Er machte sich beinahe in die Hose, aber dass der Schlüssel abgebrochen war, war plötzlich sehr viel schlimmer als das Klettern über die Balkons, und sein Großvater packte ihn am Ohr – so erinnerte er sich – und schleppte Erik aus dem Hotel bis zum Pool hinunter, wo die anderen saßen. Es tat schrecklich weh, und der Schmerz pochte noch viele Tage im Ohr.

Der Zorn der Familie richtete sich für den Rest des Tages auf Erik. Anders nickte ihm zu und sagte »Danke«, als sie beim Abendessen im Hotelrestaurant saßen und ihre Calamares aßen.

Daran erinnerte er sich, als er im Zug saß und ein Bier trank, das er gerade bestellt hatte. Anders hatte niemals ein

Bewusstsein für Verantwortung entwickelt, er hatte die Welt immer für selbstverständlich genommen, das Leben immer als einen Scherz betrachtet.

Er zog sein Telefon aus der Tasche und rief Martin an. Eine weibliche Stimme am anderen Ende sagte, dass die Nummer nicht mehr in Gebrauch sei. Er öffnete seinen Computer und blätterte in den Mails, bis er Martins Namen fand. Er schrieb ein paar Zeilen und hoffte das Beste.

4

Alice und Leo hatten sich an diesem Morgen im Wald verabredet, an der Stelle, wo sie den Elch gefunden hatten – es war ihr Ort, hatten sie beschlossen, voller Mystik und Bedeutung, die nur sie verstanden.

Beide hatten in dieser Nacht kein Auge zugetan, weil sie die ganze Zeit gechattet hatten. Leo schrieb, seine Eltern hätten sich umentschieden und wollten nicht mehr in Mjölkviken bleiben, wie sie es zuerst geplant hätten. Er schrieb in einer Mischung aus Englisch und Schwedisch, genau wie viele von Alices Freundinnen, und auch wenn sie nichts Wichtiges schrieben, sondern Links zu GIF-Animationen oder Youtube-Clips, empfand Alice eine Nähe zu Leo, als würden sie in derselben Sprache, mit demselben Humor und demselben Sarkasmus kommunizieren. Am Ende war es Leo, der den Vorschlag machte.

Leo: Hast du schon einmal über eine Sache nachgedacht

Alice: Was denn

Leo: Dass wir uns treffen könnten statt hier mit dem Telefon zu liegen

Alice: Wo sollen wir uns treffen?

Leo: Beim Elch?

Alice: Erinnerst du dich wo der war?
Leo: Yup
Alice: Jetzt?
Leo: 10 min
Alice: Ok

Als Alice aufbrach, fing es an zu regnen. Es war so still im Wald, dass sie die ersten Tropfen fallen hören konnte, und die Bäume um sie herum schienen zum Leben zu erwachen.

Sie musste eine Weile auf Leo warten und suchte Schutz unter einer Fichte, setzte sich ins warme Moos und lehnte sich an den Stamm. Bald klang der Regen ringsum wie eine Sinfonie. Es war immer noch warm und der Luftdruck niedrig. Die Wärme stieg aus dem Boden auf, man konnte sehen, wie der Dampf aus dem Moos trat.

Alice war nicht dumm. Sie wusste, dass all das nur vorübergehend war und sie dankbar sein sollte, dass ihr der Sommer etwas geboten hatte, womit sie es hier aushalten konnte, dass sie und Leo vielleicht noch ein bisschen Kontakt halten würden, sobald die Schule wieder angefangen hatte, und dass sie diesen Kontakt im Laufe der Zeit verlieren würden, und das war gut so.

Und doch, als sie auf ihn wartete, fühlte es sich nach mehr an. Es lag etwas in der Luft, als würde sie einen Blick darauf erhaschen, wie es sich anfühlte, richtig verliebt zu sein, sich darauf zu freuen, jemanden zu sehen.

Und da kam er durch den Regen mit Gummistiefeln und Regenjacke. Sie spürte, wie sich die Haut in ihrem Gesicht spannte, als sie so breit wie möglich lächelte.

»Hallo«, sagte er.

»Hallo«, sagte sie.

»Was ist?«, fragte er.

»Ich weiß nicht. Du siehst einfach so süß aus.«

Leo verdrehte die Augen und setzte sich. »Gemütliches Plätzchen hast du hier gefunden«, sagte er.

»Nicht wahr?«, sagte Alice und lächelte. In ihr prickelte es.

»Weißt du noch, wie man als Kind Verstecken gespielt hat und immer eine besondere Stelle hatte, die sonst niemand kannte?«

»Ich weiß nicht, in Helsinki haben wir nie Verstecken gespielt. Vielleicht mal in der Schule.«

Leo lachte. »Du hast nie Verstecken gespielt?«

»Nie.«

»Da hast du viel verpasst. Sollen wir es jetzt spielen?«

»Jetzt?«

»Du darfst dich zuerst verstecken.«

»So richtig?«, fragte Alice.

»Das macht doch bestimmt Spaß?«

»Ich bleibe lieber hier sitzen«, sagte sie.

»Okay, dann verstecke ich mich. Du zählst bis hundert.«

Leo stand auf, bevor Alice protestieren konnte. Sie blieb unter der Fichte und schloss ein bisschen halbherzig die Augen, weil sie nicht wusste, ob Leo es ernst meinte. Sie wollte nicht anfangen, bis hundert zu zählen, und dann als die Dumme dastehen, wenn er sagte, er hätte nur einen Witz gemacht.

Aber sie hörte, wie er sich wegbewegte, Zweige brachen unter seinen Füßen. Alice saß im Regen und schaute nach vorn. Es kam ihr vor wie in einem Film, als wäre der Regen die Streifen auf einer alten Schmalfilmrolle, er tropfte symmetrisch herunter. Sie dachte an etwas, das sie in der Schule gelernt hatte, dass Grundwasser entsteht, indem das Wasser im Boden versickert. Das passiert so langsam, dass Bakterien und Verunreinigungen dabei herausgefiltert werden und man es deswegen trinken kann. Bis zu tausend Jahre alt kann es sein. Das war irgendwie eine angenehme Vorstellung, es war ja auch ein schönes Wort: Grundwasser, wie ein Jungbrunnen. Bei dem Gedanken daran bekam sie Durst und lehnte sich unter der Fichte hervor und streckte die Zunge heraus. Es schmeckte gut.

Sie war jetzt ganz allein im Wald. Leo war nicht mehr in der Nähe. Sie wurde sich dessen ganz plötzlich bewusst, und es war ein fast unheimliches Gefühl. Sie stand auf, um zu sehen, wohin er gegangen sein könnte. Sie schätzte, in Richtung Meer, also folgte sie dem Pfad zum Weg hinunter.

Nach etwa zehn Meter begann sie zu zweifeln. Er konnte doch wohl kaum weiter weggegangen sein? Immer mehr kam es ihr wie ein dummes Spiel vor, und sie verstand, warum sie früher nie Verstecken gespielt hatte. Er war nirgendwo zu sehen, und es gab auch keinen Ort, an dem er sich hätte verstecken können. Die Kiefern standen weit auseinander und waren recht schmal. Sie ging zu einem kleineren Felsblock und schaute dahinter, aber dort war er nicht. Sie blieb stehen und lehnte sich dagegen, holte ihr Telefon heraus und sah nach, ob sie ein Netz hatte.

Ihr Akku war fast leer.

Alice: Blödes Spiel

Leo antwortete nicht und schien ihre Nachricht auch nicht gesehen zu haben. Sie setzte sich neben den Felsblock und surfte mit der letzten Akkuladung noch ein bisschen mit dem Handy.

»Leo?«, sagte sie ein wenig zaghaft.

»Leo!«, rief sie dann.

Sie überlegte, ob sie nach Hause gehen sollte. Wenn Leo das hier lustig fand, dann konnte er sich alleine amüsieren. Sie war nicht interessiert.

Da bekam sie plötzlich eine Nachricht auf ihr Telefon.

Leo: Dreh dich um

Alice drehte sich um. Dort stand er, das goldfarbene Haar ganz nass, mit breitem Lächeln und einem schwarzen Stoffbeutel in der Hand. Sie las, was auf der Tasche stand: FEMINIST. Sie dachte, dass er zum Niederknien war.

»Entschuldige«, sagte Leo. »Es sollte eine Überraschung werden. Ich bin nach Hause gelaufen und habe uns Frühstück geholt. Ich dachte, wir könnten uns einen Platz zum Essen suchen. Du musst doch nicht nach Hause, oder?«

»Nein«, sagte Alice. Das musste sie wirklich nicht.

Sie gingen in den Erdkeller in der Nähe des Tennisplatzes und aßen im Schein der Glühlampe. Es machte nichts, dass es feucht war und nach Schimmel roch, es war trotzdem romantisch. Danach küssten sie sich lange, und Alice hatte so etwas noch nie zuvor gespürt, sie hatte noch nie richtig mit der Zunge geküsst, sodass sie ihn wirklich spüren konnte, seine Lippen und seinen Geschmack.

Er wollte, dass sie ihn unten berührte, und sie tat es, aber sie wollte nicht, dass er dasselbe machte, es kam ihr zu privat vor. Trotzdem fühlte sie sich sicher bei ihm, hatte keinerlei Grund, sich Sorgen zu machen. Er fragte sie, ob er ihre Brust anfassen dürfe, und sie ließ es zu, sie wollte es, es fühlte sich gut an und kitzelte ein bisschen, als seine Fingerspitzen ihre Brustwarzen berührten.

Danach erzählte Leo, dass seine Familie wahrscheinlich bald abreisen würde.

»Jetzt schon? Aber der Sommer ist doch noch gar nicht vorbei. Es sind noch mehrere Wochen«, sagte Alice.

»So ist das immer. Meine Eltern fangen an zu streiten, meistens geht es um irgendeine von Papas Bekannten, und da weiß man ja, wie das läuft. Der nächste Schritt ist, dass sie abreisen, an irgendeinen neuen Ort, wo sie nach und nach neue Menschen in neuen Chapters um sich scharen«, sagte er. »Ich hab's so fucking satt.«

Alice fragte sich, ob das bedeutete, dass Leo an all diesen Orten neue Mädchen kennenlernte und sich immer wieder von ihnen verabschieden musste. »Glaubst du, dass wir uns irgendwann mal wiedersehen?«

»Fuck, ich weiß nicht. Heute Morgen hat Mama gesagt, dass wir dieses Haus verkaufen. Vor ein paar Tagen meinten sie noch, wir sollten hierherziehen. Ich werde nicht mehr schlau aus denen.«

»Wir müssen Kontakt halten«, sagte Alice.

»Lass uns einfach nicht dran denken. Was möchtest du jetzt machen?«

»Ich weiß nicht.«

Er beugte sich vor und küsste sie auf den Mund, ganz leicht, aber so langsam, dass sie seinen salzigen Geschmack wahrnehmen konnte.

»Weißt du, was wir machen sollten?«, sagte er.

»Was denn?«

»Wir sollten abhauen. Wenigstens für eine Weile. Nur eine Nacht.«

»Wohin?«, fragte Alice, die für sich schon beschlossen hatte, dass sie dabei war. Sie konnte sich absolut nichts vorstellen, was sie lieber machen würde. Endlich weg von dieser gedämpft zornigen Stimmung im Sommerhaus, einfach nur eine Weile nicht mehr auf den Felsen zu liegen und auf das Handy zu starren und Musik zu hören und darauf zu warten, dass in ihrem Leben etwas passierte.

»Hier gibt es jede Menge Möglichkeiten. Nicht weit von hier, vielleicht ein paar Kilometer, gibt es ein Feriencamp. Vielleicht könnten wir in eine der Hütten einbrechen. Oder wir könnten einfach am Strand schlafen.«

»Im Regen?«

»Warum nicht?«

5

Verdammt, setz dich hin, willst du ein Bier?«

Es war erst zwölf, aber Erik wurde bewusst, dass er im Laufe des Sommers zu jemandem geworden war, der schon zur Mittagszeit ein Bier trank. Er war am Morgen zu Hause in der Wohnung aufgewacht und hatte beschlossen, an diesem Tag nur zu machen, was er wollte.

Unmittelbar nach dem Frühstück hatte er jedoch eine Antwort von Martin bekommen, und sie hatten sich in der Stadt verabredet.

Sie hatten sich eine ganze Weile nicht gesehen. Zwei, drei Jahre vielleicht? Wie die meisten anderen Finnen hatte er Martin ansonsten nur in Interviews mit Wirtschaftsmagazinen gesehen. Vor einem Monat hatte ein Journalist der *Ilta-Sanomat* angerufen und ihn nach ihren gemeinsamen Studienjahren befragt. Er wollte einen Artikel über die Pioniere auf dem finnischen Handyspielmarkt schreiben.

»Na, was tut sich an der Karrierefront? Hast du deine erste Million schon beisammen?«, fragte Martin.

Er hatte sich einen Bart wachsen lassen, wie alle anderen in den letzten Jahren. Doch Martin ging wie immer einen Schritt weiter; er hatte einen langen und üppigen Jesusbart, der ihm auf seltsame Weise trotzdem stand.

»Nein, noch keine Million«, sagte Erik und setzte sich.

»Du hast trotzdem gewonnen«, sagte Martin.

»Wieso?«

»Schon große Kinder. Eine hübsche Frau.«

»Ja, das ist ja auch schon mal was«, erwiderte Erik.

Martin lächelte, dasselbe Lächeln wie bei ihrer ersten Begegnung. Damals war es das Lächeln eines charmanten, idealistischen Studienkameraden gewesen, jetzt hatte es sich in das Grinsen eines erfolgreichen Geschäftsmanns verwandelt.

Erik erinnerte sich, dass er in seinem ersten Herbst als Student die feuchte Witterung in Helsinki geliebt hatte, er hatte es genossen, Leuten bei den Vorlesungen zuzuhören, wenn sie über die Zukunft gesprochen hatten, dass ihre Hochschule ein »Sprungbrett für Innovationen« sei, und was man Anfang des Jahrtausends sonst noch so an der Technischen Hochschule zu hören bekam. Das rote Ziegelgebäude war in den Fünfzigerjahren von Alvar Aalto entworfen worden, es war von lichten Kiefern umgeben, und in der Mitte stand ein kühn geschwungenes Auditorium.

Es gab Studentenvereinigungen, illegale Kneipen und Traditionen, mit denen man schon nach wenigen Wochen einverstanden zu sein hatte.

Wie die meisten seiner Kommilitonen bewohnte Erik ein kleines Zimmer in einem Studentenwohnheim mit einer Gemeinschaftsküche, in der es nach fettigen Pizzakartons oder nach irgendeinem Eintopf roch. In Eriks Flur wohnte ein Junge aus Nigeria, Obe, der in großen Portionen Fleischeintöpfe kochte und anschließend einfror. Die Spüle war oft voller schmutziger Kochtöpfe.

Ganz offensichtlich war die Technische Hochschule vor allem eine Schule für Männer.

»Mädchen gibt's nur im Architekturstudiengang«, hatte Martin während eines verregneten Picknicks im Gamla-Kyrkans-Park gesagt. Am Abend zuvor hatten sie in einer illegalen Kneipe der Handelshochschule gefeiert und saßen jetzt draußen und froren, eine Gruppe von zehn bis fünfzehn Studenten und keine einzige Frau darunter.

Trinkpicknicks gehörten zur Tradition. Man trank Schnaps und grillte Wurst auf einem Einweggrill, und das Wichtigste war, dass sich niemand über die Kälte beklagte.

»Ohne die Feste der Handelshochschule würde keiner von uns jemals eine Frau zu Gesicht bekommen. Es wäre wie eine lange, traurige Folge von *Star Trek,* nur mit hässlicheren Kostümen«, meinte Martin.

Er hatte recht. Der wichtigste Grund für gemeinsame Feste mit Studenten der Handelshochschule war, die »Frauenquote« zu erhöhen.

Das war inzwischen lange her. Vor ihm saß jetzt ein fünfunddreißigjähriger Millionär, der im ganzen Land bekannt war. Der jede Chance ergriff, um zu betonen, wie wichtig das finnische Schulsystem für seine Karriere gewesen sei und wie gerne er Steuern zahle. Und der oft darüber sprach, bei einer alleinerziehenden Mutter aufgewachsen zu sein, ein Mann, der eine ganze Geschichte um sich herum aufgebaut hatte, die von den Medien gerne aufgegriffen wurde. Es würde Erik nicht wundern, wenn eines schönen Tages Martins Leben als Film in die Kinos käme. Wer würde dann Erik spielen? Den erfolglosen Sidekick, der selbst Millionär hätte werden können, wenn er nicht zu feige und zu spießig gewesen wäre.

»Was hättest du gern?«, fragte Martin.

»Was trinkst du?«, fragte Erik.

»Irgendein IPA. Ehrlich gesagt, schmeckt es wie lauwarmer Pups. Ich glaube, als Nächstes nehm ich ein ganz normales Karhu. Verrückt, was die Leute zu trinken bereit sind, nur weil es aus einer Mikrobrauerei kommt.«

»Ich hole uns welche«, sagte Erik.

Erik konnte nicht sagen, dass er Martin eigentlich traf, weil er ihn um einen Job bitten wollte. Zumindest jetzt noch nicht. Er hoffte, dass sie im Gespräch wie zufällig auf das Thema kommen würden, etwa wenn Martin fragte, wie es im Warenhaus lief, und im besten Fall würde das Gespräch in die Richtung gleiten, dass Martin jemanden Zuverlässiges in seiner Firma brauchte.

Erik trank einen Schluck von seinem Bier und schaute auf die Stadt hinaus. Es war Dienstag und ziemlich ruhig in den Straßen. Die Helsinkier waren immer noch in den Ferien auf dem Land.

»Wie läuft es mit … wie hieß sie noch, Liisa?«, fragte er.

Erik tat so, als könnte er sich nicht an ihren Namen erinnern. Dabei kannte er ihn natürlich; sie war Martins Freundin gewesen, als sie sich vor ein paar Jahren das letzte Mal gesehen hatten, wunderschön, freundlich und intelligent. Noch ein Grund, eifersüchtig zu sein. Was tat er hier? Hatte er dieses Kapitel nicht hinter sich gelassen?

»Das war nichts von Dauer, wir haben nach ein paar Monaten Schluss gemacht. Aber«, sagte Martin, hob seine linke Hand und ließ einen glatten Goldring auf dem Ringfinger erkennen.

»Ah, gratuliere«, sagte Erik. »Kenne ich sie?«

»Nein. Sie ist nicht aus Finnland.«

»Wo habt ihr euch kennengelernt?«

»In Moskau. Sie ist Russin. Ja, ich weiß, was du denkst. Aber so ist es nicht.«

»Was, glaubst du, denke ich denn?«, fragte Erik.

»Dasselbe wie alle anderen Finnen. Finnischer Mann, russische Katalogbraut. Aber sie ist Juristin, ihre Familie hat Geld, sie hatte es nicht nötig, mich zu heiraten. Und das ist ja eigentlich auch nicht der Punkt.«

»Klingt ja spannend … das heißt, ich finde es schön, dass du geheiratet hast. Wo wohnt ihr?«

»In der Högbergsgatan. Wir haben auch ein Kind.«

»Wie hast du das alles geschafft? Darüber habe ich gar nichts gelesen.«

»Das ging alles ganz schnell. Ein Mädchen. Jetzt bleibt Tanja tagsüber daheim. Allerdings überlegen wir, ob wir nicht umziehen sollten. Das Klima ist so verdammt kalt hier. Und die verdammte Russophobie, ich wusste nicht, dass es so schlimm ist, bevor ich Tanja traf. Die Leute in der Stadt starren uns an, als hätten sie Angst, dass wir gleich ihre Kinder auffressen.«

»Tatsächlich?«

»Nicht alle. Aber es kommt vor. Ich weiß gar nicht, woran sie erkennen, dass Tanja Russin ist. Wahrscheinlich, weil sie mit unserer Tochter Russisch spricht.«

»Wohin wollt ihr denn ziehen?«

Erik trank von seinem Bier. Ihm wurde bewusst, dass Martin sich trotz allem verändert hatte – er sah runder aus. Es war ein naheliegender Gedanke, dass er einen Kinderwagen durch die Stadt schob. Ein großer und wohlhabender Mann in seinen besten Jahren, der immer gut aß, jeden Sonntagabend in einem teuren Restaurant in den südlichen Stadtteilen.

»Wir haben an Abu Dhabi gedacht. Dort gibt es heutzutage sogar Schulen mit finnischem Lehrplan. Dieselbe Ausbildung für die Kinder, aber topmodern und mit besserem Klima.«

»Ja, das wäre eine Idee.«

»Vielleicht für ein Jahr. Finnland wirkt im Augenblick so kalt«, sagte er.

Erik dachte einen Augenblick nach: Es wäre leicht, wenn man Geld hätte. Die ganzen Möglichkeiten. »Aber Helsinki ist besser geworden, finde ich«, sagte er.

»Findest du?«

»Die Stadt kommt mir moderner vor als damals, als ich aus Ekenäs herkam. Jede Menge Leute machen alle möglichen kreativen Sachen. Neue Cafés, auch in unserer Gegend.«

Martin zuckte mit den Schultern.

»Wenn man in einer Gesellschaft beginnt, sich gegenseitig Butterbrote zu verkaufen, weiß man, dass es abwärtsgeht. Dieses Land wird nicht dadurch gerettet, dass ein paar Freelancer den ganzen Tag irgendwo brunchen. Oder jemand eine App für Take-away-Essen entwickelt. Ich glaube, ehrlich gesagt, dass Finnland bald am Ende ist. Und große Teile der Bevölkerung haben so viel Angst vor Ausländern, dass wir nie ein modernes Land werden. Verglichen mit Schweden, zum Beispiel.«

Erik nickte.

Für ein paar Sekunden war es still, als hätten sie bereits alles erschöpft, was sie sich zu sagen hatten.

»Wir hatten trotzdem unseren Spaß«, sagte Martin.

»Wir?«

»Als wir studiert haben. Ich dachte neulich noch daran,

als du dich gemeldet hast. Kannst du dich an diese Kellerräume in Kronohagen erinnern?«

»Natürlich.«

In ihrem zweiten Studienjahr hatten sie ein paar Kellerräume in einem alten Haus an der Estnäsgatan organisiert, wo sie eine Internetagentur gründen wollten. Sie kauften zwei Elektroheizkörper und stellten ein paar Tische vom Flohmarkt hinein, stellten eine Kaffeemaschine auf und begannen an ihren Plänen zu feilen.

Als in jenem Winter der erste Schnee fiel, merkten sie es noch nicht einmal. Es roch nach feuchtem Ziegel und nassem Teppich, und an manchen Tagen war es so frostig, dass sie die Kälte nicht draußen halten konnten, sie kroch über den Fußboden und setzte sich in den Mauern fest. Aber sie waren so konzentriert, dass sie das Büro nur verließen, wenn sie Essen oder Alkohol benötigten.

»Wir haben ziemlich viel getrunken«, meinte Erik.

»Es war das perfekte Leben. Leicht verdientes Geld, Homepages für finnlandschwedische Institutionen programmieren und den ganzen Tag Bier trinken«, sagte Martin.

»Du warst damals Marxist.«

»Das bin ich immer noch. Hast du Piketty gelesen?«

»Nein.«

»Solltest du. Es zeigt sich, dass Lenin recht hatte. Und das Schlimmste ist, dass die Kapitalakkumulation weiter zunimmt. Man hatte geglaubt, man hätte dieses System überwunden, aber alles wurde nur noch schlimmer. Noch nie in der Geschichte der Menschheit haben so wenige so viel besessen.«

»Der Arbeitsmarkt kommt einem heutzutage ziemlich unsicher vor«, sagte Erik.

»Wo arbeitest du denn?«, fragte Martin.

»Ich habe für das Warenhaus gearbeitet«, sagte er und zeigte auf das Gebäude auf der anderen Seite der Straße.

Martin schaute ihn erstaunt an.

»Bei denen läuft es nicht so gut, habe ich gelesen.«

»Nein, ich habe jetzt dort aufgehört.«

»Was willst du stattdessen machen?«

»Ich weiß nicht. Hast du irgendwelche Vorschläge?«

Martin schaute zum Tresen, ohne zu antworten.

»Willst du noch eins?«, fragte er und hielt sein leeres Glas hoch.

Als Erik das Lokal verließ, war er noch bekümmerter als auf der Zugfahrt nach Helsinki. »Ich melde mich«, war das Letzte, was Martin sagte, als sie sich voneinander verabschiedeten, doch es war die Art von Phrase, die man sagte, wenn man eigentlich nicht mehr von sich hören lassen wollte. Martin hatte erklärt – sehr umständlich, wie es sonst gar nicht seine Art war –, dass sein Unternehmen von Grund auf saniert werden müsse (»Aber erzähl es keinem, wir wollen nicht, dass es jetzt schon in die Medien kommt«), weil sie ihr Personal in letzter Zeit viel zu großzügig aufgestockt hätten.

Erik ging die Esplanade hinunter zum Markt und fühlte sich alt – konnte man mit siebenunddreißig schon eine Midlife-Crisis bekommen? Anscheinend ja.

Er beschloss, ins Kapellet zu gehen und noch mehr Bier zu trinken. Er musste ein bisschen nachdenken. Am Tresen, wo er bestellte, nahm er sich eine der Zeitungen, setzte sich und begann darin zu blättern. Auf Seite zwanzig erblickte er plötzlich ein bekanntes Gesicht. Es war der Artikel, für den er im Frühjahr interviewt worden war.

FINNLANDS LINKER START-UP-MILLIONÄR ZAHLT GERNE STEUERN

Vor zehn Jahren wohnte Finnlands bekannter IT-Millionär Martin Westerlund noch zu Hause. Mittlerweile hat er seiner Mutter eine Luxusvilla gekauft und kann Nobelpreisträger zu seinen Fans zählen. Aber Finnland möchte er nicht verlassen.

»Ich gebe der Gesellschaft gerne etwas zurück«, sagt er.

»Kann noch nicht schlafen gehen. Muss. Mehr. Zombies. Fangen.«

So twitterte Wirtschafts-Nobelpreisträger Paul Krugman Ende März dieses Jahres. Er war nicht der Einzige, der in der letzten Zeit das süchtig machende finnische Handyspiel Zombieswap entdeckt hatte, in dem es kurz gefasst darum geht, dass man kleine Gesellschaften mit Zombies als Arbeitskräften aufbaut. Mittlerweile führt Zombieswap seit vierzehn Monaten ununterbrochen die Liste der am meisten gedownloadeten Spiele auf iTunes an.

Es ist schwer zu sagen, was ein erfolgreiches Handyspiel ausmacht. Im Fall Zombieswap scheinen viele Dinge zusammenzukommen: die relativ einfache Grafik, die an die 8bit-Spiele der Achtzigerjahre denken lässt, die unendlichen Möglichkeiten, mit denen man im Spiel seine Welt ausbauen kann, die niedlichen Figuren, die ironische Gesellschaftskritik, die nicht zuletzt die älteren Spieler anspricht.

Der Chefdesigner des Spiels, Martin Westerlund, ist als großer Fan der alten Zombiefilme von George Romero bekannt, und er wollte die allegorische Botschaft dieser Filme umsetzen. In Zombieswap kann man seine Zombies in der Fabrik arbeiten oder die Ernte einbringen lassen, aber sie haben auch die Möglichkeit einen Aufstand anzetteln.

»Es ist in gewisser Weise eine Miniatur des kapitalistischen Systems, zumindest so, wie es früher aussah. Je unzufriedener die Zombies sind, desto schwieriger wird das Spiel. Aber die Zombies bei Laune zu halten ist teuer und senkt die Gewinnspanne.« Es seien vielleicht diese politischen Aspekte, die dafür sorgten, dass Krugman zu den Fans gehöre, sagt Westerlund, als wir uns bei ihm zu Hause in seiner großzügigen Wohnung im Zentrum von Helsinki treffen.

Westerlund hat gerade ein geräumiges Domizil mit 240 Quadratmetern gekauft, das er zur Zeit renoviert. Unten auf dem Hof steht seine letzte Erwerbung, ein Toyota 2000 GT von 1969.

»Dasselbe Auto, das James Bond in *Man lebt nur zweimal* fährt, es ist nicht so bekannt wie die Aston Martins. Aber es ist erst das dritte Auto, das ich kaufe, man kann mein Konsumverhalten also kaum als exzessiv bezeichnen«, sagt er.

Westerlund ist mit dem ehemaligen russischen Fotomodell Tatjana Ivanova verheiratet. Das Paar hat ein Kind, und ein weiteres ist unterwegs. Westerlund hat einen Architekten beauftragt, die Wohnung so zu planen, dass ein Teil davon allein für ihn reserviert ist. Dort hat nicht einmal die Familie Zutritt. Das wirkt zunächst beinahe asozial, aber Westerlund versichert, dass es absolut notwendig sei.

»Hier arbeite ich, beantworte meine E-Mails, gebe Interviews und spiele Playstation. Mit dem Rest der Familie kommuniziere ich über ein Lautsprechersystem, mit dem ich das ganze Haus erreichen kann. Ich kann ein sehr viel besserer und präsenterer Vater sein, wenn ich diese Zeit für mich selbst bekomme«, sagt er.

Als der Reporter fragt, ob es nicht einfacher wäre, das Handy statt einer Lautsprecheranlage zu benutzen, antwortet Westerlund überraschenderweise, dass er gar keins besitze.

»Ich habe im ganzen Haus Gegensprechanlagen installieren lassen. Ich mag es nicht, die ganze Zeit online zu sein. Es lenkt ab und ist nicht gut für das Gehirn und die Erinnerung. Ich habe nur mein E-Mail-Konto, das ich hin und wieder abrufe.«

Dies ist nur eines der Paradoxe in Westerlunds Persönlichkeit. Er gilt als exzentrisch und ist jederzeit für eine überraschende Initiative gut – beispielsweise als er Finnlands Linkspartei mit einer großen Spende vor der letzten Reichstagswahl unterstützte. Westerlund ist Befürworter eines starken öffentlichen Sektors und ein Gegner von Privatisierung und Deregulierung.

»Ich halte Finnlands Bildungssystem für unseren größten Wettbewerbsvorteil, und ich glaube, dass es in Zukunft immer wichtiger werden wird. Ich verabscheue Populismus, das intellektuelle Wischiwaschi unserer Zeit und die antiwissenschaftliche Attitüde, die immer mehr um sich greift.«

Eine Erklärung dafür lässt sich in Westerlunds Geschichte finden. Er ist mit einer alleinerziehenden Mutter aufgewachsen, die als Erzieherin arbeitete und in der sozialdemokratischen Ortsgruppe aktiv war.

»Sie arbeitet immer noch. Meine Mutter geht erst nächstes Jahr in den Ruhestand.«

Sie wird sich um ihre Rente keine Sorgen machen müssen. Westerlund hat ihr eine Luxusvilla nicht weit von seinem eigenen Haus gekauft.

»Meine Mutter hat sich lange Sorgen um mich gemacht, weil ich immer nur zu Hause saß und programmierte und alte Computer auseinanderbaute. Ich glaube, sie hatte mich schon verloren gegeben. Wahrscheinlich konnte sie sich nicht vorstellen, dass daraus ein richtiger Beruf werden konnte. Aber sie ließ mich weitermachen, und darüber bin ich heute froh.«

Sein Vater verschwand bereits direkt nach der Geburt aus seinem Leben.

»Wir haben keine Beziehung«, sagt der Millionär, der offensichtlich nicht über seinen Vater reden möchte. Aber finnische Medien haben recherchiert, dass er ein Unternehmer ist, der mit seiner Frau und der Familie in Helsinki wohnt.

»Das möchte ich nicht kommentieren«, sagt Westerlund nur.

Westerlund hat die Gewinne der Firma nicht auf ausländische Banken verschoben. Und wenn das Unternehmen Dooku bald an die Börse geht, wird der Vorstand in Helsinki sitzen.

»Man sieht ja oft, dass Unternehmen dieser Art durchstarten wollen und jede Menge Geld in Marketingkampagnen stecken, aber ich glaube, dass unsere

Marke auch ohne Kuscheltiere, Schulranzen und Erfrischungsgetränke stark genug sein wird.«

Das Unternehmen wurde Anfang der Nullerjahre gegründet, als Westerlund noch zu Hause bei seiner Mutter wohnte. Von den zwei Gründern ist nur noch Westerlund in der Firma tätig.

»Ich war der Einzige, der an den Erfolg glaubte. Aber zu Beginn haben wir viele Fehler gemacht, und der Markt war noch nicht bereit. In der letzten Zeit habe ich enorm viel Glück gehabt.«

Dooku wird schon als »das neue Nokia« bezeichnet, aber solche Vergleiche wischt Westerlund mit einer Handbewegung fort.

»Wir haben nur 60 Mitarbeiter und werden nie so viele Menschen beschäftigen wie Nokia. Damals waren es ja Tausende.«

Dookus anderer Gründer war Erik Holmberg, der Westerlund an der Technischen Hochschule kennengelernt hatte, wo sie beide studierten. Sie gründeten eine Firma, die zunächst Internetauftritte kleinerer Unternehmen programmierte, in einem kleinen Kellerlokal im angesagten Helsinkier Stadtteil Kronohagen.

»Wenn ich acht Stunden am Tag arbeitete, dann schaffte Martin sechzehn Stunden. Er war mir immer zwei Schritte voraus«, sagt Erik Holmberg heute, wenn er sich an die ersten Jahre erinnert.

Es bleibt unklar, warum Holmberg die Firma verlassen hat, es sei dabei aber nicht um persönliche Animositäten gegangen, versichert er.

»Ich habe eine Familie gegründet und wollte einen

sicheren Lebensunterhalt. Zu der Zeit haben wir kaum Geld verdient«, sagt er.

Holmberg verkaufte gleichzeitig seine Anteile. Hätte er es nicht getan, wäre er heute ein reicher Mann.

»Natürlich ist man ein bisschen enttäuscht, aber auf der anderen Seite war es zu dem Zeitpunkt eine vernünftige Entscheidung, es bringt nichts, sich jetzt deswegen zu grämen«, sagt er heute.

Nachdem das Interview ein gute halbe Stunde gedauert hat, unterbricht Westerlund es plötzlich.

»Wir müssen in die Küche«, sagt er.

Es stellt sich heraus, dass die ganze Familie auf uns wartet.

»Unser gemeinsames Mittagessen ist heilig«, kommentiert Westerlund.

Seine Frau Tatjana hat belege Brote gemacht und einen kleinen Salat. Sie ist ganz in Weiß gekleidet, dieselbe Farbe hat auch die Küche. Die zweijährige Tochter des Paars sitzt beim Mittagessen mit am Tisch. Sie spielt mit einem Zeigebuch.

»Wir lassen sie nicht mit Computern oder Tablets in Berührung kommen. Die Forschung hat gezeigt, dass sie die Entwicklung der Kinder behindern. Wir lassen sie so oft wie möglich nach draußen und im Brunnsparken spielen.«

»Ich bin mitten in der Moskauer Betonwüste aufgewachsen, mit dem ganzen Verkehr. Es ist eine große Freiheit, in Helsinki wohnen zu dürfen. Die Stadt hat die richtige Größe. Ich vermisse hier nichts«, sagt Tatjana Ivanova.

Das ist wenig überraschend. Es gibt Gerüchte, wonach ein größerer japanischer Investor daran interessiert ist, die Mehrheit der Aktien zu übernehmen, sobald das Unternehmen an die Börse gegangen ist. Der Marktwert des gesamten Unternehmens wird auf zehn Milliarden Euro geschätzt.

»Im Augenblick haben wir keine Pläne, unseren Anteil zu verkaufen, aber die Zukunft wird zeigen, in welche Richtung wir uns bewegen«, sagt Westerlund.

Als er das Interview gab, hatte Erik nicht geahnt, dass es in einer so umfangreichen Reportage stehen würde. Der Journalist hatte ihn angerufen, und er hatte ein paar schnelle Antworten gegeben. Es kam ihm verlogen vor, dass im Artikel keines der Probleme der Firma angesprochen wurde, dass man immer dieselbe Geschichte über Martin Westerlund erzählte, weil niemand etwas von einer weiteren finnischen Firma in wirtschaftlichen Schwierigkeiten hören wollte. Alle wollten glauben, die Start-up-Unternehmen würden Finnland aus der wirtschaftlichen Depression reißen, und deshalb interviewten die Journalisten einfach die entsprechenden Leute, statt richtig gründlich zu recherchieren.

Es würde früher oder später ohnehin ans Licht kommen, der Kaiser würde ohne Kleider dastehen, und dann würden die Journalisten jede Gelegenheit wahrnehmen, auf Martin herumzutrampeln. Aber im Augenblick durfte er noch die Rolle des guten Millionärs mit dem sozialdemokratischen Herzen spielen.

Erik lief noch mehrere Stunden planlos durch die Stadt, von Kneipe zu Kneipe. Er traf niemanden, den er kannte, alle Menschen kamen ihm so jung vor, sie waren in den

Zwanzigern und hielten ihre Handys in der Hand, während sie zusammensaßen.

Er fand einen ruhigen Tisch in einer Bar an der Nylandsgatan und blieb eine Weile dort sitzen, bestellte ein Bier nach dem anderen und starrte auf sein Handydisplay.

Als er gerade gehen wollte, rief Julia an. Sie berichtete, Alice sei den ganzen Tag nicht nach Hause gekommen.

»Ich mache mir Sorgen.«

»Wie spät ist es eigentlich?«, fragte Erik.

»Fast zehn. Sie war den ganzen Tag weg, sie war schon weg, als ich heute Morgen aufgewacht bin. Und Marika und Chris haben Leo auch nicht gesehen.«

»Dann sind sie wohl ausgerissen«, sagte Erik.

»Bestimmt. Sollen wir die Polizei anrufen?«

»Kannst du nicht zuerst sie anrufen?«

»Ihr Telefon ist anscheinend ausgeschaltet. Ich habe sie den ganzen Tag nicht erreicht.«

»Es kann gar nichts passieren.«

»Hast du getrunken?«, fragte sie.

»Ein paar Bier.«

»Aha. Aber was soll ich jetzt tun?«

»Nichts. Ihr seid in Mjölkviken. Das ist der sicherste Ort der Welt«, sagte Erik.

6

Julia und Marika suchten den ganzen Abend nach den Kindern. Sie waren einmal den kompletten Strand abgelaufen, waren mit dem Auto ein paar Runden durch die Umgebung gefahren, aber am Ende gaben sie auf. Anders war ebenfalls dabei gewesen, er war ein paar Stunden durch den Wald gestreift, allerdings ohne Ergebnis.

Sie redeten sich ein, dass sich die Kinder am Strand aufgehalten, vielleicht einen längeren Spaziergang unternommen und vergessen hatten, wie spät es war. Sie kehrten zum Sommerhaus zurück und aßen zu Abend. Es hatte den ganzen Tag geregnet, ein monotoner, aber hartnäckiger Regen, der Julia umso mehr beunruhigte. Die Kinder würden sich doch nicht freiwillig diesem Wetter aussetzen?

Nervös schaute sie auf die Uhr. Schon halb elf.

»Spätestens wenn sie Hunger haben, sollten sie doch nach Hause kommen, oder?«, sagte sie.

»Mach dir keine Sorgen, Leo weiß schon, was er tut«, sagte Marika.

»Was meinst du damit?«

Julia wollte Marika fragen, ob ihr Sohn vielleicht ein potenzieller Vergewaltiger war, aber weil Anton dabei war, musste sie sich zurückhalten. Angst breitete sich in ihr aus und sie konnte kaum still sitzen. Am liebsten hätte sie die Polizei angerufen, aber in der nächsten Sekunde dachte sie, dass die Kinder bestimmt auftauchen würden und sie vielleicht noch eine Stunde warten sollten. Außerdem, was konnte die Polizei schon tun?

»Wir sollten alle rausgehen und sie suchen«, erklärte Julia. »Chris, Helena, Ville, alle zusammen.«

»Ich glaube nicht, dass Chris zum Suchen mitkommt«, erwiderte Marika.

Julia wollte fragen, warum, aber intuitiv wusste sie die Antwort schon. Zu Chris' unkonventionellem Charakter gehörte wahrscheinlich auch die Überzeugung, dass Kinder keine Regeln oder geografischen Begrenzungen brauchten.

Marika versuchte Julia zu beruhigen. »Wir haben Leo immer kommen und gehen lassen, wie er wollte. Er ist die Natur gewohnt. Er ist mit ihr aufgewachsen. Haben sie heute früh vielleicht irgendetwas gesagt, das wir nur nicht mibekommen haben? Womöglich haben wir nicht gut genug zugehört?«

Julia fragte sich, ob Marika Chris' Verhalten sanktionierte, ob es Teil einer Übereinkunft war, dass Chris und Helena machen konnten, was sie wollten, dass ihr Sohn machen konnte, was er wollte, um eines Tages genauso zu werden wie sein Vater, dass es unter ihnen überhaupt keine Regeln gab. Mit einem Mal kam ihr alles so schmutzig vor, das ganze Verhalten dieser Familie, als wären sie total entgrenzt. Warum hatte sie zugelassen, dass Alice da hineingezogen wurde? Sie fühlte sich schuldig, weil sie schlecht über Erik gedacht hatte, obwohl sie doch froh darüber sein sollte, wie gut und sicher sie es bei ihm hatte, wie normal er war.

»Ich verstehe ja, dass ihr keine Regeln habt, aber ich bin es nicht gewohnt, dass meine Tochter geht, ohne etwas von sich hören zu lassen«, sagte Julia.

»Wann muss sie denn zu Hause sein?«, fragte Marika.

»Darum geht es nicht«, sagte Julia. »Ich habe einfach nicht erwartet, dass sie hier in Mjölkviken nachts durch die Gegend zieht. Ich brauchte ihr gar keine Uhrzeit zu sagen.«

»Ihnen ist nichts passiert«, sagte Marika. »Ich verspreche es dir. Selbst wenn sie sich im Wald verirrt haben, sind die Entfernungen so gering, dass sie früher oder später den Weg finden. Aber das wäre ohnehin unwahrscheinlich.«

»Sollten wir jetzt nicht die anderen holen und suchen?«

Marika schaute wortlos aus dem Fenster. Sie hatte nicht mehr ihr gewohntes neugierig-arrogantes Lächeln. »Chris sitzt jetzt da unten mit Helena. Sie taucht morgens auf, und dann verschwinden sie. Oder sie isst mit uns zu Mittag, und es ist irgendwie so widerlich, weil sie trotzdem eine Freundin von mir ist, und dann sitzt sie da und schaut Chris an … Das ist nicht das erste Mal.«

Julia sah Anton an. »Willst *du* nicht gehen und nach ihnen suchen?«, fragte sie.

»Jetzt?«, fragte Anton.

»Es ist spät, aber immer noch hell. Vielleicht kannst du zum Weg gehen und schauen, ob sie kommen?«

Widerwillig stand Anton vom Tisch auf. Er nahm sein Handy und ging zur Haustür hinaus. Durchs Fenster konnte Julia ihn sehen, wie er mit dem Telefon in der Hand um die Felsen vor dem Haus herumging.

»Also, es ist ja nichts Neues«, fuhr Marika fort. »Er war schon immer so. Es hat jede Menge Frauen gegeben. Junge Frauen.«

»Stört dich das nicht?«, fragte Julia und schaute auf die Uhr. Es war zwanzig vor elf. Um elf wollte sie noch einmal den Strand abgehen.

»Zu Anfang vielleicht … aber inzwischen habe ich mich daran gewöhnt.«

Julia wusste nicht recht, was sie sagen sollte. Es fiel ihr schwer, sich auf das Gespräch zu konzentrieren, sie wollte nach draußen gehen und sich auf die Suche nach den Kindern machen, ihre Namen rufen.

»Manchmal denke ich, ich sollte Chris verlassen. Du weißt schon, einfach Leo nehmen und irgendwohin fahren. Aber wohin sollte ich? Ich habe mir immer vorgestellt, dass wir hierherkommen könnten, aber jetzt hat er diesen Ort zu seinem gemacht. Es war der letzte Ort, der ganz allein mir gehörte. Und jetzt ist es so, als wäre er mit Helena hier und nicht mit mir.«

Julia konnte sich nicht länger konzentrieren. »Tut mir leid, das klingt alles sehr traurig, aber ich möchte jetzt raus und suchen.«

»Schon wieder?«

»Jetzt.«

»Ich verspreche dir, es geht ihnen gut. Sie kommen bald zurück«, sagte Marika.

»Ich fühle mich aber so hilflos. Man kann sie nicht einmal anrufen.«

»Weißt du noch, als wir Kinder waren? Da konnte man auch nicht anrufen. Und trotzdem ist alles gut gegangen.«

»Ja, aber jetzt würde ich sie trotzdem gern finden. Kannst du Leo noch einmal anrufen?«

Beide versuchten ihr Kind zu erreichen, doch keines meldete sich. Und so beschlossen sie, wieder nach draußen zu gehen und unten am Strand zu suchen.

Marika redete weiter, während sie durch den Regen gingen. Anton lief neben ihnen her und hielt sein Handy hoch, um den Weg zu beleuchten. Julia hörte Marika mit halbem Ohr zu und rief hin und wieder nach den Kindern. Es kam ihr so vor, als wäre sie in einer seltsamen Therapiesitzung mit Marika gelandet, obwohl sie beide sich doch darauf konzentrieren sollten, Leo und Alice zu finden.

»Den größten Teil meines Lebens habe ich versucht, möglichst viel Abstand vom Lebensstil meiner Eltern zu gewinnen, von ihrem geordneten und gepflegten Dasein, den Cocktails um fünf Uhr nachmittags und einem Vater, der Zeitung liest, von den Freunden mit gutem Geschmack, den Perlenketten und den Kindern, die Klavier spielen. Ich habe gegen all das rebelliert und Leo eine freie und wilde Kindheit geschenkt, ich habe ihn zu Hause unterrichtet und in meinem ganzen Leben noch keine Ohrringe getragen. Ich wollte nicht wie meine Mutter werden, die immer nickte, wenn mein Vater etwas sagte. Frau Doktor Segerkvist, Mitglied des örtlichen Odd-Fellow-Klubs und treue Anhängerin der Schwedischen Volkspartei. Aber dann betrachte ich mein Leben und muss mir eingestehen, dass ich genauso bin. Chris ist ein Führer, der Gefolgsleute braucht, und ich bin die perfekte Trophäe in seinem Traum vom unabhängigen Leben. Die persönliche Assistentin des

Großen Gurus. Das ist aus meinem Leben geworden. Genau wie bei meiner Mutter.«

Julia war ein bisschen überrascht von diesem plötzlichen Ausbruch, das hatte sie nicht erwartet. Sie war beinahe eifersüchtig auf Chris' und Marikas Beziehung gewesen, sie strahlten aus, ein erwachsenes Paar mit einem erwachsenen Verhältnis zueinander zu sein, mit einer sexuellen und fast gefährlichen Spannung, alles andere als konventionell und kleinbürgerlich.

»Mein Vater hat sich ständig betrunken«, sagte Marika. »Immer. Ich dachte gar nicht darüber nach, es war ganz natürlich, weil es irgendwie dazugehörte. Aber deine Eltern müssen meinen Vater für einen hoffnungslosen Fall gehalten haben. Sie waren ja so tüchtig.«

»Ich weiß nicht«, sagte Julia.

»Wir haben noch nie darüber gesprochen«, sagte Marika.

»Worüber?«

»Du hast davon in deinem Buch geschrieben. Aber du wusstest nicht, wie es wirklich war.«

»Hast du es gelesen?«

Marika blieb stehen und schaute Julia an. »Natürlich habe ich es gelesen. Du schreibst über mich und wie anstrengend ich war. Du hast bestimmt recht. Ich *war* anstrengend. Ich wollte jeden Tag mit dir zusammen sein, ich konnte den Gedanken nicht ertragen, dass du nicht mit mir zusammen sein wolltest. Ich war in dich verliebt, oder wenigstens glaubte ich, in dich verliebt zu sein. Ohne dich konnte ich nichts tun. Aber du hast es so interpretiert, dass ich dich manipulierte.«

»Vergiss es. Es spielt keine Rolle mehr. Wir waren Kinder damals.«

»Klar, aber war es nicht auf eine seltsame Weise unheimlich real? Als würde das Leben genau jetzt passieren, und alles, was gerade passierte, war das Wichtigste auf der Welt? Ich erinnere mich, dass jeder Tag eine Frage von Leben und Tod war. Jede Bewegung. Aber du hast es anders gesehen. Allerdings hast du auch nicht alles gesehen.«

»Was meinst du damit?«, fragte Julia.

»Du schreibst, dass deine Kindheit eine Art schimmernder, ewiger Sommer war, mit langen Festen und Eltern, die fröhlich und lustig waren. Am Ende des Sommers schoss man Raketen in die Luft und veranstaltete Krebsessen und schlich in den Wald. Das Einzige, was dich störte, war ich. In deinem Buch war ich das Schlimmste, deine ständige Begleiterin und gleichzeitig eine Plage. Aber du hast es nicht gesehen, du hast nur gesehen, was du sehen wolltest«, sagte Marika.

»Was hätte ich denn sehen sollen?«

»Nichts. Es ist nicht mehr wichtig.«

Marikas Augen verloren etwas von ihrem fröhlichen Glanz, durch den sie immer so vergnügt aussah.

»Kannst du dich erinnern, dass sie uns jemals gesagt haben, wann wir ins Bett gehen sollen?«, sagte Marika.

»Nein, überhaupt nicht«, sagte Julia.

»Ich auch nicht. Ich kann mich an überhaupt keine Regeln erinnern.«

»Sollten wir die Polizei anrufen?«

»Was glaubst du, was sie machen?«, fragte Marika.

»Was hast du denn gemacht, als du dreizehn warst?«, fragte Julia.

»Großer Gott«, sagte Marika.

»Eben.«

Gleichzeitig begannen sie zu lachen, und Marika legte die Hand auf Julias Schulter. Julia ließ sie dort eine Weile liegen, es fühlte sich gut an mitten in all den Sorgen. Ihre Schultern waren nass vom Regen, und sie ging bewusst an der Strandlinie entlang, ohne stehen zu bleiben.

Marika senkte die Stimme.

»Erinnerst du dich an die Feste der Erwachsenen, wie sie gegen Morgen waren?«

Julia dachte nach. Sie erinnerte sich an Eltern, die auf den Gartenmöbeln bei Marikas Haus saßen, sie erinnerte sich, dass die Kinder an einem anderen Tisch platziert wurden, sie erinnerte sich an Mjölkviken im Herbst, als es schon kälter und dunkler geworden war, sie erinnerte sich an Stricksocken und Mütter, die ihr wärmere Kleidung anzogen.

»Was meinst du damit?«, fragte sie.

»Erinnerst du dich, dass die Väter manchmal ihre Hände unter die Pullis der Mütter steckten? Und ich meine nicht die Pullover ihrer Gattinnen, sondern die anderer Frauen.«

»Daran erinnere ich mich nicht«, sagte Julia.

»Das kam oft vor. Es war vielleicht nicht das größte Problem der Welt, es waren die Achtzigerjahre, und es kommt weiß Gott auch heute noch vor. Aber erinnerst du dich, dass zwischen meinem Vater und deiner Mutter etwas ganz Besonderes war?«

»Nein, daran erinnere ich mich nicht«, sagte Julia.

»Da lief was. Und in einem Sommer gab es dann einen heftigen Streit, und meine Mutter haute ab. Ich weiß nur noch, dass mein Vater betrunken war und sie geschlagen hatte. Und nachdem meine Mutter weg war, kam dann deine Mutter und tröstete ihn, und ich weiß nicht, was genau passierte, aber am nächsten Morgen war deine Mutter immer noch da.«

»Wie spät ist es?«, fragte Julia plötzlich.

»Schon nach zwölf«, sagte Marika.

7

Alice und Leo gingen den Waldweg hinauf zur Kreuzung, bogen nach rechts ab und folgten der Ausschilderung zum Feriencamp.

»Vielleicht ist dort eine Konfirmandenfreizeit«, sagte Alice.

»Das werden wir ja sehen. Wenn Leute da sind, müssen wir uns was anderes ausdenken. Komm jetzt.«

Er zog sie am Arm, und sie gingen weiter durch den leichten Regen. Alice fand es schön im Tiefdruckgebiet, wenn der Regen das Gesicht kühlte.

»Glaubst du, was deine Eltern sagen?«, fragte Alice. »Dass die Welt untergeht?«

»Das sagen sie ja gar nicht. Sie sagen nur, dass der Klimawandel nicht mehr aufzuhalten ist, dass er eskaliert. Und das stimmt ja auch. Da kannst du jeden Klimaforscher fragen.«

»Aber was bedeutet das?«

»Ich glaube, das weiß niemand.«

»Aber bist du derselben Meinung wie deine Eltern? Willst du dasselbe machen wie sie?«

»Du meinst, primitiv zu leben?«

»Heißt das so?«, fragte Alice. Sie hatte das Wort vorher noch nicht gehört.

»Im Grunde machen sie das ja gar nicht. Ich habe keine

Ahnung, was mein Vater vorhat. Ich hoffe nur, dass ich mein Handy behalten darf«, sagte er.

Alice lachte.

Nach einer halben Stunde näherten sie sich dem Feriencamp. Es kam ein weiteres Schild und ein schmaler Pfad. Ein paar Autos standen auf dem Parkplatz, aber sie sahen keine Menschen.

»Wollen wir uns einen Platz suchen, wo wir sitzen können?«, fragte Leo.

Alice nickte, und sie betraten das Gelände.

Es gab ein großes, rotes Holzhaus und etwa zehn Hütten, die am Strand standen. Es war ein hübscher Ort mit Klippen und einem großen Sandstrand, einem Volleyballnetz und einer Strandsauna.

Leo hatte eine Stofftasche mit Essen dabei und Alice ihren kleinen Lautsprecher. Der Akku ihres Handys war leer, aber Leo hatte noch genug, damit sie Musik hören konnten.

Sie gingen zu der am weitesten entfernten Hütte am Strand und hofften, dass man sie vom Hauptgebäude aus nicht sehen konnte. Die Hütte sah ein wenig aus wie eine kleine Sauna, und als Leo die Türklinke herunterdrückte, merkte er, dass sie nicht abgeschlossen war.

»Bingo.«

»Vielleicht wohnt hier jemand?«

»Wir können ja mal reinschauen.«

Es sah unbewohnt darin aus. Auf den Betten lagen Matratzen und Kissen, aber keine Laken oder Bettwäsche. Der Boden war voller Kiefernnadeln, und es sah aus, als wäre schon lange niemand mehr hier gewesen. Die Luft war roh und kalt.

Leo setzte sich aufs Bett.

»Hier können wir bleiben. Wir haben Essen und Musik. Was brauchen wir mehr?«

»Alkohol«, sagte Alice.

»Den haben wir leider nicht. Wollen wir die Umgebung ein bisschen erforschen?«

Leo hatte die ganze Zeit sein Telefon dabei und spielte Musik, während sie herumgingen.

Auf der großen Terrasse des Hauptgebäudes saßen ein paar Leute in weißen Gewändern, und Leo ging sofort zu ihnen hinauf. Er war auf eine Weise neugierig, die Alice völlig fremd war.

»Wer seid ihr?«, fragte er.

Sie sahen merkwürdig aus, als wären sie Schauspieler in einem Theaterstück, alle hatten altmodische Frisuren und trugen eine Art Arztkittel.

Sie waren zu fünft, so um die fünfundzwanzig Jahre alt, jedenfalls jünger als Alices Eltern. Missmutig schauten sie einander an.

»Was macht ihr Kinder denn hier?«, fragte einer von ihnen. Er hatte dunkelbraunes Haar und einen Schnurrbart, gestutzt und gewichst, wie man es auf alten Fotografien sehen konnte.

»Der Strand ist doch öffentlich«, sagte Leo.

Erneut sahen sie sich an.

»Wir sind mitten in einem Rollenspiel«, sagte sie. »Könnt ihr Kinder uns einfach in Ruhe lassen? Und schaltet das Ding da aus«, sagte er und zeigte auf Leos Handy. »Ihr zerstört die Illusion. Wir sind gerade im Jahr 1915.«

»Wir haben 2016«, sagte Leo.

»Nein, es ist 1915, und ihr seid in einem Sanatorium. Seid ihr vielleicht Patienten? Wollt ihr ins Krankenhaus eingeliefert werden?«

Alice fand das alles ziemlich eigenartig, was machten diese Leute eigentlich? War das irgendeine Art von Theater?

»Von mir aus«, sagte Leo und zuckte mit den Schultern.

»Ernsthaft?«, fragte der Mann mit dem Schnurrbart.

»Leo, worum geht es hier eigentlich?«, fragte Alice.

Leo schaute die Erwachsenen an. »Wenn ich es richtig verstanden habe, sollen wir so tun, als wären wir krank, und sie sind unsere Ärzte. Hast du noch nie von Rollenspielen gehört?«

Alice schüttelte den Kopf.

»Wenn ihr Kinder mitmachen wollt, müsst ihr euch Krankenhauskleidung anziehen. Wir holen euch welche«, sagte der Mann.

Ein anderer der jungen Männer, der ebenfalls einen Arztkittel trug, schien zu zögern.

»Aber das sind doch nur Kinder. Sollen wir sie wirklich mitmachen lassen?«

»Warum nicht?«, fragte er zurück. »Warum sollte das Krankenhaus keine lungenkranken Kinder haben?«

Sie bekamen beide ein Baumwollhemd und eine lockere Hose, ebenfalls in Weiß. Sie wurden ins Haus geführt und in weiße Eisenbetten gelegt.

»Tagsüber dürft ihr draußen auf der Terrasse liegen, das ist gut für die Gesundheit«, erklärte eine Frau aus der Gruppe. Sie hatte kräftige, blonde Haare, die zu einer komplizierten Frisur hochgesteckt waren. Das Hüttenlager war leer und verlassen, der Dielenboden kalt und rau. Das Licht war eingeschaltet, und in einem großen offenen Kamin hatten sie Feuer gemacht.

Es gab noch weitere »Patienten«, insgesamt etwa zehn. Leo und Alice flüsterten miteinander, wurden von denen, die die Ärzte spielten, aber gebeten, still zu sein.

»Kein Flüstern. Wenn ihr dabei seid, dann richtig.«

Sie lagen mindestens eine Stunde lang in ihren Betten, draußen begann es ein bisschen zu dämmern, und Alice bereute, dass sie von zu Hause ausgerissen waren. Sie wollte gerade aufstehen, als jemand kam und sagte, dass sie jetzt ihr Essen bekommen würden. Es gab Hackfleischsuppe mit Kartoffeln, Möhren und Lauch.

Anschließend saßen alle Patienten im Kreis und unterhielten sich. Meistens ging es um den »Krieg in Europa«, was Alice aus der Schule vage bekannt vorkam, ohne dass sie richtig verstand, was sie sagten. Die Stimmung war gedrückt, anscheinend versetzten sie sich in die Vorstellung, dass die Welt gerade unterging. Manche husteten und schluchzten.

Jemand las laut aus einer Zeitung von 1915 vor:

> »Die Rotkreuz-Konferenz, die zur Zeit in Stockholm mit Delegierten aus Deutschland, Österreich-Ungarn und Russland abgehalten wird und das harte Los Hunderttausender Kriegsgefangener zu lindern versucht, ist der Beweis dafür, dass der Krieg bei jenen, die die Macht haben, nicht jegliches Mitgefühl mit den Unglücklichen und Gefangenen ausgelöscht hat.«

Alice schaute Leo an, der den Mund zu einem Grinsen verzog. Es fiel ihr schwer, ein Lachen zu unterdrücken, schließlich begann sie unbeherrscht zu kichern. Die anderen aus der Gruppe sahen sie böse an, und da fing auch Leo zu kichern an.

»Kinder, glaubt ihr etwa, die Reichsnachrichten wären lustig?«, fragte einer der Arztdarsteller.

»Nee«, sagte Alice und musste noch mehr kichern.

»Wenn wir später Vorstellung haben, könnt ihr lachen und euch amüsieren, wie ihr wollt. Aber jetzt verfolgen wir erst einmal die Geschehnisse in Europa. Italien ist gerade in Österreich-Ungarn einmarschiert, und niemand weiß, was passieren wird. Manche glauben, dass das der große Krieg ist, der uns alle vernichten wird«, sagte der Arzt.

Die anderen blickten traurig zu Boden, aber Leo stand auf und nahm Alices Hand. »Wollen wir abhauen?«

Sie nickte.

Den Rest des Abends verbrachten sie allein am Strand. Leo machte viele Fotos von Alice, während sie am Wasser entlanglief.

Sie hatten wieder ihre normale Kleidung angezogen, gingen nach einer Weile in ihre Hütte und aßen die letzten Vorräte, die sie dabeihatten.

Irgendwann am Abend mussten sie beide eingeschlafen sein, denn als Alice aufwachte, war die Hütte in Dunkelheit gehüllt. Als sie die Augen öffnete, konnte sie nichts sehen, ihr Arm war eingeschlafen, weil sie so dicht nebeneinander in dem schmalen Bett lagen, und sie konnte sich kaum erinnern, wo sie war.

»Leo, wach auf!«

»Leo!«, flüsterte sie lauter.

Er schlug die Augen auf, das war das Einzige, was sie sehen konnte, seine Augen in der Dunkelheit.

»Wir sind eingeschlafen«, sagte sie. »Wir müssen nach Hause. Es ist bestimmt schon ganz spät.«

Er setzte sich auf. »Fuck. Anscheinend war ich ziemlich müde. Kein Wunder, so wie wir uns die ganze Nacht immer schreiben.«

Als sich ihre Augen allmählich an die Dunkelheit gewöhnt hatten, konnte sie sehen, dass er sie anlächelte. Sie umarmten sich lange, bevor sie aufstanden und nach draußen gingen.

Als sie den Weg zurückgingen, fiel Alice ein, dass der Ring, den sie am Strand gefunden hatte, in ihrer Tasche steckte. Sie hatte ihn in die Shorts gesteckt, um ihn Leo zu zeigen, aber dann war es ihr albern und kindisch vorgekommen. Jetzt holte sie ihn heraus.

»Willst du den haben?«, fragte sie. »Dann kannst du dich an mich erinnern, egal wo du gerade bist.«

Leo steckte ihn sich auf den Daumen. »Der sieht ziemlich cool aus«, sagte er.

8

Als am Morgen der Regen einsetzte, schleppte Kati die Gartenmöbel herein. Eigentlich gab es keinen Grund, es zu tun, aber der Anblick machte sie depressiv, und sie dachte, dass sie damit nicht bis zum Herbst warten wollte. Die Möbel wogen mehr, als sie erwartet hatte, und hinterließen tiefe Spuren im Sand, als sie sie in den kleinen Holzschuppen hinter dem Haus zog. Außerdem waren sie schwer zusammenzuklappen, und beim Hereinholen des großen Tischs riss sie sich eine lange Schramme in die rechte Handfläche. Die Wunde war tief, und das Blut lief ihr über den Arm, als sie über den Hof zum Haus ging. Sie fand kein Pflaster, also riss sie in der Küche ein Stück Küchenpapier ab, drückte es gegen die Wunde und setzte sich ans Fenster.

Draußen regnete es immer heftiger. Sie war jetzt schon seit mehr als einhundert Tagen hier, hatte das Haus nur verlassen, wenn sie mit dem Fahrrad zum Laden fuhr oder – wie in den letzten Wochen – sich mit Anders getroffen hatte.

Jetzt hatte sie zumindest ordentlich gegessen. In den ersten Monaten hatte sie nur ganz einfache Mahlzeiten zu sich genommen. Fertiggerichte, Obst, Knäckebrot. In der Studienzeit hatte sie auch Knäckebrot gegessen, wenn das Geld knapp wurde, und das ganze Frühjahr hatte sie einen seltsamen Trost dabei empfunden, es ohne Butter zu essen, als würde es sie an die Zeit erinnern, in der Johan und sie jung und frisch verliebt waren und im Studentenwohnheim in Turku wohnten.

Sie hätte wahrscheinlich den ganzen Sommer so weitergemacht, immer nur Sachen aus dem Gefrierfach aufgewärmt, wäre vielleicht manchmal in die Stadt gefahren, um Wein zu kaufen, wenn nicht die Familie, und später Anders, gekommen wäre. Ihr Plan war einfach gewesen: sich von der Welt zu isolieren und hier vor dem Haus zu sitzen, bis sie bereit war. Bereit wofür? Das wusste sie im Grunde nicht, aber sie wusste, dass sie Zeit brauchte. Das hatte sie auch immer ihren Patienten gesagt: dass die Zeit alle Wunden heile. Dass es zwar ein Klischee sei, aber dass es zu einem Klischee geworden sei, weil es stimmte.

Wie viel Zeit würde sie brauchen?

Bei ihrer Arbeit begegnete sie häufig Menschen, die von ihrem Partner verlassen worden waren, und bei ihnen konnte es Jahre dauern, bis die Wunden verheilt waren. Sie verloren den Appetit, hatten Schwierigkeiten, sich im Leben zurechtzufinden, verloren Dinge, vergaßen Sachen. Aber fast alle kamen irgendwann darüber hinweg.

Schlimmer war es für diejenigen, deren Partner gestorben war. Das heißt, manchmal war es gar nicht schlimmer, sondern anders.

Ihr selbst war nichts mehr geblieben.

Die Kinder natürlich, aber die waren erwachsen und hatten ihr eigenes Leben.

Sie hatte nicht einmal mehr den Ring.

Sie hielt ihn beim Herumgehen, warum auch immer, in der Hand, und plötzlich war er weg. Wie eine weitere Opfergabe.

Aber dann kam Anders, der erst so tollpatschig und unsicher gewirkt hatte, doch dann zeigte sich, dass er warm und nett war und ihr vielleicht auch geholfen hatte. Und vielleicht war es ja so, dass sie die ganze Zeit hier auf ihn gewartet hatte, als hätte sie genau das gebraucht. Er war wie ein Therapeut für sie gewesen.

Sie wusste selbst nicht, welche Art von Beziehung sie hatten, vielleicht waren sie einfach nur zwei Menschen, die das Bedürfnis hatten, miteinander zu reden. Zwei Menschen, die sich gerade in einer Phase des Lebens befanden, in der es notwendig war, in einer Blase zu verharren und den Rest der Welt auszuschließen.

Aber je mehr sie redete, desto mehr spürte sie das Vergangene zurückkehren. Sie war klug genug, um einzusehen, dass sie die Trauer früher oder später bearbeiten musste. Ihren Klienten hatte sie niemals geraten, sich in ein Sommerhaus einzusperren. Aber es fiel ihr schwer, so zu leben, wie sie es lehrte.

Es war einfach zu viel für sie, die Trauer sprengte fast ihre Brust, sie wollte heraus, aber sie wollte ihn nicht damit belasten. Sie wollte nicht, dass er sie gemeinsam mit ihr tragen musste, doch sie spürte auch, dass er es nicht verstehen würde. Dass das, was sie zusammen hatten, nicht stark genug dafür war. Sie war ganz und gar nicht bereit.

Die Trauer nahm seltsame Formen an, sie fraß sich durch sie hindurch wie eine Made, grub sich durch ihren Kopf, bis sie sich vollkommen ausgehöhlt vorkam, und alles, was in ihrer Umgebung passierte, erinnerte an die Trauer, alles, was sie sah, alles, was sie aß, alles, was jemand zu ihr sagte, alle Antworten, aber sie versuchte, es nicht ihm anzulasten.

Bevor Anders kam, hatte sie Tennis gespielt, wenn sie nicht schlafen konnte. Aggressiv war sie über das Feld gelaufen und hatte den Ball so hart gegen die grüne Wand geschlagen, wie sie konnte.

Mit Johan hatte sie immer Tennis gespielt. Hier in Mjölkviken hatten sie beinahe jeden Tag gespielt, er hatte ihr den Sport beigebracht, und er fühlte sich herrlich an, das Gefühl, starke und sehnige Waden zu bekommen, ungehindert über den Asphalt hüpfen zu können. Sie hatten es auch den Kindern beigebracht, und als sie von daheim auszogen, gingen Katis und Johans Matches weiter.

Aber Johan war im April mit den Skiern aufs Eis gegangen. Sie hatte nichts tun können, hatte noch nicht einmal gesehen, wie er einbrach. Sie war in der Stadt, und er war allein mit dem Hund hier.

Sie konnte immer noch nicht begreifen, warum er so weit hinausgefahren war. Nach all den Jahren hätte er wissen müssen, dass es im April gefährlich war, wenn die Sonne den ganzen Tag geschienen und dafür gesorgt hatte, dass große Eisflächen dünn und breiig waren, dass man unter keinen Umständen irgendein Risiko eingehen sollte.

Vielleicht war ja gerade die Gewohnheit das Problem. Dass Johan glaubte, er sei erfahren, dass er zurechtkommen würde, wenn irgendetwas passierte – er hatte darüber gesprochen, dass sie es in der Wehrdienstzeit geübt hätten, dass man mithilfe der Stöcke wieder hinaufkriechen könne –, aber er hatte vermutlich nicht daran gedacht, dass es mit Skiern und einem großen sibirischen Husky schwieriger sein würde.

Als sie ihn schließlich fanden, gab es Anzeichen dafür, dass der Hund versucht hatte, vor Johan wieder auf das Eis zu kommen, dass Johan eventuell Schwierigkeiten hatte, weil er zuerst dem Hund helfen wollte. Es war unmöglich zu sagen, aber Kati dachte, dass es sich so zugetragen haben musste, es wäre typisch für ihn gewesen, so war er eben, dachte immer zuerst an die anderen.

Zu Hause in der Stadt waren überall noch seine Sachen, sie hatte noch nicht ausgeräumt, und sie hatte sich unerreichbar gemacht. Auf der Arbeit hatte sie nur gesagt, sie sei krankgeschrieben, und war hierhergefahren. Sie hatte keine Rechnungen bezahlt, war nie ans Telefon gegangen, außer wenn die Kinder anriefen.

Zu Beginn hatten sie einen Teil des Praktischen geregelt. Die Beerdigung, weil sie selbst zu schwach war, und einen Teil des Papierkrams. Danach hatten sie ihr Leben weitergelebt, als wäre nichts passiert – nein, vielleicht nicht so, als wäre nichts passiert, aber trotzdem sehr viel schneller als sie, als hätten sie es eilig weiterzugehen. Es verletzte sie, aber sie verstand es.

Anders und sie hatten heute versucht, miteinander zu schlafen, zum ersten Mal, und es war seltsam und unbeholfen gewesen. Sie musste sich mittendrin bremsen, als sie beinahe »ich liebe dich« sagte. Stattdessen sagte sie »ich liebe das hier«. Anders war es nicht gelungen, in sie einzudringen, er war nicht hart genug, und danach hatten sie im Bett gelegen und einander versichert, dass es nichts ausmache, es vielleicht von Anfang an eine schlechte Idee gewesen sei. Vielleicht war ihre Beziehung einfach nicht so, vielleicht ging es um etwas anderes, das nichts mit Begehren oder Sex oder anderen Grundbedürfnissen zu tun hatte.

Anders war aufgestanden und zur Toilette gegangen, war eine ganze Weile drinnen geblieben und hatte die Spülung betätigt.

»Was hast du gemacht?«, fragte sie.

»Die Pillen runtergespült, die ich aus Hanoi mitgebracht habe. Ich brauche sie nicht.«

Eine Stunde später war Julia vorbeigekommen und hatte gesagt, dass die Kinder verschwunden seien, und Anders war losgegangen, um sie zu suchen. Kati war im Haus geblieben und hatte zum ersten Mal bemerkt, wie es aussah, wie schmutzig und trostlos es war, und sie begann aufzuräumen und sauber zu machen.

9

Die Kinder kamen am frühen Morgen nach Hause. Anders und Julia waren die halbe Nacht herumgefahren und hatten schließlich aufgegeben. Erst um drei Uhr früh war Anders auf die Idee gekommen, in die Instagram-Konten der Kinder zu schauen, wo sie sahen, dass Leo ein Bild von Alice am Strand hochgeladen hatte. Es war dunkel und erst ein paar Stunden alt.

»Sie sind irgendwo hier. Sie sind nicht in Gefahr. Vielleicht haben sie nur vergessen, dass sie Kinder sind und dass es Regeln gibt«, sagte Anders.

»Ich hatte mir schon gedacht, dass sie früher oder später so etwas machen würden. Gut, dass es Handys gibt, und gleichzeitig ist es ärgerlich, wenn man sie trotzdem nicht erreicht«, sagte Julia.

Julia war im Auto eingeschlafen, und Anders hatte sie zum Haus hinaufbegleitet. Sie wollte nicht ins Bett gehen, sondern sich auf die Terrasse setzen und bis zum Morgen warten, bevor sie die Polizei anrief. Sie war erleichtert, dass Alice offensichtlich noch am Leben war, aber sie wollte sie endlich zu Hause haben.

Um fünf Uhr kam Alice den Weg zum Haus hinauf. Es herrschte immer noch Dämmerung, die Art von stiller und starrer Sommerdunkelheit. Der Himmel grollte unheilvoll, und Alice war nass und müde nach dem langen Weg.

»Wo wart ihr?«, fragte Julia, die nicht einmal mehr böse war, sondern nur erleichtert und schläfrig, als würde sie auf Reserve laufen. Sie hatte drei Tassen Kaffee getrunken, und alles kam ihr so unwirklich vor, das drückende Tiefdruckgebiet, das aufziehende Gewitter, Alice, die gelöst und glücklich wirkte, obwohl sie so fror, dass sie blaue Lippen hatte.

Julia war nie richtig hysterisch geworden, sie hatte geahnt, dass Alice irgendwo mit Leo war und sie vermutlich nicht in größerer Gefahr waren. Hier gab es nicht viel Verkehr, und dass die beiden ertrunken sein könnten, war eine so schreckliche Vorstellung, dass sie sie gar nicht in Erwägung gezogen hatte.

Nachdem Alice frische Kleider angezogen hatte, schlief sie auf dem Sofa im Wohnzimmer ein.

Auch Julia schlief noch ein paar Stunden länger. Als sie aufwachte, war es bereits elf Uhr, und draußen regnete es in Strömen. Anton war wach und saß in der Küche. Julia begann zu kochen und rief ihre Eltern an. Ihr Vater ging ans Telefon.

»Bist du allein?«, fragte sie.

»Ja, deine Mutter ist einkaufen«, antwortete Göran.

»Aha.«

Es war eine Weile still.

»Papa?«

»Ja, meine Kleine?«

»Was weißt du über Mama und Sten Segerkvist?«

Erneut wurde es eine Weile still.

»Papa?«, sagte Julia noch einmal.

»Warum fragst du das?«

»Weil ich Marika getroffen habe, und sie fing an, alles Mögliche zu erzählen …«

»Willst du es wirklich wissen?«

»Was gibt es denn zu erzählen?«

»Naja, eigentlich spielt es keine Rolle mehr.«

»Dann erzähl schon.«

»Das ist lange her. Sie hatten eine Affäre. Sie hielt über mehrere Jahre an, jeden Sommer, den wir in Mjölkviken waren. Zumindest einige Sommer. Ich wusste nichts, habe erst später davon erfahren. Kannst du dich erinnern, dass wir uns einmal scheiden lassen wollten?«

»Ja, Mama hat die ganze Zeit davon gesprochen. Aber dann wurde nichts daraus.«

»Das war, nachdem ich die Briefe gelesen hatte.«

»Welche Briefe?«

»Sie haben sich die ganze Zeit Briefe geschrieben, im Winter, in denen sie planten, wie sie weggehen und ein gemeinsames Leben beginnen sollten. Es gab einen ganzen Karton mit solchen Briefen.«

»Das wusste ich nicht.«

»Natürlich wusstest du das nicht.«

»Aber dann ist nichts mehr passiert? Ihr habt euch nicht getrennt?«

»Zum Glück nicht. Er hatte Stil, war Arzt, aber auch ein echter Idiot, wenn du mich fragst. Ein Frauentyp. Hat ihr das Blaue vom Himmel versprochen. Am Ende haben ihre Freundinnen sie zur Vernunft gebracht.«

»Deshalb habt ihr also ein Sommerhaus näher an der Stadt gekauft? Deshalb seid ihr nicht mehr hier?«

»Naja, es gibt auch andere Gründe, ich finde es bequemer, wenn es näher an der Stadt ist. Aber klar, das war auch ein Grund. Dieser Strand weckt etwas negative Erinnerungen in mir.«

Nach dem Gespräch rief Julia Erik an. Mittlerweile regnete es stark, und die Küche wurde von mehreren Blitzen erleuchtet. Es war unbehaglich, fast furchterregend, das Unwetter schien sich direkt über ihnen zu befinden.

»Hallo, Liebling«, sagte sie.

Aber sie merkte sofort, dass etwas nicht stimmte. Eriks Stimme klang gepresst und seltsam, als wüsste er nicht, wie er anfangen sollte.

»Es gibt etwas, das ich erzählen muss«, sagte er.

Jede Menge Gedanken schossen ihr durch den Kopf – dass er eine Neue gefunden hatte, dass er einen Unfall hatte, dass er in einer Ausnüchterungszelle aufgewacht war, dass er entdeckt hatte, dass er homosexuell ist.

Aber dass er gefeuert worden war, war das Letzte, was sie erwartet hatte.

»Im Augenblick läuft es also nicht so gut«, sagte er. »Ich werde versuchen, im Herbst einen neuen Job zu finden.«

»Hast du es diese Woche erfahren?«

»Ich weiß es seit Mittsommer. Ich habe nur nichts gesagt. Ich weiß nicht, warum. Aber ich dachte wohl, ich sollte besser schnell einen neuen Job finden, anstatt dir Kummer zu machen.«

Draußen blitzte es. Nur wenige Sekunden später folgte wie eine dröhnende Entladung direkt über dem Haus der Donnerschlag. Julia zuckte zusammen, Anton sah erschrocken aus.

»Großer Gott«, sagte Julia.

»Wir werden zurechtkommen.«

»Das meinte ich nicht«, sagte sie. »Aber wir haben hier ein Gewitter direkt über uns. Richtig gründlich.«

Sie legte eine Hand auf die Küchenplatte und beugte sich vor.

»Ich werde eine Abfindung bekommen«, sagte er. »Damit kommen wir ein halbes Jahr über die Runden.«

Julia nickte, und es blitzte erneut. Dieses Mal donnerte es noch lauter.

»Erik, jetzt habe ich wirklich ein bisschen Angst.«

»Das ist doch nur ein Gewitter.«

»Ja, aber es scheint direkt über uns zu sein. Gibt es nicht eine Parabolantenne auf dem Dach, wo es einschlagen könnte?«

»Ziemlich unwahrscheinlich. Ihr könnt ja im Auto Deckung suchen. So haben wir es immer gemacht, als ich klein war.«

Julia schaute Anton an.

»Okay, Erik, ich muss jetzt gehen.«

»Ich habe mit Martin gesprochen«, sagte er. »Ich dachte, dass er vielleicht etwas hätte.«

»Und wie lief es?«

»Das Schlimme ist, dass auch sie Stellen reduzieren. Es gibt nichts.«

»Seltsam«, sagte sie.

»Finde ich auch. Julia?«

»Ja?«

»Liebst du mich?«

»Oje«, sagte sie.

»Was ist?«, fragte Erik.

»Es hat wieder geblitzt.«

Gerade als sie es sagte, schlug der Donner mit solcher Wucht zu, dass es sich anhörte, als würde das Haus in zwei Teile gespalten.

»Mama?«, sagte Anton.

Julia schaute ihn an.

»Erik, ich muss jetzt auflegen. Ich liebe dich.«

»Okay«, sagte er. »Passt auf euch auf.«

Nachdem sie das Handy auf den Tisch gelegt hatte, sah sie Anton an, der verängstigt wirkte.

»Schläft Alice noch?«, fragte sie.

»Ich glaube schon«, sagte Anton.

»Sie muss müde sein. Wollen wir zum Auto gehen und uns reinsetzen, bis das Gewitter vorbei ist?«

Sie rannten durch den Regen zum Auto, und Julia schaltete das Radio ein. Sie dachte an Alice im Haus, sie hätte sie wecken sollen, aber sie hatte Lust, sich in der Sicherheit des Autos zu verstecken, vor allem sich selbst zuliebe. Eine halbe Stunde blieben sie sitzen, bis das Gewitter schließlich weiterzog wie ein ungebetener Gast. Als auch der Regen nachließ, öffnete Julia die Tür. Anton stieg aus dem Wagen und ging zum Weg hinunter.

Das Wasser lief in breiten Strömen über den Weg in den Graben hinunter, und Anton kniete sich hin und begann kleine Kanäle zu graben, die zu größeren Gewässern wurden, er schuf ein großes und komplexes System aus dem fließenden Wasser. Es machte ihm nichts aus, dass es regnete, es war warm draußen, und er wollte seine Ruhe haben, um in Frieden denken und spüren zu können.

Er hatte gerade eine neue Rinne gezogen, als er Marika sah. Stocksteif ging sie an ihm vorbei, wie ein Zombie in einem Horrorfilm. Sie sah aufgewühlt aus, als würde sie schlafwandeln und etwas Spannendes dabei träumen.

Anton erstarrte und wusste nicht, was er tun sollte.

»Hallo?«, sagte er.

Aber sie antwortete nicht, ging einfach weiter.

Eine andere Person kam jetzt angerannt, es war der Mann mit den Rastazöpfen, der Magere. Anton wusste nicht, wie er hieß. Er hatte eine Decke in der Hand und lief zu Marika und hüllte sie darin ein.

Erst jetzt blieb sie stehen. Anton konnte sehen, dass sie sich verletzt hatte, dass ihre Stirn blutete. Sie hatte Schlamm an den Beinen, vielleicht war sie hingefallen.

»Wie geht es dir?«, fragte der Mann.

»Es ist nichts Schlimmes«, sagte sie. »Ich komme zurecht. Warte … wo bin ich?«

»Du bist auf dem Weg. Ich habe versucht, ihn aufzuhalten, aber er hat mich geschlagen. Tut mir leid«, sagte er.

»Wer bist du?«

»Ville«, sagte er. »Erkennst du mich nicht wieder?«

»Ah«, sagte sie. Sie schaute auf ihren Körper hinunter und entdeckte, dass sie nackt war.

»Warum habe ich nichts an?«, fragte sie.

»Ich weiß nicht«, sagte Ville.

10

In diesem Sommer hatte Marika Angst davor bekommen, am Morgen aufzuwachen. Sie fürchtete sich vor Chris' Launen und Wutausbrüchen, davor, dass er sie bedrohen oder irgendetwas Unerwartetes tun könnte, dass er womöglich mit Leo nach Schottland oder sonst wohin abhauen könnte, ohne etwas zu sagen.

In den letzten drei Wochen hatte sie auf dem Sofa geschlafen, nachdem Helena in ihr Schlafzimmer gezogen war. Chris wollte, dass sie zu dritt im Bett schliefen, aber dort verlief Marikas Grenze. Stattdessen lag sie in der Nacht wach und hörte alle ihre Geräusche, Helenas Wimmern, ihr lang gezogenes, tierisches Heulen und immer wieder Chris' Kommandos, wenn sie sich hinknien sollte oder wenn er wollte, dass sie ihn in den Mund nahm. Das Haus war hellhörig, und Marika konnte verstehen, warum Leo erst in die Jurte gezogen und dann mit Alice im Wald verschwunden war.

Das war kein passendes Milieu für ein Kind, ganz gleich, wie Chris darüber dachte.

Sie erinnerte sich nicht mehr, wann es angefangen hatte. Zuerst war er so bewundernswert und verständnisvoll gewesen, ganz anders als alle Männer, die sie jemals kennengelernt hatte. Die besondere Kindheit, die sich wie eine Wehmut in seinem Gesicht abzeichnete, die aufrichtige Neugierde auf alles, was es in der Natur zu beobachten gab, vom kleinsten Insekt bis zu den großen topografischen Übergängen an den verschiedenen Orten, die sie im Laufe der Jahre besucht hatten, das Gefühl, dass kein Thema zu groß oder zu schwer für ihn war, um es zu durchdringen und ihr anschließend zu erklären. Als wäre sie mit jemandem zusammen, der ständig vorwärtsdrang, der wollte, dass das Leben ein großes Abenteuer war. So war es, als sie das Death Valley in den USA besuchten, die Höhlen in Australien erforschten oder vor den Lofoten surften.

Doch dann veränderte sich sein Verhalten. Kleinigkeiten. Er wurde sauer, wenn sie neue Freundinnen hatte und sie treffen wollte. Sie erinnerte sich, dass sie damals, als sie in Edinburgh wohnten, die Idee hatte, Psychologie zu studieren. Zunächst war er ganz begeistert, aber als das Semester anfing und sie tagsüber nicht zu Hause war, wurde er immer mürrischer, interessierte sich immer weniger für das, was sie zu erzählen hatte, und am Ende bekam er einen Wutanfall, als sie sich jeden Dienstagabend mit einer Lerngruppe treffen wollte.

Kurz danach zogen sie in die Berge, in ein Haus, das er für sie gefunden hatte, ein Haus mit Schafen und Hühnern und einem Hundezwinger, in dem sie beide von morgens bis abends arbeiten mussten, während sich Marika gleichzeitig noch um Leos Schulbildung zu kümmern hatte. Und dann tauchten all diese Menschen auf; Dichter und Schriftsteller, die von kleinen Verlagen herausgegeben wurden oder Blogs schrieben, Musiker, die durch Europa reisten und ein Nomadendasein führten, die ständig neue Familien und Paare ausfindig machten, die sie bei sich unterbrachten.

Marika hörte fantastische Geschichten und lernte viele wunderbare Menschen kennen – die meisten von ihnen waren vollkommen in Ordnung –, aber man ließ sie nie in Ruhe, ständig musste sie die Gastgeberin für einen endlosen Strom von Leuten spielen, die auf ihrer Treppe standen, nachdem Chris sie eingeladen hatte.

Und bald kamen auch die ersten Frauen: Je ernster Chris seinen Dezivilisierungsgedanken nahm, desto häufiger sprach er darüber, wie unnatürlich die Monogamie sei, dass die Zweierbeziehung eine moderne Erfindung sei, dass sie, wenn sie es ernst mit der Bewegung meinten, alle Formen der Dedomestikation ausprobieren und mit der Kernfamilie brechen sollten. Er war wie besessen davon. Er wolle sich selbst entzivilisieren, erklärte er, und das bedeutete, jedem tierischen Instinkt zu folgen.

Es tauchten zwanzigjährige Mädchen aus Mazedonien auf, dreißigjährige Frauen aus Kopenhagen, Ehepaare, die Swingererfahrungen machen wollten, und dazwischen noch alles mögliche andere. Chris lief herum wie der brünstige Patriarch einer Mormonenfamilie, und Marika begann immer häufiger darüber nachzudenken, wie sie ihn verlassen könnte.

Sie hatte geglaubt, ein Sommer in Mjölkviken würde der Familie ein wenig Ruhe bringen. Sie hatte sich immer mehr Sorgen um Leo gemacht und um die Auswirkungen der gesamten Situation auf ihn.

Sie hatte sich nicht vorstellen können, dass Chris genauso viele Menschen an ihr altes Sommerhaus in Mjölkviken locken könnte, es war zu abgeschieden vom Rest der Welt, und die Aniara-Bewegung hatte in Finnland noch nicht Fuß gefasst.

Es dauerte jedoch nicht lange, bis die Ersten auftauchten. Und eines Tages teilte Chris ihr mit, er habe eine Griechin namens Helena in ihr Haus eingeladen – er habe ihr aufgrund der wirtschaftlichen Lage in Griechenland auch das Flugticket bezahlt, erklärte er, und er wisse nicht, wie lange sie bleiben werde.

Es war Chris' Geld, Marika hatte keine Verfügungsgewalt darüber, sie hatte nie Zugang zu seinem Konto gehabt und wusste nicht, wie viel er besaß, doch ihr war klar, dass es ziemlich viel sein musste. Das Geld hatte er während seiner Studienzeit und in den Jahren danach verdient, als er als Investor in der Finanzbranche gearbeitet hatte. Chris selbst sprach nie darüber, aber sie hatte es von seinen alten Freunden gehört, die sie zu Beginn ihrer Beziehung gelegentlich noch gesehen hatten. Mittlerweile hatte Chris keinen Kontakt mehr zu Leuten aus seinem alten Leben, stattdessen kamen ständig neue Leute, was er ebenfalls mit seiner hausgemachten Evolutionspsychologie erklären konnte: dass der Mensch eigentlich ein Jäger und Sammler sei und im Grunde ein Nomade. »Warum, glaubst du, hat der Mensch Afrika verlassen, wenn er nicht von Natur aus immer neugierig gewesen wäre?«, hatte er sie einmal gefragt, nachdem sie sich beklagt hatte, dass sie nie länger als ein halbes Jahr an einem Ort blieben.

Jetzt hörte sie, dass Chris und Helena aufgestanden waren und in die Küche gingen. Helena hatte die Angewohnheit, nur in T-Shirt und Unterhose im Haus herumzulaufen, und Marika hasste es, hasste ihren federnden und aufsässigen Gang.

Sie hatte beschlossen, sich zu wehren. So konnte es nicht weitergehen. Sie wollte ein normaleres Leben haben, ein gesünderes und einfacheres Leben, das besser für Leo war, sie wollte nachts keine Feuer mehr machen und Hasch rauchen und am Strand unverständliches Zeug reden.

Sie ging in die Küche, in der Chris und Helena saßen.

»Ich möchte, dass sie jetzt sofort nach Hause fährt«, sagte sie an Chris gewandt.

»Wer?«, sagte Chris.

»Helena. Ich will, dass sie fährt. Die anderen sind auch gefahren. Und ich möchte meine Familie zurück. Entweder das, oder ich haue mit Leo ab.«

Chris schaute auf seinen Teller und lächelte. »Es sind nicht alle nach Hause gefahren. Ville ist noch hier. Und Helena.«

»Aber ich möchte, dass sie jetzt fahren.«

»So ist das also?«, sagte er.

»So ist es«, sagte Marika und konnte die Unentschlossenheit in ihrer Stimme hören. Sie dachte daran, wie oft ihre Mutter gegen ihren Vater aufbegehrt hatte; wie schrecklich es immer war, und am Ende doch so zwecklos. Die Schreie, die Schläge, das Weinen danach.

»Ich will dir mal etwas sagen«, sagte Chris. »In diesem Haus bestimme ich, was ich mache. Und ich möchte, dass Helena bleibt. Wenn es dir nicht passt, kannst du gerne gehen. Aber Leo nimmst du nicht mit.«

»Allerdings«, sagte sie.

Chris stand hastig auf, sodass der Stuhl über den Boden schrammte. Marika zuckte zusammen und merkte, welche

Angst sie vor ihm hatte, wie sehr sie fürchtete, dass er auf sie losging. Aber er verließ das Zimmer.

Eine Weile war es still, Helena und Marika schauten einander an. Marika meinte, einen Zweifel, vielleicht sogar ein wenig Angst in Helenas Augen zu erkennen.

Sie hörte, wie Chris ins Schlafzimmer ging, sich eine Weile dort aufhielt und in Schubladen wühlte.

Als er wieder hereinkam, hielt er ein Seil in der Hand.

11

Marika erkannte Ville erst wieder, als er erzählte, wer er war. Sie begann zu frieren, als sie sah, dass sie keine Kleidung trug, und wickelte die Decke fester um sich.

»Wo ist Chris?«, fragte sie.

»Ich habe ihn mit Helena auf dem Hof zurückgelassen. Er geht nirgendwohin. Wir sollten vielleicht einen Krankenwagen rufen. Ich habe ihn ziemlich hart geschlagen.«

Jetzt kam alles zurück. Chris hatte sie mit einem Seil bedroht, er wollte sie festbinden, und Marika hatte zuerst geglaubt, er mache einen Scherz. Aber als sie begann, ihn zu reizen, ihn einen Versager nannte und sagte, dass sie sich von ihm trennen wolle, dass sie ihn hasse und hoffe, er werde ein glückliches Leben mit Helena führen, rannte er auf sie zu und packte sie am Hals. Marika war es gelungen, sich aus seinem Griff zu befreien, aber auf dem Weg aus der Küche war sie gegen den Herd gestoßen und hatte sich dabei eine große Schürfwunde am Knie zugezogen.

Humpelnd war sie aus dem Haus gelaufen, Chris war ihr nachgerannt, hatte sie eingeholt und umklammert, sodass sie beide atemlos in den Sand fielen. Er war stark und schwer, und es gab keine Möglichkeit für sie, wieder hochzukommen, sie bekam Sand in den Mund, ihr Knie schmerzte, und er riss ihr die Kleider vom Leib. Irgendwann jedoch lockerte sich sein Griff, und da wusste sie, dass es Ville war, der alles gesehen und sich auf Chris gestürzt hatte, dass Ville sie gerettet hatte.

Anton saß neben ihnen auf dem vom Regen nassen Weg und schaute sie an.

»Hol deine Mutter«, sagte Ville. »Sofort.«

Das Haus in Mjölkviken stand auf einem fast einen Meter hohen Steinfundament. Als Anton hinauflief, merkte er, dass Wasser unter der Kellertür herauslief. Die Tür war alt und verwittert, aus groben Planken gezimmert und in derselben braunen Farbe gebeizt wie der Rest des Hauses. Das Wasser rann aus dem Spalt zwischen Boden und Tür heraus. Direkt vor der Kellertür befand sich ein Abwasserschacht, der jedoch nicht zu helfen schien; das Wasser stieg so schnell, dass Anton zusehen konnte, wie es sich auf dem Hof verteilte, eine Wasserpfütze, die immer größer wurde.

Er wusste nicht so recht, was er seiner Mutter sagen sollte. Vielleicht würde sie ihm nicht glauben.

Er hatte sich inzwischen an das Sommerhaus gewöhnt, fand nicht mehr, dass es seltsam roch, er mochte es sogar, wie sich der lackierte Boden unter den Füßen anfühlte, wie hart er war und die lackierte Oberfläche gleichzeitig so weich wirkte, dass es besonders schön war, barfuß darauf zu laufen. Es war alles nicht mehr so roh und feucht wie zu der Zeit, als sie angekommen waren, das offene Kaminfeuer im Wohnzimmer, das Julia angezündet hatte, und ihre Körper hatten es aufgewärmt. Und das Schlafzimmer, in das er jetzt ging, war ein richtiges Schlafzimmer. Julia saß lesend unter der zerwühlten Bettdecke.

»Mama, Marika hat sich wehgetan und braucht Hilfe.«

Sie sah ihn an.

»Was?«

»Unten auf dem Weg. Sie ist nackt.«

Nachdem seine Mutter hinuntergelaufen war, saß Anton lange auf der Terrasse und schaute auf das Wasser, das in einem gleichmäßigen Strom auf den Hof lief.

12

Leo kam herüber, nachdem Julia Marika zur Untersuchung ins Krankenhaus gebracht hatte. Sie hatte zwar keine ernsthaften Verletzungen davongetragen, aber die Polizei hatte ihr vorgeschlagen, sich in der Stadt behandeln zu lassen, nachdem sie Chris abgeführt und Marikas Anzeige aufgenommen hatten.

Anton hatte die Gespräche der Erwachsenen belauscht und mitbekommen, dass Chris Marika irgendwie angegriffen und Ville sie gerettet hatte. Er hatte nicht alles gehört, was die Erwachsenen sagten, aber anscheinend war niemand gestorben. Allerdings verstand er nicht, warum Marika nichts anhatte.

Als Julia aus der Stadt zurückkam, entdeckte sie das Wasser, das unter der Kellertür hervorströmte.

Strömen war vielleicht das falsche Wort; das Wasser stieg langsam an, verteilte sich auf dem Hof und rann zur Sauna hinunter. Es war nicht klar, sondern braun und schlammig, ungefähr wie das Wasser im Teich, roch nach Kompost und färbte den Fels und den Rasen braun.

Julia zog sich Gummistiefel an und öffnete die Kellertür. Noch bevor sie Licht machte, konnte sie erkennen, dass der komplette Keller unter Wasser stand, wie eine schwarze, glänzende Oberfläche bedeckte es den gesamten Kellerboden. Nachdem sie das Licht angemacht hatte, stellte sie fest, dass es mindestens einen halben Meter hoch stand, braunschwarz und stellenweise mit silbrig glänzenden Benzin- oder Ölflecken überzogen war.

Es schien nicht schnell zu steigen, aber Julia tat das Erste, was ihr einfiel, nahm einen Schrubber aus einer Ecke des Raums und versuchte den Bodenablauf zu finden, um Blätter wegzufegen, die ihn möglicherweise wie ein Pfropfen verstopften.

Das Problem war, dass sie nichts sah. Obwohl sie den Ablauf gefunden hatte – wie vermutet irgendwo in der Raummitte –, stand so viel Wasser im Keller, dass sie nicht sehen konnte, ob überhaupt etwas abfloss.

»Hier bricht gerade alles zusammen. Wir müssen Opa anrufen. Oder jemand anderen«, sagte sie, als sie zurück ins Haus kam.

Doch dann kam sie auf die Idee, dass es vielleicht besser war, Anders anzurufen. Er hatte ihr schon geholfen, als Alice verschwunden war, er hatte heiter gewirkt, hatte sie getröstet, als sie verzweifelt war.

Anders war unten am Strand, als er sich meldete.

»Kannst du kommen und dir das mal anschauen?«, fragte sie. »Wir müssen bestimmt einen Installateur anrufen.«

»Ich komme sofort.«

Anders stand unten im Keller, während Julia mit einer Taschenlampe die Rohre beleuchtete, damit er überhaupt etwas sehen konnte. Alice und Leo waren ebenfalls in den Keller gekommen, um zu sehen, was passierte. Leo war still und nachdenklich, und er tat Alice leid. Marika würde noch am selben Nachmittag aus dem Krankenhaus zurückkommen.

»Auf den ersten Blick sieht es nicht so aus, als würden die Rohre lecken. Aber vielleicht steigt es ja auch von unten auf. Womöglich ist im Winter etwas gebrochen«, sagte er.

»Aber warum ist das Wasser so braun? Das ist bestimmt kein Abwasser, eher so was wie trübes Seewasser.«

»Das habe ich mich auch gefragt.«

Julia stand im Wasser und dachte, dass dieser seltsame Geruch im Keller etwas beinahe übertrieben Symbolisches und Freudianisches hatte.

»Ich glaube nicht, dass ich hier besonders viel tun kann«, sagte Anders.

»Vielleicht sollte ich doch noch meinen Vater anrufen«, schlug Julia vor.

»Es scheint allerdings nicht mehr zu steigen. Oder bilde ich mir das nur ein?«

Anders hatte recht, das Wasser schien sich nicht mehr zu bewegen. Woher auch immer es kam, es schien nicht mehr zu steigen.

»Ist Erik noch nicht zurückgekommen?«, fragte Anders.

Julia schüttelte den Kopf. »Möchtest du einen Kaffee?«, fragte sie.

Am späten Nachmittag kam ein Installateur zusammen mit Julias Vater zum Sommerhaus. Sie gingen im Keller herum und räumten auf, versuchten den Bodenablauf wieder zum Funktionieren zu bringen, damit das Wasser abfließen konnte. Sie trugen große Haufen braunen Schlamm heraus, der aus der Erde herausgeflossen war und den sie zusammengekehrt hatten.

Als sie das Problem schließlich lokalisiert hatten, konnten sie den Wasserfluss stoppen.

»Meine einzige Erklärung ist, dass das Wasser aus dem Teich irgendwie unter dem Haus aus dem Boden getreten ist«, meinte der Installateur. »Das hier ist kein Abwasser. Es riecht anders, nicht gerade angenehm, aber frischer. Außerdem gibt es Vegetation im Wasser, was bedeutet, dass es aus einem der Gewässer in der Nähe des Hauses stammen muss. Das müssen Sie wahrscheinlich gründlicher untersuchen lassen.«

Julias Vater seufzte.

»Das war ja ein Ding. Ich habe schon geahnt, dass hier irgendetwas nicht mehr in Ordnung ist, aber ich dachte, es wären die alten Rohre oder das Fundament würde langsam zusammenbrechen. Von mir aus hätte das ganze Haus einstürzen können, wir kommen ohnehin nicht mehr her, und ein Haus, das bei jeder Besichtigung durchfällt, kann man auch nicht mehr verkaufen.«

13

Es lag ein Hauch von Herbst in der Luft, als die Kinder ihre Taschen ins Auto luden. Julia betrachtete das Haus und bedauerte, dass sie ausgerechnet jetzt fahren mussten, nachdem am Ende des Sommers das Meer endlich warm geworden war.

Der Wechsel der Jahreszeiten ließ sie an den Tod denken, es war immer eine unvermeidliche Wehmut mit dem Ende eines Urlaubs verbunden.

Am Morgen hatte Erik angerufen, er würde in Helsinki bleiben, weil er sich um eine neue Arbeit kümmern wollte, aber das machte ihr nichts aus. Sie würden miteinander sprechen, wenn sie zu Hause waren, oder auch nicht, sie wusste es noch nicht so recht.

Anders hatte versprochen, sie nach Helsinki zu fahren.

»Ich kann ohnehin nicht bleiben. Kati muss in die Stadt und ihre Kinder treffen. Es wäre nicht gut für sie, auch noch den ganzen Herbst hier zu sein«, sagte er.

Anders ging zu Kati hinunter, um sich zu verabschieden, während Julia auf dem Hof wartete. Sie hatte mit einem alten Staubsauger, den sie auf dem Speicher gefunden hatte, im ganzen Haus gesaugt. Als sie im Flur putzte, sah sie sich kurz im Spiegel und erschrak fast, als könnte sie nicht verstehen, dass die Person, die ihren Blick kurz erwiderte, sie selbst war. Eine Frau, die bald sechsunddreißig wurde und offensichtlich in eine Art leichte Depression verfallen war, vielleicht war es aber auch nur eine ganz gewöhnliche Schreibhemmung.

Sie dachte darüber nach, während sie putzte, wie unnötig es war, dass niemand glücklicher davon wurde, dass sie sich in ihrer eigenen Antriebslosigkeit suhlte, dass sie die Ärmel aufkrempeln und sich zusammenreißen sollte, dass sie endlich ihren Roman fertig schrieb, statt mit einem vagen Gefühl der Unzufriedenheit rastlos herumzugeistern.

Sie reckte sich, hob die Arme, streckte den Nacken. Dieser Herbst würde besser werden als das letzte Jahr.

Anton kam ins Haus.

»Mama?«

»Ja, mein Schatz?«

»Glaubst du, dass wir nächsten Sommer wiederkommen?«

Julia schaute ihn an.

»Ich weiß nicht. Möchtest du das?«

Anton dachte darüber nach. »Ich würde gerne wiederkommen. Es ist schön hier.«

Julia nickte. »Ja, wir können wieder herkommen.«

Julia setzte sich zuerst ans Steuer. Sie zog es vor, über die kleinen Straßen in Österbotten zu fahren, das war weniger stressig als die Autobahn zwischen Tampere und Helsinki. Sie hörten Radio, in den Nachrichten wurde gesagt, dass der Juli der wärmste Monat seit Beginn der Wettermessungen im neunzehnten Jahrhundert war.

»Im Grunde haben sie ja recht«, sagte Anders. »Chris und die anderen. Ich glaube auch, die Sache mit dem Klima ist gelaufen. Und genau wie sie sagen, können wir nicht mehr viel dagegen tun.«

Anton beugte sich vom Rücksitz nach vorn. »Mama, glaubst du, dass wir den Untergang der Erde erleben werden?«

Julia drehte sich um und schaute ihn an. »Ich weiß nicht. Wohl nicht den Untergang. Aber es ist möglich, dass wir im Laufe unseres Lebens große Veränderungen auf der Erde erleben werden. Flüchtlinge aus verschiedenen Ländern. In Finnland wird es wärmer werden«, sagte Julia.

Sie sah auf die gelben Felder hinaus, die flachen Äcker und die typischen österbottnischen Scheunen.

Sie hatten Nykarleby passiert, und ein Traktor fuhr langsam vor ihnen auf der Straße. Julia beschleunigte, um ihn zu überholen, und bemerkte erst zu spät, dass ihnen ein Auto entgegenkam. Es bedurfte eines schnellen Ausweichmanövers, um nicht mit ihm zusammenzustoßen.

»Julia!«, schrie Anders. »Verdammt, was machst du denn da?«

»Entschuldigung«, sagte sie, und dachte, dass es eigentlich nicht wirklich gefährlich gewesen war, selbst wenn es den Anschein gehabt hatte. Die Straße war breit, und der andere Wagen war ebenfalls ausgewichen. Es hatte vielleicht dramatisch ausgesehen, aber sie waren im Auto die ganze Zeit in Sicherheit gewesen.

GUADALUPE NETTEL

NACH DEM WINTER

Roman

ISBN 978-3-89667-613-9

Claudio ist Lektor in einem Verlag und lebt seit vielen Jahren in New York, nachdem ihn der tragische Verlust seiner ersten großen Liebe aus seiner Heimatstadt Havanna vertrieben hat. Cecilia studiert in Paris. Seit ihrer Kindheit in Mexiko hat sie ein besonderes Faible für Friedhöfe und liebt es, zwischen den Gräbern des Père-Lachaise spazieren zu gehen. Als Claudio und Cecilia sich über gemeinsame Freunde in Paris kennenlernen, verlieben sie sich ineinander, obwohl sie beide in andere Beziehungen verwickelt sind. Über die Distanz hinweg tauschen sie E-Mails, Gedanken, selbst zusammengestellte Musikcompilations aus. Doch als Cecilia nach New York fliegt, um Claudio zu besuchen, entwickelt sich ihre Beziehung ganz anders als erwartet …

Auf intensive, manchmal humorvolle, manchmal beklemmende Weise beleuchtet Guadalupe Nettel die vorsichtige Annäherung ihrer Protagonisten und erschafft so ein tiefschürfendes Bild zweier Menschen, die sich nach Nähe sehnen, doch Schwierigkeiten haben, sich aufeinander einzulassen. Ein berührender Roman über die heilende Kraft der Liebe und die Chancen, die Enttäuschungen für die eigene Liebesfähigkeit sein können.

Blessing